印度友人顾明达向季先生赠送研究资料。

印度著名学者班固志先生拜访季先生。

季羡林學術著作選集

本书出版得到了季羡林基金会的部分资助

印度古代语言及吐火罗文研究

葛维钧 编

新世界出版社
NEW WORLD PRESS

图书在版编目（CIP）数据

印度古代语言及土火罗文研究 / 季羡林著；王树英编. -- 北京：新世界出版社, 2017.9
（季羡林学术著作选集; 12）
ISBN 978-7-5104-6260-3

Ⅰ. ①印… Ⅱ. ①季… ②王… Ⅲ. ①印度语支－古代语言－研究②吐火罗语－研究 Ⅳ. ①H711②H211.8

中国版本图书馆CIP数据核字(2017)第083308号

印度古代语言及吐火罗文研究

编　　者：葛维钧
责任编辑：张世林
审　　读：杨汝模
封面设计：贺玉婷
版式设计：张世林
责任印制：王宝根
出版发行：新世界出版社
社　　址：北京市西城区百万庄大街24号（100037）
总编室电话：+86 10 6899 5424　　6832 6679（传真）
发行部电话：+86 10 6899 5968　　6899 8705（传真）
本社中文网址：http://www.nwp.cn
本社英文网址：http://www.newworld-press.com
本社电子信箱：nwpcn@public.bta.net.cn
版权部电子信箱：frank@nwp.com.cn
版权部电话：+86 10 6899 6306
印　　刷：北京亚通印刷有限责任公司
经　　销：新华书店
开　　本：710×1000　1/16
字　　数：220千字　　印　张：20.5
版　　次：2017年9月第1版　2017年9月北京第1次印刷
印　　数：1－1400册
书　　号：ISBN 978-7-5104-6260-3
定　　价：1200.00 元（全十二册精装）

《季羡林学术著作选集》编选说明

季羡林先生是北京大学资深教授、著名学者，长期以来，季先生的作品畅销于世，受到社会各界人士的热烈欢迎。但这些作品大多为季先生各时期创作的散文。季先生一生创作出版散文集二十余部，一百五十万字以上，其中有许多精品脍炙人口，他完全可以称得上是一位散文家。但是，季先生毕竟主要是一位学者，他终生笔耕不辍，孜孜以求的是他的学术研究，他对社会的主要贡献也是他的学术成就，散文只是他的一种“余兴”。

季羡林先生是一位百科全书式的学者，他毕生从事的学术研究的对象涉及语言、文学、美学、艺术、宗教、中外文化交流等众多领域。其学术著作大致包括以下内容：印度古代语言、印度历史与文化、中印文化关系、中国文化与东方文化、佛教、比较文学与民间文学、东西方文化比较、糖史、吐火罗文研究等。这些著作都具有很高的学术价值，得到国内外学术界的高度评价。而且，季先生的学术著作，深入浅出，联系实际，独辟蹊径，发人深省，为广大读者所喜爱。

为了便于读者阅读，我们编辑了这套选集。本选集从季羡林先生的学术著作中，精选出论著二百余篇，辑为十二卷，依次为《印度古代语言及吐火罗文研究》（葛维钧编）、《印度历史与文化》（王树英编）、《印度作家作品评论集》（刘建编）、《佛教》（李南编）、《糖史》（葛维钧编）、《中印文化交流》（王树英编）、《中国文化与东方文化》（刘建编）、《东西文化比较》（张光璘编）、《比较文学与民间文学》（薛克翘编）、《学海泛槎——学术回忆录》（薛克翘编）、《回忆中国学人及文化问题新思考》（张光璘编）、《序跋集》（王树英编）。选集所选内容基本涵盖了季先生学术研究的各个领域，所选论文皆为季先生在各学术领域中的代表作。

我们怀着敬仰和缅怀的心情编选这套选集，尽管我们殚精竭虑、费尽心力地收集、编选季羡林先生的文章，但仍难免有遗漏或不当之处，殷切希望得到读者的指教和帮助。

季羡林学术著作选集编辑委员会

2013 年 1 月

目　录

原始佛教的语言问题 …………………………………………………… 1
吐火罗语的发现与考释及其在中印文化交流中的作用 …126
论梵文ṭḍ的音译 …………………………………………………145
浮屠与佛 ……………………………………………………………203
论梵文本《圣胜慧到彼岸功德宝集偈》…………………220
再谈“浮屠”与“佛”…………………………………………283
梅呾利耶与弥勒 ………………………………………………301

原始佛教的语言问题

自序

我开始研究原始佛教的语言问题，是在四十多年以前。当时我是德国格廷根大学的一名候补博士生。我的老师 Prof.Dr. Waldschmidt 给我出的博士论文题目是《〈大事〉(*Mahāvastu*)颂中限定动词的变化》。《大事》是用所谓佛教梵语 (Buddhist Sanskrit) 或混合梵语 (Hybrid Sanskrit) 写成的。在研究佛教的学者中，这种梵语算是一门不冷不热的学科。有一些人在研究，但人数不多，英雄大有用武之地。我的老师之所以给我出这样一个题，其用意大概也就在这里。他问我同意不同意这个题目。我是一个初学者，门还没有进，更谈不上登堂入室，除了答应之外，也确实没有别的选择余地。我同意之后，接着来的是长达三年的看书、搜集资料和进行写作的时期，这是一段只争朝夕的艰苦奋斗的时期。

在这三年内，我从对佛教梵语毫无所知，经过了渐有所知的阶段，在这方面的知识终于多了起来。我对佛教梵语的兴趣也逐渐浓厚起来。因此，在 1941 年我考试完毕后被迫留在德国的四年内，在机声嗡嗡、饥肠辘辘中，又接连写了三篇有关佛教梵语的论文。这些论文现在都收在《印度古代语言论集》中（中国社会科学出版社 1982 年出版）。这算是我研究佛教梵语的第一次高潮。

1946年回国以后，我既缺少应有的专著，又缺少必备的杂志，赤手空拳，一无所有，不管我的兴趣还是多么浓厚，我的研究劲头还是多么大，却只好被迫搁笔。这方面的研究工作无论如何也无法进行了。我当时有一句自我安慰的话："有多大碗，吃多少饭。"实际上，在佛教梵语方面，我根本就没有碗，更谈不上碗的大小，我只好用别的碗吃其他的饭了。

1956年，我写了《原始佛教的语言问题》，这完全是出于一个偶然的机会，它丝毫也不能证明，我此时已经有了足够的书籍，掌握了大量的资料；事实正相反，从1946年起到1956年这十年之内，我闭塞如故，与世隔绝，已经下定了决心，对佛教梵语的研究洗手不干了。1955年，我到民主德国参加国际东亚学术讨论会，曾有机会看到一些有关佛教梵语的著作，然而我漠然置之，无动于衷，我的心情由此可见一斑了。为什么事隔一年又写了这样一篇论文呢？原因是，当我浏览几篇国内外学者关于印度佛教史的文章时，忽然心血来潮，灵机一动，觉得可以利用他们使用过的材料，来解决一个他们没有想到的问题。我想解决的问题也不是一个新问题。材料不是新材料，问题不是新问题。可是把这些材料同这个问题联系在一起，我却是第一人。如果说这篇论文有什么价值的话，其价值就在这里。这篇论文我曾在1959年缅甸研究会（等于科学院）的大会上宣读过，英译文就发表在会刊上。这一篇论文既然是在这样的情况下写成的，其局限性，包括引用书籍在内，是显而易见的。

1958年，我写了《再论原始佛教的语言问题》，也同样出于一个偶然的机会。一位研究印度语言的朋友告诉我，美国著名的梵文学者爱哲顿（Franklin Edgerton）教授在他的大著《混合梵语语法》中提到了我用德文写成的那几篇论文，并表示了不同的看法。我连忙把他那皇皇巨著连同《混合梵语词典》借了出来，仔细阅读一遍。一方面我对爱哲顿教授的成绩感到钦佩；另一方面对于他的看法感到问题很多。于是情不由己地写了那篇《再论》。里面的例子几乎全是我在德国使用过的旧例子，新的很少。但是行文的口气则颇为尖刻。讨论学术问题，本来应该心平气和，以理服人，坦荡直率，与人为善，行文不要带刺，说话不要伤人。可是我没有做到这一点。原因是多方面的。现在回想起来，其中最主要的是与我当时对美国的态度有关。美国当权者对我国推行敌视仇恨的政策，我们对他们当然不会有什么好感，这是全国人民共有的感情，我当然不会是例外。“城门失火，殃及池鱼”，在讨论学术的论文中，我这种感情竟自然流露地发泄到爱哲顿教授身上来了。这是不幸的，但是可以理解的。

此后，是一段长达二十几年的漫长的沉默时期。我吃饭的碗数目越来越多，一不愁碗，二不愁饭，我几乎想不到佛教梵语了。

1980年，我应邀访问了联邦德国，在我曾住过十年的格廷根城住了三天。这一座小城的城内，同我将近四十年前离开时，几乎完全一模一样，一点也没有改变。我一下子就能找到我以前曾千百遍踏过的铺在地上的石头和石阶。我恍惚感觉到，自己昨天才离开这里，仅仅过了一夜，现在又回来了。今昔之感，油然而生。最让我高兴的是，我又见到了已经八十五岁高龄的老师 Waldschmidt 教授和他那比他还大一岁的夫人，二老仍然健壮如昔。他们住在一座豪华的养老院里，看来物质生活方面什么也不缺少；但是此地实际上是一个死亡等待所。二老孤单苦凄，我心中无端凄凉起来，偷偷地抹掉了眼中流出的泪水。我的老师的接班人就是我在论文中屡次提到的 Prof. Dr. H. Bechert。我们是初次会面，但他盛情招待，亲自驾车陪我参观，临别时又送了我不少新出版的书，其中包括几册原始佛教语言座谈会的论文集。他还聘请我担任了《新疆吐鲁番出土佛典的梵文词典》的顾问。我把那些书都带了回来；但是怎样利用这些书，我最初并没有明确的打算，仍然有点漠然置之，无动于衷。

回国以后，看到那些印刷精美的书籍，有时忍不住技痒，随意翻看几页。我在上面讲到，我对佛教梵语已经决心洗手不干。现在我才知道，那只是一个假象。在我的灵魂深处，我对佛教梵语并没有真正忘情，还有一棵还没有意识到的爱惜佛教梵语的幼芽在，一旦气候适合，这棵幼芽就会萌动。现在读到了召开原始佛教语言座谈会的记录，研究了座谈会上宣读的论文，我心中的那一棵幼芽真地萌动起来，大有要开花、结果之势了。

最近三年以来，我到外地开过许多会：到过西安，到过桂林，到过合肥，到过兰州。每一次出去，我随身携带的书中总有关于佛教梵语的论文集。每天凌晨，不论是面对着窗外的桂林山影，还是听到合肥稻香楼树丛中画眉的鸣声，或者听到西安丈八沟丛篁中的窸窣声，摆在我眼前桌子上，我潜心默读的总是这一部论文集。我就这样断断续续而又锲而不舍地读了三年。开头时，我对书中的一些论文颇感到有点新鲜。但是越读越觉得其中有些意见极为偏颇，觉得好像是有意标新立异。我随时把书中的意见和我自己的看法都做了详细的笔记。就是在这时候，我还没有写什么东西的想法。但是，随着时间的推移，我越来越觉得有如骨鲠在喉，一吐为快。终于拿起笔来，写了间断了二十四年以后的第一篇讨论原始佛教语言问题的论文《三论原始佛教的语言问题》。临时又补写了两篇论文，把我那未竟之意都收在里面，名之为《中世印度雅利安语二题》。这可以算是第二次高潮吧！

从笔调上来看，这几篇论文尖刻的程度似乎还要超过《二论》。《二论》尖刻的原因，我上面已经谈过了。这一篇《三论》情况完全不同，为什么还这样尖刻呢？说句老实话，我写的时候，并没有意识到这个问题，那只是信笔所之，自然流露，我自己的主观能动性在这里根本没有起作用。但是，世间万事万物都有一个原因或者根源。我这样做的根源何在呢？仔细分析起来，约有以下诸端：首先是，学术讨论要有充分的论据。但是，座谈会上的一些意见，论据是不够充分的。至于 Bechert 教授反对我的意见的那些意见，更是轻率到令人吃惊的地步。比如 -aṃ>-o,-u 的问题就是如此。在他举出的书中第一行第一个字就是这样的语法现象，但是他却偏偏说根本没有，这真难免令人啼笑皆非。其次，他在文章中使用的调子也过于轻率。这些我在文章中都已谈到，这里不再重复。最后，我总觉得，Bechert 教授等一些学者好像是有意标新立异。有此诸端，蕴积心中，发而为文，笔调在不知不觉中就尖刻起来。一个人放弃自己的学术观点，是非常困难的。我扪心自问：我自己是不是也陷入了这个泥坑，看到不同的意见而火冒三丈呢？经我再三检查，自己并不是这个样子。不管怎样，我相信，我这种尖刻还是善意的，是与人为善的。一个青年朋友说，这是我的文风。我认为，我的文风确有尖刻的一面；但也并不缺少温柔敦厚的一面。退一步说，讨论学术问题的文章写得生动一点，似乎也无伤大雅。我同 Bechert 教授经常通信，我们也算是老朋友了，我想他会理解并且谅解这一点的。

Bechert 教授和美国的爱哲顿教授，算是我的某一部分论点的反对派。我的《再论》是针对爱哲顿教授的，《三论》是针对 Bechert 教授的。是不是在世界上梵文学界中我只有反对派呢？也不是的。据我所知道的，世界上也不乏支持、鼓励我的学者。日本东京大学著名的梵文教授原实博士就是其中最突出的一个。他在国际梵文学者的大会上发言，对我给予鼓励。在给我的信上，也给我以赞誉。对于这些隆情厚谊，我衷心感谢。我虽然修养不够，但还没有卑下到听到批评就发火，听到赞誉就飘飘然的地步。自知之明我多少还算是有一点的。不管怎样，国内外一些同行的朋友对我的鼓励，我看作是对我的鞭策。我之所以今天在隔了那么长的时间之后又搞起佛教梵语来．除了别的原因以外，朋友们对我的鼓励是主要原因。我希望能竭尽绵薄，再在这方面做一点工作，庶不致辜负他们的期望。

也许有人要问：费这样多的精力来研究佛教梵语，究竟有什么意义与价值，究竟有什么用处呢？这是一个颇为难以回答的问题。要想直接同四化，同两个文明的建设挂上钩，确实有点困难。但是，如果把眼光放宽，也确实能找出不少的用处。

过去西方学者研究比较语言学，意在找出印欧语系诸语言间的相互关系，发现发展的规律，蹊径独辟，成绩辉煌。但是在这个范围以外的问题，往往注意不够，甚至不加注意。我研究佛教梵语几十年以来，不管成绩大小，环境如何，有一个指导思想始终没有放弃，这就是，除了找出语言发展的规律性的东西以外，我希望把对佛教梵语的研究同印度佛教史的研究结合起来。这个想法，最初 Bechert 教授也是赞成的。他在一篇论文中讲到我那一篇论 -aṃ>-o,-u 的论文时说，这能达到“有用的目的”(useful purpose)，能确定《妙法莲华经》某一个本子的产生地区。这个意见我是同意的。但是，不知出于什么原因，他后来来了一个一百八十度的大转变，硬说印度西北方言中没有这样的变化。这一点我在上面已经谈到了。不管怎样，我不想随着他的转变而转变。我仍然坚决维持我原来的看法。我觉得，这一条路并非独木小桥，而是阳关大道。我还要继续走下去。我只恨自己走得还不够彻底，还不够深入，还不够细致。我相信，许多印度佛教史上的问题，可以通过佛教梵语的研究而得到解决。除此以外，研究了佛教梵语的发展规律，对印度语言发展史的研究，也会有很大的帮助，这是不言自喻的。

写到这里，篇幅已经够长了，想说的话都已经说完了。我只希望，这些话能帮助读者了解我写这些论文的背景和用意，让这篇自序不致完全成为蛇足。回顾我对佛教梵语的研究已经有四十多年的历史了。这一条研究的道路并不平坦，几经波折，屡历风雨。但是，不管由于什么原因，出于什么动机，我总算是坚持下来了。说到坚持下来所获得的成绩，我却只有脸红，然而并不气馁。虽年逾古稀，但我仍然要说一句：希望在于未来。在今后若干年的时间内，在完成其他课题的同时，我将利用一切可以利用的时间和精力，继续对佛教梵语进行探讨，希望能解决一些新问题，取得一些新成果。我在上面曾谈到两次研究高潮。我相信，在今后图书资料条件日益改善的情况下，在自己研究兴趣日益浓烈的条件下，必将有一个第三次高潮出现，而且是一个高于前两次高潮的最高的高潮。

1984 年 3 月 26 日

原始佛教的语言问题

现在印度正以极其隆重的仪式纪念佛教创始人释迦牟尼涅槃二千五百周年。我们都知道，佛教在中印文化交流中起过很大的作用。对中国文化的许多方面都有过影响。因此，有很多人关心这次的纪念，这是完全可以理解的。下面我从佛教史里选出一个国外梵文学者和佛教研究者多少年来争而未决的问题，提出我的看法，借表纪念之意。

巴利文小品 (*Cullavagga*)V.33.1 叙述了一个故事：

这时有两个比丘，姓耶弥卢谛拘罗，是兄弟俩，原来生在婆罗门家中，声音良好，善于谈说。他们来到世尊那里，向世尊致过敬，坐到一旁去；坐下以后，两个比丘向世尊说："大德！现在的比丘，不同姓，不同名，不同门阀，不同家室，都来出家。他们用自己的方言俗语毁坏了佛所说的话。请允许我们用梵文表达佛语。"佛世尊呵责他们说："你们这些傻瓜，怎么竟敢说：'请允许我们用梵文表达佛语。'傻瓜呀！这样既不能诱导不信佛的人信佛，也不能使信佛的人增强信仰，而只能助长不信佛的人，使已经信了的人改变信念。"呵责完了以后，又给他们说法，然后告诉比丘说："比丘呀，不许用梵文表达佛语！违者得突吉罗。"[1]

佛最后说：anujānami bhikkhave sakāya niruttiyā buddhavacanaṃ pariyāpuṇituṃ

上面这个故事牵涉到原始佛教的一个比较重要的问题，语言的问题。佛教在初兴起的时候，在许多方面，可以说是对当时占统治地位的宗教婆罗门教的一种反抗，一种革命。它坚决反对使用婆罗门教的语言梵文，是非常自然的。尽管在公元前五六世纪，梵文的发展已达到最高峰，如果使用它的话，可以给宣传教义带来很多好处，然而为了贯彻自己的主张，佛仍然丝毫不加考虑。并且骂这两个比丘是"傻瓜"。这两个比丘大概是由于出身婆罗门家庭的关系，脑筋里还有一些旧的思想意识，所以向佛建议采用梵文，因而受到了佛的呵责。

不用梵文，究竟用什么语言呢？在宗教宣传方面，"语言政策"还是一个比较重大的问题，对这个问题必须有一个决定。佛最后的一句话，就是回答这个问题的。

然而问题也就出在这里。这一句话本身比较含混，直译出来就是：

我允许你们，比丘呀，用自己的语言学习佛所说的话。

从汉文译文看起来，这句话也还算是清楚。但是专就巴利文原文来看，“自己的语言”(sakāya niruttiyā) 这个词就可能有两种解释：一种是“佛自己的语言”，另一种是“比丘自己的语言”。多少年来，国外梵文学者和佛教研究者争论之点，就在这里。

英国学者 T. W. Rhys Davids 和德国学者 H. Oldenberg 把这个词解释为“比丘自己的语言”[2]。德国学者 W. Geiger 把它解释为“佛自己的语言”[3]。自从他们引起争端以后，国外的梵文学者和佛教研究者纷纷参加，展开了热烈的争论。大体上可以分为三派：一派同意前者，一派同意后者，一派异军突起，另立新说。否认 W. Geiger 的说法的有德国学者 F. Weller[4]、英国学者 A. B. Keith[5]、德国学者 M. Winternitz[6] 等。

英国学者 E. J. Thomas 提出了一个新的解释。他把 nirutti 解释为“文法”，把佛最后说的那一句话译为：

我允许你们，比丘呀，根据它的文法去了解佛所说的话[7]。

这当然是讲不通的，因为 nirutti 决不能解释为“文法”[8]。

W. Geiger 看起来很孤立。但是他有一个很有力量的靠山。他引用了巴利文佛典注释的权威佛音（Buddhaghosa）的注释作为自己的依据。

此处所谓sakā nirutti就是三藐三佛陀所说的摩揭陀方言[9]，这又是怎么一回事呢？要想说明这些问题，解决这些纠纷，必须研究一下佛在世时所说的方言和佛典编纂的过程。

我们知道，释迦牟尼生在当时印度的北部边陲地区，在现在的尼泊尔境内。但是他一生游行传教却多半是在当时的摩揭陀国(Magadha，约当现在的比哈尔邦)。因而他利用的语言，很可能就是摩揭陀语[10]。从各方面来推测，他活着的时候，还不会有写定的佛典，不管用什么语言。

根据佛教的传说，他涅槃后不久，他的弟子大迦叶就在王舍城召集五百罗汉，结集佛经。因为有五百人参加，故名“五百结集”。佛涅槃后一百年，佛教徒又在毗舍离集会。因为有七百人参加这次大会，故名“七百结集”。据早期的传说，这次集会的主要目的是铲除教律方面的十种邪说[11]。但是较后的传说则说，这次集会延续了八个月，把世尊的遗说校阅了一遍[12]。这说法显然有点太过火了。但是，佛死了已经一百年，前此专恃口头流传的佛经可能有一些已经写定下来。所以这个传说里面可能包含着一些历史事实。

据学者们一般的意见，大概在第三次集结的时候，大规模地编纂大藏经才有可能[13]。这时候正是佛教护法大王阿育王(即位时间约为公元前273年)在位的期间。高僧Tissa Moggaliputta在波吒利弗(Pāṭaliputra，现在的巴特那)会集众僧，来编纂佛典。我们上面已经说过，佛在世时宣扬教义所用的语言，可能是摩揭陀语。那么，在他死后，佛徒们根据口头流传下来的一些零碎经典而编纂佛典的时候，编定时所用的语言也就会是摩揭陀语。但又不会是纯粹的摩揭陀语，因为时间渐久，佛教传布的区域渐广，想保持一种纯粹的语言，是不能够想象的。所以德国学者 H. Lüders 就把这原始佛典所用的语言称为古代半摩揭陀语。Tissa Moggaliputta 属于上座部（梵文是 sthaviravāda，巴利文是 theravāda），所以他带头编纂的也就是这一派的经典。他还派遣和尚四出宣传佛教。被派到锡兰去的就是阿育王的弟弟（一说是阿育王的儿子）摩哂陀 (Mahinda)[14]。据锡兰佛教徒的传说，现存的巴利文大藏经就是摩哂陀带到锡兰去的，而巴利文也就是摩揭陀语 (Māgadhā nirutti, Māgadhikā bhāsā)，换一句话说，巴利文就是佛所说的话，而巴利文大藏也就是佛教的唯一正统的经典。

写到这里，我们再回头看上面说过的佛音对 sakā nirutti 这两个字的解释，我们就可以明白，他之所以这样解释，是他的立场决定的。他是巴利文佛经注释的权威，他拥护巴利文经典，他当然会不遗余力地为巴利文经典争一个正统的地位。他的解释之不可靠，之主观，原因也就在这里。

我们还可以从语言特征上来阐明巴利文不是摩揭陀语。关于巴利文的流行地区问题，学者们有各种不同意见。Westergaard[15] 和 E. Kuhn[16] 认为巴利文是优禅尼 (Ujjayinī) 地方的方言。R. O. Franke 从碑刻方向来着手研究这个问题，结论是：巴利文是宾陀山 (Vindhya) 中部至西部一带的方言[17]。Sten Konow 也以为宾陀山地带就是巴利文的故乡[18]，因为他发现巴利文与毘舍遮语之间相同的地方很多，而毘舍遮的故乡他就定为优禅尼[19]。H. Oldenberg 最初主张巴利文是羯going迦 (Kalinga) 方言[20]。附和此说者有 E. Müller[21]。但是 H. Oldenberg 后来又放弃了前说，另立新说，说巴利文是马拉提语的前身[22]。E.

Windisch[23] 和 W. Geiger[24] 则复归旧说，说巴利文就是摩揭陀方言[25]。

上面这些说法虽然纷歧，但也有比较一致的一点，这就是，多数学者都主张巴利文是一个西部方言。事实上也正是这样子。巴利文的形态变化与阿育王石刻的吉尔那尔(Girnār)石刻相似，如“于”格的语尾是 -amhi、-e，“业”格复数的语尾是 -ne 等等。但是另一方面，摩揭陀语则是一个东部方言，r 变成 l，s 变成 ś，以 -a 作尾声的字“体”格的语尾是 -e 等等。两者的区别是非常大的，无论如何也不能混为一谈。

根据上面的论证，我觉得，我们已经有把握来下一个结论了：sakā nirutti 不是指“佛自己的语言”，也不是指什么“文法”，而是指“比丘们自己的语言”。佛允许比丘们用自己的方言俗语来学习佛所说的话。

如果还有人认为这样的论证还不够的话，那么我们可以再举出一些新的证据。上面引的巴利文小品里的那一个故事，在中译大藏经里有不少的异本。现在条列如下：

《毗尼母经》卷四：

> 有二婆罗门比丘，一字乌嗟呵，二字散摩陀，往到佛所，白世尊言：“佛弟子中，有种种姓，种种国土人，种种郡县人，言音不同，语既不正，皆坏佛正义。唯愿世尊听我等依阐陀至（指梵文）持论，撰集佛经，次比文句，使言音辩了，义亦得显。”佛告比丘：“吾佛法中不与美言为是。但使义理不失，是吾意也。随诸

众生应与何音而得受悟，应为说之。”是故名为随国应作[26]。

《四分律》卷五十二：

时有比丘字勇猛，婆罗门出家，往世尊所，头面礼足，却坐一面，白世尊言：“大德，此诸比丘众姓出家，名字亦异，破佛经义。愿世尊听我等以世间好言论(saṃskṛta，梵文)修理佛经。”佛言：“汝等痴人，此乃是毁损，以外道言论而欲杂糅佛经。”佛言：“听随国俗言音所解，诵习佛经。”[27]

《五分律》卷二十六：

有婆罗门兄弟二人，诵阐陀鞞陀(Chandas-veda)书，后于正法出家。闻诸比丘诵经不正，讥呵言：“诸大德久出家，而不知男女语、一语多语、现在过去未来语、长短音、轻重音，乃作如此诵读佛经。”比丘闻羞耻。二比丘往至佛所，具以白佛。佛言：“听随国音诵读，但不得违失佛意，不听以佛语作外道语，犯者偷兰遮。”[28]

《十诵律》卷三十八：

佛在舍卫国。有二婆罗门，一名瞿婆，二名夜婆，于佛法中笃信出家。本诵外道四围陀(Veda)书。出家已，以是音声诵佛经。时一人死，一人独在，所诵佛经，忘不通利。更求伴不得，心愁不乐，是事白佛。佛言：“从今以外书音声诵佛经者，突吉罗。”[29]

《根本说一切有部毗奈耶杂事》卷六：

缘处同前。时尊者舍利子与二婆罗门子而为出家，一名牛授，二号牛生。二人悉教读诵经教。后时此二人共游人间，至一聚落，多获利养，便往此村。时彼二人先学婆罗门歌咏声法。由串习故，今时诵读作本音辞。时彼一人遇病，忽然身死。其现存者既溺忧心，经多废忘。即便还诣室罗伐城，入逝多林。既停息已，便诣尊者憍陈如所。礼敬事毕，自言：“尊者，可供温经。”答言：“善哉！我为汝诵。”既诵多少，报言：“尊者所诵经典，文皆谬误，音韵不长，致有所阙。”答言：“子我从先来如是习诵。”即便辞礼，更别往诣马胜、跋陀罗、大名、婆涩波、名称、晡律拏、牛主、毗摩罗、善臂、罗怙罗。既至彼已，白言：“尊者，共我温经。”答曰：“善哉！我为汝诵。”既诵多少，广说如前，乃至辞礼，遂诣尊者舍利子所。既敬礼已，白言：“邬波驮耶，可共温经。”答曰：“善哉！我为汝诵。”同诵之时，长引声韵。其舍利子声更倍长。白言：“大师，自余尊老，诵习皆谬。唯独亲教，音句无差。”报言：“汝愚痴人，自为谬误，谤余智者，不善诵经。彼诸大德，咸非谬误。”既被挫折，默尔无言。时诸苾刍以言白佛。佛作是念：“苾刍诵经，长牵音韵，作歌咏声。有如是过。由是苾刍不应歌咏引声而诵经法。若苾刍作阐陀(chandas，梵文)声诵经典者，得越法罪。若方国言音，须引声者，作时无犯。”[30]

以上共引了五个异本。同一节经文，同一首伽陀，同一个故事，在佛经里可以找到许多异本，这是一件常见的事情。上面引用的异本里有相同的地方，也有相异的地方。相同的地方说明，它们出自一源；相异的地方说明，它们有了不同的发展。在这些异本里，尽管详略不同；但是基本内容是一致的，同巴利文小品里的那个故事比较，基本内容也是一致的。因此，我们可以说，这些中文异本同巴利文本也是来自同源。说明这一点是有必要的。只有在这个基础上，我们才能根据中文异本确定对巴利文本的解释。

这五个中文异本在“语言政策”方面都表达了同一个思想：梵文绝对不允许用，但是方言俗语的利用是完全可以的。根据这一点来看巴利文小品里那个故事最后佛所说的那一句话，它的涵义就非常清楚，毫无可以怀疑的余地了。那一句多少年来争论未决的话我们只能译为：

我允许你们，比丘呀，用(你们)自己的语言来学习佛所说的话。

这个结论看起来平淡无奇，但是它实际上却解决了一个佛教史上比较重要的问题，语言问题。我们上面已经说到过，佛教初兴起的时候，是对婆罗门教的一种反抗。因此它在被压迫的人民大众中间找到了不少的信徒。这些人流品很杂，语言不同，出身各种姓，来自各地区。如果决定利用梵文，或者利用摩揭陀语来作学习媒介，就一定会有不少困难，就一定会影响佛教在人民大众中的传播。因此，原始佛教采取了放任的语言政策，一方面它不允许利用婆罗门教的语言梵文；另一方面，也不把佛所利用的语言摩揭陀语神圣化，使它升为经堂语而定于一尊。它允许比丘们利用自己的方言俗语来学习、宣传佛教教义。这对于接近群众，深人群众有很大的好处。据我看，佛教初起时之所以能在人民群众中有那样大的力量，能传播得那样快，是与它的语言政策分不开的；另一方面，后来佛经异本很多，语言很杂，不像婆罗门教那样能基本上保持圣典的统一和纯洁，这也是与放任的语言政策分不开的。

1956 年 12 月 17 日

附记：此文写完后，曾送请向觉明（达）先生指正。向先生回信说："我以为你的意见是正确的，也能说明佛陀的革命性和平等观。就在大乘佛教的传说中，也可以证明你的说法。如大乘佛教中经常说：'佛以一音演说法，众生随类各得解。'虽然是大乘的传说，而原始佛教的语言问题，就在这里也还是可以反映出一点真实情况来的。大乘佛教中这一传说应照尊说解释，剥去那神秘的外衣，归还佛陀的人间面目，从而连大乘佛教的用语问题也迎刃而解了。”我觉得觉明先生这个解释很好。爰本“貂尾续狗”之义，把它抄录在这里。

（原载《北京大学学报（人文科学）》1957年第一期）

再论原始佛教的语言问题
——兼评美国梵文学者佛兰克林·爱哲顿的方法论

在北京大学人文科学学报1957年第一期上，我写过一篇论文：《原始佛教的语言问题》。在这一篇论文里，我主要研究的是原始佛教的语言政策：它是否规定了一种语言作为标准语言？它是否允许比丘们使用婆罗门教的圣语梵文来学习佛教教义？我的结论是：原始佛教不允许比丘们使用梵文来学习佛教教义，它也没有规定哪一种语言作为标准语言；它允许比丘们用自己的方言来学习佛所说的话。[31]

在现在这一篇论文里，我想再进一步阐明：原始佛教经典是否是用一种语言写成的？换句话说，就是：佛教是否有一种用所谓“原始语言”写成的经典？这个问题同上面谈到的那个问题不相冲突。上面谈的是原始佛教不曾规定一种语言作为标准语；那是一个规定不规定的问题。现在谈的是最原始的佛教经典是否是用一种统一的语言写成的；这是一个有没有的问题。

没有，当然就不能规定；但是即使是有，也不一定就规定。这是截然不同的两个问题，不能混淆。

写这一篇论文，还有另外一个目的。我最近看到了美国已故梵文学者佛兰克林·爱哲顿 (Franklin Edgerton) 著的《佛教混合梵文文法和字典》(*Buddhist Hybrid Sanskrit Grammar and Dictionary*, Yale University Press，1953)。这一部书可以说是巨著，八开本，上册文法二百三十九页，下册字典六百二十七页。我在很长的时间内，也曾从事于佛教混合梵文的研究，看到爱哲顿先生的著作，心里当然很高兴。我觉得他的确是花费了极大的劳动，用了相当长的时间，做了一些有用的工作。这是值得我们向他表示敬意的。但是，据我看，我们的敬意也就只能表示到这个程度为止；超过了这个程度，那就是脱离实际，与事实不相符了。我最近接触到的一些（虽然还不算太多）关于这一部大著的书评，就正是脱离实际，与事实不相符的。有一些评论者把赞美的调子唱得过高了，难免有点混淆视听，给人们一些错觉。因此，我觉得有必要在这方面说几句话，特别是对他的方法论，我必须表示我的意见。

但是，要想给这一部巨著一个实事求是，恰如其分的评价，不是一件很简单的事情。逐字逐句去推求，没有必要，也不一定真正解决问题。如果用“擒贼先擒王”的办法的话，那么首先应该解决的问题就正是上面提出的那个问题：原始佛教经典是否用一种语言写成的？佛教是否有一种用所谓“原始语言”写成的经典？这是一个根本性的问题；只谈“混合梵文的研究”，也回避不了这个问题，对于这个问题的肯定的或否定的答复，决定了两种研究方法，同时也决定了两种研究结论。正确的答复决定了正确的方法，也就能导向正确的结论。反之就不能。在混合梵文的研究方面，这是一个关键问题。

遗憾的是，也可以说侥倖的是，正是在这个关键问题上，我同爱哲顿先生有着截然不同的两种看法。所谓遗憾，爱哲顿先生费了那么大的劳力，他的理论却是建筑在一堆沙上；所谓侥倖，我只需要抓住这个关键问题把我们不同的看法阐述一番，对这样一部巨著的估价也就在其中了。我的看法，我曾在以前的两篇论文里详尽地阐述过[32]。爱哲顿先生对于我那一些看法在他的书里（文法，第3—4页）也曾攻击过。我如默而不答，就仿佛是承认了他的看袪。因此，我觉得，我在这里也有责任对他的那一些批评一一予以答复。

我们的分歧之点究竟何在呢？简而言之，我同意德国梵文学者吕德斯 (Heinrich Lüders) 的意见，也主张原始佛教有一种用所谓佛教“原始语言”写成的佛典，这种语言就是印度古代东部的方言，所谓古代半摩揭陀语 (Ardhamāgadhī)；而爱哲顿先生则不承认有这样一部佛典，当然更不承认这部原始佛典是用东部方言写成的。这就是基本的分歧。

我为什么主张佛教有一种用古代东部方言写成的原始佛典呢？这是一个比较复杂的问题，应该从很多方面来加以论证。我先从佛教各派的经典谈起。

我们知道，佛教从很古的时代起就分成了许多派别。各派都或多或少地有自己的经典。现在流传下来的大体上有四类：第一，用巴利文写成的；第二，用其他中世印度文写成的；第三，用所谓混合梵文写成的；第四，用梵文写成的[33]。这些经典，所属的宗派不同，使用的文字不同，写成的时代不同，保留下来的数量不同，流行的地区不同；不同之点是很多的，但是有一点却是相同的：其中有很多篇章是逐字逐句完全相同的，不同的地方只表现在语言的特点上。

这样的例子是不胜枚举的。过去有很多梵文巴利文学者在这方面做了不少钻研工作。为了说明问题起见，我在这里举出几个例子来：

巴利文 *Suttanipāta* 431:

aṇumattena 'pi puññena altho mayham na vijjati|
yesañ ca attho puññānaṃ te māro vattum arahati||

Lalitavistara 261, 18:

aṇumātraṃ hi me puṇyair artho māra na vidyate|
artho yeṣāṃ tu puṇyena tān evaṃ vaktum arhasi||

Mahāvastu II, 238, 17:

anumātraiḥ puṇyaih artho mahyaṃ na vidyati|
yeṣāṃ na artho puṇyehi kathaṃ tāṃ māra vinesi||

第一首诗是用巴利文写成的；第二首和第三首都属于混合梵文的范围。这是语言方面的不同。巴利文是小乘上座部(Theravāda)的经典语言，Lalitavistara(大略与汉译佛典里面的《佛说普曜经》和《方广大庄严经》相当)是大乘的最广大经(vaipulyasūtra)之一，而Mahāvastu则是属于摩诃僧祇部(Mahāsānghika)的出世间语言部(Lokottaravādin)的律。这是宗派方面的不同。尽管有这些不同，但是这三首诗却是如此地相似；除了个别的例外以外，简直是逐句逐字相当。我们只能承认，它们是从一个共同的来源里衍变出来的。没有其他的可能。至于这个共同来源是否就是三者之一，那是另一个问题。

在佛典里面，偈颂由于本身易于背诵，所以也就容易辗转传袭。但是这种现象却决不限于偈颂；在散文里面也同样可以找到。

巴利文 *Dīgha Nikāya*[34]

Ekodakī-bhūtaṃ kho pana Vaseṭṭhā tena samayena hoti andhakāro andhakāra-timisā.Na candima-suryā paññāyanti, na nakkhattāni tāraka-rūpāni paññāyanti,na rattin-divā paññāyanti, na māsaddha-māsā paññāyanti,

Mahāvastu (I, 339, 1—9)

candramasūryā loke na prajñāyensuḥ | candramasūryehi loke aprajñāyantehi tārakarūpā loke na prajñāyensuḥ | tārakarūpehi loke aprajñāyantehi nakṣatrapathā loke na prajñāyensuḥ | nakṣapathehi loke na aprajñāyantehi na utu-saṃvaccharā paññāyanti, na itthi-pumā paññāyanti. Sattā Sattā tv eva saṅkhyaṃ gacchanti. Atha kho tesaṃ Vāseṭṭha sattānaṃ kadāci karahaci dighassa addhuno accayena rasa-paṭhavī udakasmiṃ samatāni. Seyyathā pi nāma payasotattassa nibhāyamānassa upari santānakaṃ hoti, evaṃ evaṃ pātur ahosi. Sā ahosi vaṇṇasampannā gandhasampanna rasa-sampannā,seyyathā pi namasampannaṃ vā sappi, sampannaṃ vā navanītaṃ, evaṃ vaṇṇa ahosi; seyyathā pi nāma khuddamadhu anelakaṃ evaṃ assādā ahosi.

rātriṃdivā loke pna prajñā-yensuḥ | rātriṃdivehi loka na prajñāyantehi māsārdhamāsā loke na prajñāyensuḥ | māsārdhamāseṣu loke aprajñayamāneṣu ṛtusaṃvatsarā loke na prajñāyante || dharmatā khalu bhikṣavo yaṃ tesāṃ satvānāṃ svayaṃprabhāṇāmantarikṣa carāṇāṃ yāvadyenakā-maṃgatānāṃ || ayam api māhapṛthivīudakahradaṃ viya samudāgacchet || sā cābhūd varṇasampannā rasasampannā sayyathāpi nāma kṣudraṃ madhvaneḍa-kaṃ evamāsvādo sayyathāpi nāma kṣirasantānaṃ vā sarpisantānaṃ vā evaṃ varṇapratibhāso ||

Dīgha Nikāya 是用巴利文写成的，而 *Mahāvastu* 则正如上面说过的，是用混合梵文写成的。但是上面举出的这一段散文，却是这样相似。只要加以分析比较，立刻就可以看出两者的关系是非常密切的。[35]

上面举的两个例子是从不同的佛典里选出来的。在同一部佛典不同语言的各种本子中，也可以找到这种现象。我也举一个例子。

在巴利文 *Dhammapada*(《法句经》) 里，有许多偈颂可以在驴唇体法句经 [36] 的残卷里找到。

Dhammapada, 27:

mā pamādam anuyuñjetha mā kāmaratisanthavaṃ ǀ
appamatto hi jhāyanto pappoti vipulaṃ sukhaṃ ǀ

驴唇体残卷 A’ 2(第 201 页):

apramadi pramodi’a ma gami radisabhamu ǀ
apramato hi jayadu viśeṣa adhikachadi ǀ

把两首诗拿来一比，就可以发现，两者基本上是一首诗，但是字句又不完全一样。两者的关系同上面举的那几个例子是一样的。

这样的例子在佛经里面真是俯拾即是。为什么有这样的现象呢？可能有两个解释：第一，从印度语言的发展上来看，巴利文早于所谓混合梵文和其他俗语；因此，巴利文的本子很可能就是原本，而混合梵文的本子以及其他俗语的本子是从巴利文里抄来的。佛教梵文更是比较晚的，在解释上，不致发生困难。第二，混合梵文的本子、其他俗语的本子，以及梵文本子，都不是从巴利文抄来的，它们（包括巴利文）都来自同源，都是从一个地方抄来的。在抄的时候，巴利文本子"巴利化"，混合梵文本子"梵文化"，俗语的本子"俗语化"；从同一个来源出发，各自向着不同的方向演化，结果形成了现在这个样子。

现在我们来研究一下，究竟哪一个解释是正确的。如果抛开别的现象不谈，专从语言的发展上来看，巴利文的确是最老的，它有资格做其他本子的父亲；因此，第一个解释就对了。但是，如果再进一步加以仔细的分析，把其他现象也考虑进来，就会觉得，第一个解释是说不通的。在混合梵文和其他俗语里面，间或有一些语法形式与巴利文相冲突，而这种冲突又不能用后来的演变来解释。这就说明，它们不是从巴利文里面借来的，而是从其他一种可能更古的语言里演变出来的，例如 *Suttanipāta* 431 的 aṇumattena 是具格单数，在 *Lalitavistara* 里与它相当的字是 anumātraṃ 是业格单数，在 *Mahāvastu* 里是 anumātraiḥ，是具格复数。在这里，巴利文显然不会是共同的来源。根据吕德斯的意见，这三个字都是从一个最古的本子转译过来，而且是转译错了的。原文大概是 aṇumatte hi，字尾 -e 在这里是体格单数，这种语法现象为后来的译者所不解，因而发生了错误。[37]

同样的情况也表现在第二个例子和第三个例子上。把巴利

文的 *Dīgha Nikāya* 拿来同 *Mahāvastu* 仔细比较，或者把巴利文的《法句经》同驴唇体残卷拿来仔细比较，我们就会发现，在基本上一致之中，终究还有不一致的地方。这也说明巴利文不会是来源。两者有一个共同的更古的来源。

因此，我们必须承认第二个解释是正确的，必须假定，在过去确实有过一个原始佛典。其他比较晚出的佛典，不管是用巴利文写成的，用其他印度中世俗语写成的，用混合梵文写成的，还是用梵文写成的，都来自同一部原始佛典。只有这样，上面提到的那种现象才能解释得通。

这一部原始佛典是用什么语言写成的呢？揣情度理，它应该是一种东部方言。因为佛陀自己是生在印度东部，他一生游行说教也是在印度东部，他的许多大弟子也都是生在这一带。尽管当时还不可能有书面的记录；但是他们宣传教义必须用一种语言作为工具，而这一种语言又必须是他们自己掌握的同时又是当地老百姓所能够了解的。合乎这个条件的只有当时东部的方言。不这样，是无法理解的。

据我们现在的推测，佛典形成的过程大概应该是这样的：佛陀本人不会有什么著作，这一点是可以肯定的。但是他却不可能没有一些常说的话，佛典里面有关十二因缘的那一段经文可能就属于这一类。当时没有书籍，学习经典都是师傅口授，弟子口学。最初口授口学的一定就是佛陀经常所说的一些话；因为这些话一听再听，一传再传，就比较牢固地印在徒弟们的记忆里，时间一长，就形成了佛典的基础。在这个基础上，随着时代的推移，一代一代的师傅和徒弟逐渐增添上一些新的东西，到了编纂写定的时候，已经是一部比较大的书了。

既然佛陀本人，以及佛教初期那些大师都是东部人，说的是东部的话，最初这一部佛典，也就是我们所谓的原始佛典，也就应该是用东部方言写成的。不这样，是无法理解的。

也许有人会说，这只是毫无根据的幻想。我们说，不是这样。多少年来许多国家的梵文学者的研究结果给我们提供了颠扑不灭的铁证。我们现在就先从印度古代语言的发展方向，从方言的分布方面来研究一下这个问题。古代印度东部主要的俗语是摩揭陀语（Māgadhī）。印度古代俗语语法学家醯摩战达罗 (Hemacandra，寒月)，在他的俗语文法[38]里，列举了摩揭陀语的特点：阳性体格单数字尾是 -e(IV，287)，r>l(IV，288)，s>ś(IV，288)。这一些语法现象在别的语法书里也可以找到。此外，他还提出了下面两条规则：

saṣoḥ saṃyoge so 'grīṣme(IV，289)

s 和 ṣ，在一组辅音之前，就变为 s，grīṣma 是例外。

ṭṭaṣṭhayoḥ sṭaḥ(IV，290)

ṭṭa 和 ṣṭha 变为 sṭa。

这两条是别的书里面找不到的，我们不拿来作为讨论的依据。[39]

语法学家提出的摩揭陀语的这些特点在古代碑刻里得到了证实。我们拿阿育王碑来做一个例子。阳类以 -a 作尾声的字体格单数的语尾，在东部碑刻 (K.，Dh.，J.) 里，的确是 -e，而与

此相当的西部碑刻 (G.) 则作 -o。r 也的确是在东部碑刻里变为 l，譬如 rājā(国王) 变为 lajā；西部方言的 ārabhisu，在西北部碑刻 (Sh.，M.) 里是 arabhiyisu 和 arabhisu，而在东部方言里则是 alaṃbhiyisu 和 ālabhiyisu。既然语法学家的理论和碑刻完全相同，这一定就是事实，东部方言的特点一定就是这样子，再没有什么怀疑的余地。

但是原始佛典的语言是否就是纯粹的摩揭陀语呢？根据当时的各种情况和条件来推断，它不可能是纯粹的摩揭陀方言。阿育王时代的官方语言是古代半摩揭陀语 (Ardhamāgadhī)。大概在阿育王以前很多年北印度的流行语言就是这种语言[40]。耆那教的信徒说，耆那教的始祖大雄 (Mahāvīra) 就是用这种语言来宣扬他的学说的，耆那教的早期经典也就是用这种语言写成的[41]。佛陀同大雄，生值同世，宣教活动的地区又完全一样，很难想象，他们俩使用的语言竟会不一样。因此，我们必须假定，佛陀和他的大弟子们宣传佛教时所使用的语言，佛教原始经典的语言，不会是纯粹的摩揭陀方言，而是古代半摩揭陀语。

我们对原始佛典语言特点的研究证实了这个假定。原始佛典的语言保留了摩揭陀语的许多特征，像阳类以 -a 作尾声的字体格单数的语尾是 -e，r>l 等等。但是也有同摩揭陀语不同的地方。譬如在摩揭陀语里，三个咝音 ś，ṣ 和 s 都变成了 ś，而在原始佛典里却同巴利文以及其他西部方言一样，三个咝音都变成了 s。这正是古代半摩揭陀语的特点。这些现象都说明，原始佛典的语言不可能是纯粹的摩揭陀语，而是古代半摩揭陀语。

我们上面已经说过，比较晚出的巴利文佛典、混合梵文佛典、其他中世印度俗语佛典，以及梵文佛典里面比较古老的那一部分都来自同源。他们之所以成为现在这个样子，是经过了一番翻译的手续。由于这些语言在语言形态方面很接近，又因为译者对语言的掌握能力不见得都很高，所以我们就不能要求他们的译文都完全正确。无论是在巴利文里，或者是在混合梵文，以及其他中世印度俗语里，都保留下了一些东部方言的残余。这种保留可能是有意的，他们想保留一些原始佛典里的东西；也可能是无意的，他们的语言水平决定了他们会犯错误。无论如何，东部方言的残余被保留下来，总是事实。学者们给这种残余起了一个名字，叫做“摩揭陀语残余”(Magadhismus)。

我们现在就来分别谈一下这些残余。

先从巴利文谈起。关于巴利文的性质问题，多年来学者们曾有过大争论，提出了五花八门的看法。到现在，大多数的学者都承认巴利文是一个西部方言。它的语法现象同阿育王碑里面的基尔纳尔 (Girnār) 石刻基本上是一致的，而基尔纳尔石刻所代表的正是西部方言。所以，巴利文的性质应该说是已经肯定了。

但是，在这样一部用西部方言写成的佛典里面，特别是在较古的那一部分里，却明显地有东部方言的残余。这又应该怎样解释呢？把这一种现象同我们上面谈到的承认有一种原始佛典存在的事实结合起来看，这个疑问就迎刃而解：巴利文佛典里较古的部分是从原始佛典里“翻译”[42]过来的。摩揭陀语残余就是在翻译的过程中留下来的。

在巴利文佛典里，这样的例子随处可见。[43]譬如 -e 代替 -o:

pure=puras；attakāro 变成 attakāre；bahuke jane pāsapāṇike=bahuko jano pāsapāṇiko。随处都可以遇到的呼格复数 bhikkhave“比丘们呀！”也是一个摩揭陀语的残余。r>l 的现象在巴利文里也可以找到，譬如 palikuṇṭhita“包起来了”，是字头 pali+ 字根 guṇṭh，pali=pari。这种例子还多得很，只举出上面这几个，也就足以说明问题了。

这都是事实，事实是否认不掉的。装做看不见，它们仍然是存在的。

现在再谈一谈混合梵文。混合梵文产生的原因是什么呢？我在《原始佛教的语言问题》那篇论文里已经详细地论证了原始佛教的语言政策。佛教初起的时候，多少是对婆罗门教的一种反抗，它在被压迫的人民群众中找到了不少的信徒。这种情况就决定了它必须采用放任的语言政策；如果它采用梵文做标准语言的话，就会脱离群众。但是，这只是佛陀在世时和他涅槃后几百年内的情况。这种情况也是会变的。这种变化归纳起来可以说有两方面。一方面是内在的变，也可以说是内因。佛教初兴起时，是用“在野”的身分反抗当时正统的国教，即“在朝”的婆罗门教；它的宣传对象是一般老百姓，所以才采用俗语。但是，到了后来，经过阿育王和迦腻色迦王的大力支持，佛教的阶级地位改变了，它已经取婆罗门教而代之，上升为国教；从此以后，它的宣传对象也随之改变，不再是一般老百姓，而主要是社会上层的统治阶级。因此就决定了语言政策的改变。在一些宗派里，经堂语不再是俗语而是梵文了。所谓佛教的护法大王迦腻色迦统治地区主要是印度西北部，佛教的一个宗派，说一切有部，也主要流行在这一个地区，而说一切有部却正是采用了梵文当作经堂语。这一事实是十分值得我们寻思的。

另一方面，是外在的变，也可以说是外因。在极长时间占统治地位的梵文，在公元前后的几个世纪以内，曾一度失势。到了公元初，又逐渐有抬头之势。“梵文复兴”这一个名词也许是太夸大了一些；有些学者反对，是完全有理由的。但是梵文曾一度失去过去的活力和光彩，后来又逐渐恢复，这却是事实。佛教徒为了适应时代潮流，宣扬自己的教义，就不得不采用梵文来做工具。

这种做法是违反佛陀的意旨的。在巴利文小品(*Cullavagga*) V.33.1 里，佛陀明明白白地告诉比丘们，不许用梵文表达佛说；谁要是违反了这规定，就要受到惩罚。这本来是再清楚不过的。但是，在这一个故事的各种异本中，对于佛陀说的这一句话竟有不同的解释。在《毗尼母经》[44]、《四分律》[45]和《五分律》[46]里，说的同巴利文一样，是一个不许使用梵文这种语言的问题。但是在《十诵律》[47]里却说的是不许用吠陀的声音诵读佛经，是一个诵读声音的问题。《根本说一切有部毗奈耶杂事》[48]里也说：“若苾刍作阐陀声诵经典者，得越法罪。”这两个本子的意思就是，比丘可以用梵文表达佛说，只是不许用吠陀或梵文的声音来诵读佛典。这显然是违反、曲解佛陀的原意的。这又是什么原因呢？

这里面有极其微妙的苦衷。原来佛教各个派别在发展过程中，都规定了一种语言作为本派的经堂语。巴利上座部、昙无德部、弥沙塞部都以俗语为经堂语，而说一切有部及根本说一切有部则以梵文为经堂语。说一切有部和根本说一切有部之所以这样做，原因上面已经谈到过，他们是为时势所迫，不得不这样。然而他们也不愿意自己打自己的嘴巴，他们不能在自己的律里把佛陀的原话记载下来，因而只好曲解佛说擅改佛说了。

但是，这些不得不采用梵文做经堂语的和尚们不见得每个人都是婆罗门出身，他们绝大部分大概都不是。梵文这一种语言语法异常复杂，不是科班出身的人很难掌握得好。当这些和尚们从别的俗语，特别是东部方言，翻译经典的时候，把俗语改成梵文的时候，犯了许多语法错误是不可避免的。结果他们的梵文就成为一种非驴非马的东西。后世的学者无以名之，就名之为混合梵语。

所谓混合梵文就是俗语和梵文的一种混合物。其中梵文的成分和俗语的成分随时代早晚而不同：时代愈早，其中俗语成分也就愈多；时代愈晚，其中俗语成分也就愈少。甚至在同一部佛经的早晚不同的异本中，也表现出这种情况，《妙法莲华经》梵文原本就是一个最好的例子[49]。

在混合梵文里面，同在巴利文里面一样，也有东部方言的残余，譬如阳性以 -a 收尾的字体格多数的字尾是 -ā(应该是 -āḥ)，业格多数的字尾是 -āni(应该是 -ān)，呼格多数是 -āho(应该同体格一样)等等。

这也都是事实，事实是否认不掉的。装做看不见，它们仍然是存在的。

现在根据上面的论述归纳起来，我们可以得到这样一个结论：一部用东部方言，更具体一点说，就是用古代半摩揭陀语写成的佛典曾经存在过。这就是所谓原始佛典。后来佛教其他宗派的经典，巴利文佛典也包括在内，都是或多或少地从这一部佛典里演变出来的；最古的那一部分甚至可以说是翻译过来的。

这是一个客观的事实，并不是什么人专凭主观臆断幻想出来的。但是我们还要注意两种情况。一方面，由于种种条件和因素，在许多印度古代的方言中，有一种方言成为佛典的基础；这一种方言不但成为原始佛典的语言，而且余音袅袅，还有一些残余保留在晚出的佛典里。在另一方面，佛陀自己或者早期佛教的领导人，却并没有规定某一种方言是佛教的经堂语，他们允许比丘们用自己的方言来学习佛陀的教义。这两种情况，看起来好像是有点矛盾，但是实际上却丝毫没有矛盾之处。规定不规定是一个语言政策的问题；有没有是客观发展的结果。

据我看，这一点是很重要的。如果我们把佛典传承的情况同其他宗教经典传承情况比较一下的话，就会发现，其间有很显著的差别。伊斯兰教的经典《古兰经》，据我们所知道的，最初也没有定本。后来写定的时候，曾作过规定：如果在语言方面有分歧的话，应以麦加方言为主。结果只传下来一个定本，没有语言方面的分歧。天主教和耶稣教也有类似的情况。都不像佛教那样，根本没有什么定本，语言乱七八糟，每一个宗派几乎都有自己的语言。佛教之所以有这种情况，据我看，是跟它的语言政策密切联系的。

把话收回来，再谈本题。根据各方面的事实，我们得到的结论就是上面说的那样子。但是，我们认为是事实的，对爱哲顿先生来说，仿佛都不存在似的。他举不出多少理由，并且就连这点理由也不能自圆其说；但是，他却坚决不承认有一部原始佛典，当然更不会承认这一部佛典的语言是东部方言。

他究竟承认什么呢？他的主张的具体内容是些什么东西呢？这一点他并没有十分说明。他说，他认为林藜光的说法是比较可靠的。那么我们就来谈一下林藜光的说法吧！

林藜光在比较了上面引的巴利文小品 V.33.1 那一段的各种异本之后，问道：

> 可是，佛教徒，甚至在最古的时代，曾用过一种语言，这是可能的吗？如果人们考虑到他们在使用语言方面一向所表现的那种有伸缩性的自由宽大的精神，人们就会问：是否从最古的时代起就存在着许多佛教语言，而摩揭陀语只是其中之一。[50]

最后他又问：

> 如果卑补拉瓦 (Piprāwā) 地带和摩揭陀地带清清楚楚地形成两个截然划分的语言区的话，为什么不能够假定，古代佛教的其他中心，吠舍离 (Vaiśāli)、憍赏弥 (Kauśāmbi)、秣菟罗 (Mathurā)、优禅尼 (Ujjayinī)，还有其他的城市，也各自有其特殊的方言，而这些方言又按照佛典中所明确表示的佛教团体可以采用当地方言的原则成为建立在这些中心的佛徒团体的圣语呢？[51]

林藜光企图用这种假定来解释为什么佛典有这样许多语言不同的本子。但是这种假定显然是不正确的。从最古的时代起，佛典的确就有许多语言不同的本子。如果只看到这一个表面现象，而不深入研究，不研究这些本子之间有否内在的联系，不研究它们共同之点何在，也不研究它们不同之点又何在，那么林藜光的假定也未始不可以成立。但是，事实上这些本子，尽管语言不同，它们是有内在联系的。第一，正如我们上面指出的，在各种本子里许多章节是出自一个共同的来源的；第二，我们上面也指出过，在各异本中都或多或少保留了一些东部语言的残余。这就有力地推翻了林藜光的假定。

但是，林藜光的说法却博得了爱哲顿的喝采。原因也并不复杂，爱哲顿不调查，不研究；但是他好像对原始佛典的问题，东部方言是原始佛典的基础语言的问题，抱有成见；他否认这些事实。无论什么学说，只要否定这种说法，而提出另一种说法，大概都会受到他的喝采。

上面我那一大套议论也许都太空洞，太抽象了。那么让我们再举几个例子吧。例子也用不着往远处去找，只把他的文法里[52]批评我的那几点意见答复一下，我想也就尽够了。

我在《使用不定过去时作为确定佛典年代和来源的标准》那一篇论文里，曾列举了五项原来是属于东部方言的而在*Mahāvastu*里也可以找到的语言方面的特点，来说明混合梵文和东部方言的关系：第一，阳性以-a收尾的字呼格多数字尾是-āho；第二，在eva这个字前面常常插入一个y，成为yeva；第三，y>h；第四，y>v；第五，梵文bhavati变成hoti。这五项特点都在爱哲顿先生大笔一挥之下“轻而易举”地给“批驳掉”了。

我现在就分别来谈一谈。

第一，阳性以 -a 收尾的字呼格多数在摩揭陀语里尾语是 -āho(u)，这种现象印度古代俗语法语学家俱罗摩地湿婆罗 (Kramadīśvara) 和摩哩犍底耶 (Mārkaṇḍeya) 就已经指出来过。俱罗摩地湿婆罗，5，97 就说 bamhaṇāhu=brāhmaṇāḥ。[53] 虽然我们不能迷信印度古代的语法学家，但是他们既然这样说，就一定有他们的根据，决不会是完全凭空捏造。至于这种语法现象在阿波拔罗舍 (Apabhraṃśa) 里面也可以发现，我在我那篇论文里也已指出来了。这种表面上看来似乎有矛盾的现象，其实是不难解释的。然而爱哲顿先生却抓住这一点，不看别的现象，不去想法研究这个现象的根源，只简简单单地说：既然阿波拔罗舍，特别是西部阿波拔罗舍里有这种语法现象，那么这就不是东部方言里的现象了。只有这点理由是不够的。我们仍然承认，-aho 是东部方言里的现象。

第二，在 eva 这个字前面常常插入一个 y，成为 yeva，皮捨尔[54] 已经指出来，这种语法现象在巴利文和摩揭陀语里都可以发现。吕德斯[55] 也谈到过这种情形。这种语法现象的老家究竟是在什么地方呢？我们先看一下阿育王碑里面的情况：

	FIG	FIVE	FIVF	FXIVA
G	eva	ceva		eva
K	yevā	cevā	(c)ev(a)	yevā
Sh	vo	ca yo	(yo)	vo
M	y(eva)	yeva	yo	……
Dh	……	ceva	yeva	……
J	yeva	……	(y)e(va)	……

G(irnār) 代表的是西部方言，只有 eva，而没有 yeva。K(ālsi)、Dh(auli)、J(augaḍa) 代表的是东部方言，yeva 或 yevā 很多。这不是明明白白地告诉我们，yeva 的老家究竟是在什么地方吗？巴利文，同 G 所代表的方言一样，是西部方言。里面的 yevā 无疑是从东部借来的。

但是爱哲顿先生对这些现象都不置一词，仿佛它们不存在似的；他只说，这种现象巴利文里也有，因此它就只能是一个本地土生土长的语法形式。

第三，y>h，-eyaṃ 变成 -ehaṃ。这种现象很多学者都已经指出来过。[56] 事实上，阿育王碑也给我们提供了坚实可靠的证据：在东部方言里，主动语态现在时希求语气单数第一人称，有下面几个字：yehaṃ, K VI, L; M VI, L(由东部方言借来); Dh VI, L; J VI, L; ālabhehaṃ; Dh Sep.I, B; II, B; J Sep.I, C; II, C; paṭipādayehaṃ, Dh Sep.I, B; paṭipātayehaṃ, J Sep, Ⅰ, C; II, C；abhyuṃnāmayehaṃ，Tōp.VII，19。在混合梵文里，这种语法形式也不少，譬如在 *Mahāvastu* 里就有。根据阿育王碑提供的材料，混合梵文里这些形式是从东部方言里承袭过来的。

爱哲顿先生怎样对待这个现象呢？他表现出了一种扭扭捏捏的态度，似乎想承认有这样一个字尾 -ehaṃ，似乎又不想承认。在文法的导言里，他一会儿说，-ehaṃ 应该是 -e'ham，-e 是字尾，而'ham 就是 aham(我)；但一会儿又说，即使真有这样一个字尾的话，它也只能是将来时，而不是希求语气。这话跟我们讨论的问题有什么关系呢？说了等于不说。他扭捏了半天，最后还是说："没有充分的理由把它看做'东部'的。"我不知道，爱哲顿先生所要求的究竟是什么样的“理由”。

在《文法》31,21,22节里,他又提到上面说的那一种把-ehaṃ解释成-e'ham的办法,而且还举出了不少的例子。我想,我们不必费许多力量再去寻找什么例证来反驳他,我只从他所列举的例子里拣出几个来,看一看这位学者怎样自己打自己的嘴巴:

yaṃ nūnāhaṃ kalpānāṃ śatasahasraṃ tiṣṭhehaṃ(Mv.I.51.7—8)

tasmiṃ samaye ahāṃ anuttaram samyaksaṃbodhim abhisaṃbudhyehaṃ(Mv.I.61.5)

yan nūnāhaṃ……āpadyehaṃ(Mv.II.73.16—17)

Sa khalu shaṃ bhikṣavaḥ sādhu ca suṣṭhu ca abhisaṃskāreṇa ucchretvā pāṃśukṛtān gātrāṇi pāṇinā parimārjehaṃ(Mv.II.126.7—8)

这些句子里,都有句主ahaṃ(我),后面的动词字尾是-ehaṃ。按照爱哲顿的解释,ahaṃ这个字就出现两次。我不知道,世界上有什么语言,第一人称的“我”在一个句子里必须出现两次。这显然是说不通的。但是爱哲顿先生却在扭扭捏捏吞吞吐吐之余,坚决不放弃这一种说法。我不知道,这是一种什么思想方法,这是一种什么方法论。

第四,y>v。我还是先把阿育王碑有关这个现象的材料写出来,因为这些材料是最可靠的证据:

F VII A	G	vaseyu
	K	vas(e)vu
	Sh	vaseyu
	M	vaseyu
	Dh	(va)sevū
	J	va(s)e...

西部方言是 vaseyu，西北部方言是 vaseyu，而东部方言则是 vesevu 或 vasevū。这是客观的事实，也是明显的对比，y>v 的现象在东部方言里是无可置疑的。虽然我在《使用不定过去时作为确定佛典年代和来源的标准》那篇论文里已经指出来过，并不是所有的东部方言都有这种现象；但是这与上面的结论并不冲突。上面举出来的例子就是铁证。

然而爱哲顿先生怎样说呢？他先说 yuḥ 之所以变成 vu，后面那一个元音 u 应该负责。最后他下了结论：“把 y 变成 v 这个现象限于任何地区，都没有充分的理由。在一个元音 u 前面的这种变化应该同在其他元音前面的变化区别开来。”[57]

这有点驴唇不对马嘴。我并没有谈到为什么变，我只说到怎样变。爱哲顿却只谈为什么变，对于怎样变却避而不谈。上面的例子已经充分说明，后面同样是元音 u，但是前面的辅音则有变有不变。怎能就简简单单地把变的原因一古脑儿推给后面的 u 呢？

第五，hoti。hoti 是一个东部方言的语法形式，迈格尔孙 (Michelson) 早已经指出过。[58] 阿育王碑也可以证明这一点。然而爱哲顿先生却反对这种说法。他说，在巴利文里面，这种形式多得很。他并且提出了他对这种语法现象的解释：在前一个字的元音语尾之后，bh 就变成 h。如果这个解释是正确的话，为什么 bh 只在阿育王时代的东部方言里变，（我在这里说的只是 hoti；bhoti 和 bhavati 的 bh，具格多数的 -hi，另作别论），而在其他方言里也变也不变呢？这种说法显然是不能令人满意的。

上面简单地叙述了爱哲顿先生在反驳我所列举的那五种东部方言的语法形式时所使用的方法论。但是这还不够。我在那篇论文里，除了列举那五种形式之外，还列举了另外一种形式。我在混合梵文里找到了大量的例子，阳性以 -a 收尾的字体格多数的字尾是 -ā，业格多数的字尾是 -āni。在正规的梵文里，阳性以 -a 收尾的字体格多数的字尾是 -āḥ，业格多数的字尾是 -ān。这种情况还不限于以 -ā 收尾的字，连阴性以 -a 收尾的字，阳性以 -u 收尾的字，阳性以 -i 收尾的字，都有这种语法形式；甚至代名词和数词也有。我们知道，这些都是东部方言所特有的语法形式。[59] 但是这种语法形式容易同常见的那一种性别错乱的现象相混淆；只从表面上来看，两者没有区别。

为了避免混淆，我就在那篇论文里从各方面来论证。我有足够的例证，把一切认为这是性别错乱的幻想打破。我首先举了很多例子，证明阳性以 -a 收尾的字体格多数字尾是 -ā：

在元音前面　pāpasamācārā āvṛtā (Mv.I，15，9)

在清音前面　na paṇḍitā praśaṃsanti (Mv.III，45，7)

在浊音前面　vāṇijā bhaṇanti (Mv.III，87，18)

在鼻音前面　śabdā madhurā (Mv.III，58，5)

在半元音前面　duḥkhitā viya (Mv.III，79，9)

在咝音前面　durlabhā santi (Mv.III，87，6)

在句尾　ca anutāpikā (Mv.III，87，3)

以上这些例子足以说明字尾确实是 -a，并不是由于什么连声法 (sandhi) 的规律而省掉了一个 -ḥ。

阳性和阴性以元音收尾的字业格多数的字尾是 -ni，-ni 前面的元音拉长。这样的例子我也举出了很多。在这里举几个：

antaḥpurikāni (Mv.III，164，17—18)

amātyāni (Mv.III，8，4)

avakāśāni (Mv.III，368，10)

aśvāni (Mv.III，147，20)

iśūṇi (Mv.III，362，9)

ṛṣīṇi (Mv.42，14)

karakāni (Mv.III，427，8)

karaṃkāni (Mv.III，83，16)

kalpāni (Mv.III，249，14)

kuṭīni (Mv.III，42，12)

keśāni (Mv.III，179，9)

kośāni (Mv.III，399，3)

krīḍamānāni (Mv.III，146，17)

jaṭāni (Mv.III,148，3)

dārikāni (Mv.III，76，13)

nāvāni (Mv.III，150，2)

下面再举几个代名词的例子。

tāni (Mv.III, 76, 3) 代表的是 dārakā 和 dārikā。

imāni (Mv.III, 107, 7) 代表的是 mahādvīpa。

再举几个数词的例子：

so ihāgatvā trīṇi vārāṃ mānuṣikāya vācāya

śabdaṃ karoti (Mv.III, 72, 20)

yo catvāri vārṣikāṃ māsāṃ pratisaṃlīno

karuṇaṃ dhyānaṃ dhyāyati (Mv.III, 210, 4—5)

阳性和阴性以元音收尾的字体格多数的字尾也有时候是 -ni, -ni 前面的元音拉长。例如：

kuṭīni (Mv.III, 168, 14)

kośāni (Mv.III, 12, 9)

grāmāni (Mv.III, 178, 1)

jaṭāni (Mv.III, 147, 2)

nādāni (Mv.III, 30, 11)

putrāṇi (Mv.III, 167, 3)

masakāni (Mv.III, 101, 10)

vānarāṇi (Mv.III, 29, 17; III, 29, 18)

śālāni (Mv.III, 79, 20)

阳性和阴性代名词体格多数的字尾有时候也是 -ni：

etāni (Mv.III, 188, 9)

上面虽然举出了不少的例子，但是从全部混合梵文的文法看起来，这些例子究竟还是少数，还算是例外；正规梵文的语法形式究竟还是多数，还是主导的形式。例如阳性以 -a 收尾的字业格多数的字尾是 -āṃ(-ān)：

karaṃkāṃ (Mv.II, 411, 2)

dārakān (Mv.III, 164, 17)

pādān (Mv.III, 115, 15; 110, 10 etc.)

putrān (Mv.III, 84, 9)

praśnāṃ (Mv.III, 384, 1)

māṣāṃ (Mv.III, 188, 6)

因此，我们的结论自然应该是：这些少数的例外是从方言里带进来的，这方言就是东部方言；这不是什么常见的性别错乱的现象。

我在那篇论文里，步步设防，层层堵击，把一切什么性别错乱的幻想都给包围起来，自以为是滴水不漏了。然而爱哲顿先生却对这一切都熟视无睹，仿佛这一切都根本不存在似的；他具有大神通，居然从我这些防御工事上飘过去，只念了一句咒语：这是阳性名词用了中性名词的尾巴（文法，8.92 节），就把我打倒了。

我对爱哲顿先生的方法论早就有意见。在他的一篇论文里[60]，他曾说到，完成式在俗语里和巴利文里是比较稀有的，但是在《妙法莲华经》里却不算少，因此他就下结论说，这些形式是属于原来的语言的。但是经过我自己的详细统计，结论却适得其反。在《妙法莲华经》的比较老的本子里，不定过去式比较多，而完成式是非常少的。梵文化的程度愈深，不定过去式的数目就愈少，而完成式的数目就愈多。很多原来的不定过去式都为完成式所代替。我举几个例子：

比较老的本子	比较近的本子
avoca	uvāca
avoca	āha
apucchi	uvāca
avocuṃ	āha
avocuṃ	āhuḥ

以上是从巴利文里找出来的例子。

adāsīt	完成式
kārapayiṃsu	kārayāmāsuḥ
avalokayiṃsu	avalokayāmāsa
asthāsīt	asthāt
avocu	ūcuḥ

以上是从《妙法莲华经》里找出来的例子。

这些例子都说明，完成式是比较年轻的。然而爱哲顿先生却利用他的独特的方法论，得到正相反的结论。

这是以前的事了。现在看了这一部大著，我恍然大悟，上面谈到的有关完成式的意见在那里原来只是牛刀小试，这里才是集其大成。我们对一位辛辛苦苦研究混合梵文二十多年的学者应该表示敬意，但是，如果他的论断竟然建筑在这样一些基础上，我就不禁要用中国古代一句现成话来问一问："虽多亦奚以为？"

据我看，这不是一个小问题，而是一个根本性的问题，因为这是方法论的问题。不管搜集了多少材料，如果方法不对头，那些材料都毫无意义。爱哲顿先生的确用了不少力量，搞了不少材料。但是对他来说，这些材料只是一堆乱七八糟的东西，他就硬把这些材料填到那两本皇皇的巨著里去。

所谓混合梵文，顾名思义，就可以知道，它是一种乱七八糟的混合起来的东西。但是无论什么事物都有规律，混合梵文也不例外。在乱七八糟的表面下，也自有规律在。如果方法论对头，抓住这些规律，就仿佛是抓到了纲，纲举而目张，乱七八糟的东西也就看出条理来了。

有一些语法现象本来是可以解释的。但是在爱哲顿的书里却找不到解释。下面我只举几个例子：

阳性以 -a 收尾的字体格单数在梵文里面字尾很简单：只有一个形式 -aḥ(-o)，而在混合梵文里据爱哲顿在他的文法里 (8.18—8.26) 所列举的就有 -o，-u，-ū，-a，-ā，-e -aṃ 等等形式。为什么有这样复杂的现象呢？其中自然是有道理的。譬如字尾 -e，爱哲顿只说（文法，第 4 页，注 11），在东部方言之外，别的方言也有这样的字尾；但是他并不进一步仔细追究一下，别的方言为什么有这样一个字尾。是本地有的呢，还是借过来的？因此，他的结论就是闪烁其辞，模棱两可。他半推半就，又想承认巴利文和混合梵文里的 -e 是借来的；同时又想否认掉这一事实。

又如 r>l 的现象，在混合梵文里也是不少的。古代印度俗语文法学家再三强调，这是东部方言里的语法形式，阿育王石碑也证明了这一点。但是爱哲顿先生却强调，r>l 的现象虽然在摩揭陀方言里可以找到，在其他方言里，甚至在梵文里，也能找到；在混合梵文里，还有 l>r 的现象呢（文法，1.32）。爱哲顿先生说的都是实话，但是他并没有分析，而且似乎也没有想去分析，为什么会有这样的现象。摩揭陀方言的特点之一是 r>l，和其他方言里有同样的现象，这两件事实并不互相排斥，而是完全可以解释的。然而爱哲顿却头发胡子一把抓，用一些似是而非的逻辑，得到一些扭扭捏捏、含含糊糊的结论。在他的字典里，有一些字本来完全可以解释的，由于以上的原因，也都没加解释。例如梵文 rūkṣa>lūkha，Rocani>Locanā，parigṛddha>paliguddha，parikuc- 或 -kuñc->palikuñca 等等的 r>l 的现象，爱哲顿只收在他的字典里，没有加以解释。他把这些看起来颇为奇怪的现象留给读者去意会。

以上只是举了几个例子，类似的例子是不胜枚举的。但是只是这几个例子也就足以说明爱哲顿先生的方法论了。应该说，这样的方法论是很危险的。混合梵文本来就是由很多成分混合起来的，读者所需要的正是提纲挈领的论述。像爱哲顿应用的那样的方法论只能把本来就复杂混乱的现象弄得更加复杂混乱，使读者如坠入五里雾中，找不到方向。

我不知道，爱哲顿先生是否也是实用主义的信徒。我总感觉到，他的方法论同许多打着实用主义旗帜的学者有类似之处。他们高喊“拿证据来！”，看来似乎很实事求是，是科学的态度，实际上却并不是这样。他们一点也不实事求是，他们最主观。对他们来说，材料并不是合乎规律的客观存在，而是可以随他们的意图任意支配的一堆乱东西。这种方法论与真正科学方法论毫无共同之处。我在爱哲顿先生这两册皇皇巨著所表现出来的方法论里，也嗅到了类似的味道。我们必须大力清除这种有关方法论的歪风！

1958年4月4日写完

（原载《语言研究》1958年第一期）

三论原始佛教的语言问题

引　言

1956年，我写过一篇《原始佛教的语言问题》。1958年，我又写了一篇《再论原始佛教的语言问题》。到现在已经有二十多年了。在这一段相当长的时间内，特别是在十年浩劫期间，我对国外研究这个问题的情况十分隔膜，因而没有能对这个问题继续探讨与钻研。只是在最近二三年内，我才又有可能了解外国的研究成果。原来在1953年美国学者爱哲顿(Franklin Edgerton)发表了*Buddhist Hybrid Sanskrit Grammar and Dictionary*，1954年德国学者吕德斯(Heinrich Lüders)发表了*Beobachtungen über die Sprache des buddhistischen Urkanons: aus dem Nachlass herausgegeben von Ernst Waldschmidt*。出版以后，曾在国外激起了一阵讨论原始佛教语言的热潮。[61] 爱哲顿的那几册皇皇巨著，我是知道的。我的那一篇《再论》就是针对他的巨著而写的。其余情况则茫无所知。1954年，德国东方学学者大会举办了一个讲坛讨论会，讨论了与此有关的问题。

到了1976年，在联邦德国格廷根(Gottingen)举行的“最古佛教传承的语言”(佛教研究座谈会II)，可以说是研究原始佛教语言问题的一次大检阅，集中地表现了在这方面的最新成果。我怀着十分愉快、兴奋的心情反复地阅读了座谈会上的全部文章，一方面感觉到，这样一个冷门居然还有这样多的学者在钻，大有空谷足音之感；另一方面又感觉到，会上某些文章的论点是值得商榷的。我不禁技痒起来，着手写这一篇《三论》。同前两论比起来，这篇《三论》涉及面要大得多，它涉及原始佛教经典的形成、佛教的传播、宗派的形成，以及对阿育王碑的评价等等一系列问题。不是我有意这样去做，而是其势使然。

我想谈以下几个问题：

一　有没有一个“原始佛典”？“原始佛典”使用什么语言？是否有个“翻译”问题？

二　释迦牟尼用什么语言说法？

三　阿育王碑是否能显示方言划分？

四　《毗尼母经》等经中讲的是诵读方法(音调)，还是方言的不同？

五　我的看法

现分论如下。

一

为了论证方便起见，我在这一节里着重阐述反对有一个“原始佛典”的学者们的意见。至于我自己的看法，留待最后一节(五)中去谈。

有没有一个“原始佛典”？好像是1976年格廷根座谈会的中心议题。参加会的大多数学者似乎都否认有这样一部经典，从而也就否认了使用东部方言古代半摩揭陀语写成经典的论断。因此，我想先来探讨这个问题。

据我所知道的，首先提出“原始佛典”这个概念的是吕德斯。他在一些文章中使用了这个名词；在我上面讲到的他死后出版的那一部著作中，他又集中地、系统地论述了“原始佛典”的语言特点。他首先使用的德文原文是Urkanon这个字，德国以外的学者也经常使用。总之，吕德斯是主张有一个“原始佛典”的。

法国学者烈维(Sylvain Lévi)使用过précanonique（前经典）这个词儿[62]。他把原始佛教经典称之为“前经典”，可见他不把它看作是经典。他根据早期佛教的一些术语，特别是律藏的一些术语，认为有一种“前经典语言”。我自己感觉到，这种“前经典语言”同吕德斯所说的“原始佛典“，有某些联系，不管烈维承认不承认有一个“原始佛典”。

贝歇特(H. Bechert)等一些参加1926年格廷根座谈会的学者们，大部分不承认有一个原始佛典。他们的理由何在呢？在否认派之间观点也不尽相同，论证的方法也多种多样。归纳起来，其理由约略有以下数端：

（一）语言问题与是否曾经有过一个Urkanon互相依存；

（二）佛的语言政策如此决定；

（三）佛典最初只是口头流传；

（四）没有一部现存的佛典能反映佛本人的语言；

（五）要使用新的研究方法；

（六）不能使用“翻译”这个词儿。

我在下面分别按顺序加以讨论。

（一）什么叫作“语言问题与是否曾经有过一个 Urkanon 互相依存”呢？用贝歇特的话来说，就是“可靠地去确定最古佛教传承的语言形式 (linguistic form) 这件工作，不能够同确定它的书面形式 (literary form) 分开来”。[63] 他认为，最早的佛教传统的书面综合物 (1iterary complex) 的形成是一个逐渐进展的过程。“拼凑起来的佛典的本子很可能在比丘们还是沙门 (śramaṇas?) 时跟随长老四处云游的最早时期就已经存在了。三藏中所有的本子并不是同时编定成为经典的，专就巴利文经典而论，也并不都是同时传入锡兰的。”[64] 先有一个个的个别的口头流传的教义传统，这些传统是地域性的。然后随着佛教的传播与推进，一步一步地逐渐汇成了超地域性的传统，结果形成了一部经典。因此说，佛教的经典传统是拼凑起来的。不同的传统之间，即使有相同的地方，也不一定要追溯出一个原型 (archetype) 来。所以，对所谓原始佛典的存在必须抱最大的怀疑态度。[65] 贝歇特问道：“真正有那么一个‘原始佛典’吗？还是毋宁说是许多个别的传统形成了一个最古的传统，这些个别的传统凑在一起随着佛教的传播与分化而逐渐形成一部佛典呢？”[66] 他的意思是说，没有一部原始佛典，只有许多个别的佛教传统。接下去他就说，最初佛教的传统材料是按照不同的分类原则来排比分类的，有藏 (piṭaka)，有尼迦耶或阿含 (nikāya，āgama)，有部类 (aṅga) 等。后来不同的地域传统汇成了超地域的传统，而不同的分类原则也汇合了起来，而藏独占了垄断地位，其他分类原则仅仅成为经藏的分支。法国学者 Colette Caillat 抱着同样的观点。她写道："我想到，所谓'原始佛教语言'这一个词儿，实际上仅仅只是我们构拟的结果；而且，一般是仅仅把支离破碎的情况加以考虑，结果绝大部分是从部分分析中得出来的。[67]

贝歇特还主张，不能只根据语言方面的论证来探讨问题，必须与部派的形成相结合。他说："从上面的叙述中可以看出，研究个别传本与最古传统的关系问题，必须与早期佛教部派的历史联系起来；也必须探讨这些部派的地域；这样巴利文的老家就不能完完全全按照语言的论证来确定，而应注意到上座部早期的历史。"[68] 他又说："地域的现实性大概也能够解释，为什么巴利文与超世部 (Lokottaravādin) 的语言相似，只看部派形成的历史，这是难以理解的。"[69] 总之，贝歇特认为，不但要注意部派历史，还要注意地域性，他的意思似乎是，吕德斯只根据语言方面的论证就"构拟"出来一个"原始佛典"，这样做是不行的。

英国学者 K. R. Norman 支持贝歇特的看法。他说："原始佛教语言问题是吕德斯非常注意的问题之一。巴利文经典中出现了许多不规则的形式，这引导他假设出一个用他所谓的古代半摩揭陀语写成的 Urkanon。我们看到了他搜集的想证实自己的理论的资料。贝歇特曾经正确地指出来过，这些特点并不一定必须支持吕德斯的理论，因为它们本身证实的只是，巴利文佛典的一些部分根据的传统是在某一个时候从与巴利文有点区别的一种或多种方言那里抄过来的。"[70] Norman 的意见与 Caillat 有相通之处。

最值得注意的是贝歇特等提出的层次说。贝歇特认为，首先出现的是律条部派，不久以后又出现了教义部派，这些部派总是出现在地区僧伽形成的部派内部。“值得注意的是，存在着分歧并不阻碍采用和改编经典编撰和分类安排的型式以及经典或经典的一些部分的型式。”上座部对经典的分类安排为所有的部派所采用。非上座部在借过来的模型中也窜入了自己的东西。总而言之，贝歇特的意思是说，佛教经典的形成分为许多层次 (stratum，复数 strata)。吕德斯从巴利文和佛教梵文的典籍中搜集来的那一些语言特点，不属于一个层次，而是属于许多不同的层次；能够证明是属于最古老的层次的语言特点可以追溯到最古的口头传统那里去，这个传统存在于任何零散的佛典或一部佛经的任何分类安排之前。他的结论是，没有必要像吕德斯那样设想有一部“原始佛典”或最初的佛典。[71] 他还在其他一些论文中多次讲到层次的问题，例如：“所以，在探讨我们的问题时，我们要仔细区分不同的历史层次。”[72] 在讲到梵文化的过程时，他也讲到“语言变化的不同的层次”，虽然他在这里使用了另外一个词儿 Schicht 来表示“层次”这个概念。[73]

他们提出层次论的目的是非常清楚的，无非是想证明吕德斯提出的那一些证据都不可靠而已。

（二）佛的语言政策，至少对绝大多数的梵文学者来说，是很明确的：他不允许和尚们使用梵文，而允许他们使用自己的方言。关于这一点，请参阅这一节和下面的第（四）节。

但是贝歇特在这里提出了佛的语言政策，却节外生枝，加上了许多“新”的解释。他写道：“我们也应该看一看早期佛教语言与僧伽的生活方式以及僧伽成员的社会出身的那种错综复杂的关系。如果从这个角度上看，佛不允许使用标准化了的语言，也就是梵文，那么语言多样化就必然是他那‘语言政策’的结果。这还并不一定意味着，佛本人使用不同的方言，虽然这种可能也并不排除。”[74]他又说：“佛最初一点也不想为了传播自己的学说而使语言规范化，大概是有意与婆罗门传统相对立。难道我们不更应该承认，最古的传统语言是多样化的，来证明没有一个‘最古佛教传统的语言’吗？”[75]在另一个地方，他又写道：“总而言之，几乎可以肯定地承认，‘最古的佛教传统’没有一个单一的语言，佛教传统的语言的多样化同佛教本身一样地古老。”[76]

贝歇特这样翻来覆去地强调最古的佛教的语言多样化，可见他认为这是一个重要的问题。应该承认，到此为止，他的意见是正确的。但是，接着就会提出另一个与此有关的问题：佛教语言是多样化的，难道佛本人的语言也要陪着多样化吗？

在这里，他们这些意见基本相同的人意见也有了分歧。贝歇特本人对这个问题的意见模棱两可，上面已经引证过。Norman 写道：“我们的探讨告诉我们，在佛教史上从非常古的阶段起，也许是从佛本人的时代起，同一首诗的许多形式，带着不同的方言特色，带着许多同义的异读，在流行着。佛说法不用同一种语言或方言，这似乎是清楚的。”[77]以我之愚钝，我实在是并不“清楚”。比利时学者 Étienne Lamotte 说：“那是很自然的，在王舍城、舍卫国、婆罗痆斯、吠舍离、㤭赏弥等地佛在巡回说法的过程中，传授圣谛，使用在摩揭陀、㤭萨罗、迦湿、弗栗恃、婆蹉等地流行的一种或多种语言，这些语言都可以认为是圣语 (ārya vāc) 的或者中国语言 (madhyadeśavāc) 的变种。”[78]以我之愚钝,我实在也看不出为什么是“自然”(naturel)。

与上面的意见相适应，贝歇特还强调“方言的多样性”(varicty of dialects)。他说：“当时还不存在规范化了的中世印度语言，或者像我们在德文中说的那样，还不存在一种中世印度雅利安语的 Hochsprache(标准语)。这种情况好像是还反映在阿育王碑铭使用的方言的多样化中，这种多样化很可能与当时佛教僧伽的语言情况相适应。当时阿育王在碑铭上使用多样的方言时,甚至可能有意模仿早期佛教僧伽。”[79]他又说:“无论如何用不着怀疑当时的中世印度雅利安话 (vernaculars) 仍然只是‘方言’，还没有形成清清楚楚的不同的语言，也就是说，我们可以肯定地假设，那些说这些不同雅利安方言的人互相了解对方的话。”[80]他接着说：“规范化语言的形成必然是一个长期而又复杂的过程；有两个因素(在起作用)，这就是，存在着一种早期规范化了的语言，梵文，它没有停止被使用，也没有停止对发展的影响；还有印度雅利安方言的多样化，这些方言当时在广大地区被使用。”[81]

总之，贝歇特等主张，既然佛的语言政策允许使用各自的方言，而方言又是多样化的，当时还没有可能规范化。说方言的人能互相了解。因此，不可能有一个原始佛典的语言。

(三)口头流传也是贝歇特等特别强调的一点。他写道：“这是另外一种转化 (transformation)，是从一个方言转化为另一个方言，这个转化是在仍然只是口头流传的传统中实现的，但这传统已经开始语言方面的定型化，形成了书面作品，在以后这些作品要把最古传统的遗留的东西都包括进来。在这些早期经典中，我们碰到了口头流传的一些特殊标志。当然，口头流传的方法在经典写定以后仍然应用。”[82] 在另一个地方他又写道：“当我们在我们眼前的佛典中去寻找比较古老的语言形式时，我们必须考虑到口头流传的特点。”[83] 接下去，他又阐明，在寻找较古的语言形式的痕迹时，必须遵守烈维和 H. Berger 的行之有效的办法。什么办法呢？“必须经常寻找使异方言保留在语言文献中的条件；无论如何，不能把有关语言单纯说成是一种‘混合方言’，而是一种从某种传统中‘翻译’(Übertragen 或 Umgesetzt) 过来的语言形式。”接着他就举出了 H. Berger 的看法：把这种语言重复形式 (Dublette) 看作是“摩揭陀语的残余”(Magadhismen)，这种形式只存在于固定不变的同义词系列中和诗歌中，在诗歌中有时用正规的巴利文形式则破坏韵律。“这两个前提适合于口头流传或口头翻译。”[84] 在下面，贝歇特又强调说，他和从前一样仍然坚持，像巴利文中的 pure 等不能看作是“摩揭陀语的残余”，因为，他又引证 Berger 的话：“看不出，为什么巴利文译者（把东部佛典）译为西部方言时偏偏在这一个普普通通的字上犯错误，而在别的副词 (tato，bahuso 等等）上从不失误呢？”[85]

贝歇特曾一度把巴利文中的 pure 等以 -e 收尾的语言形式归之于受锡兰俗语的影响，没有得到学者们的承认。[86] 他又引 Berger 为同调，强调口头流传的影响。

（四）关于没有一部现存的佛经能反映佛本人的语言的问题。

贝歇特写道："我们可以从这里出发，没有一部流传给我们的佛典能准确地代表佛的语言或者仅仅代表最古的佛教传统的语言；与此相适应，我们眼前的佛典在某种形式上来源于一个语言不同的、较古的传承阶段，以至于我们必须假设，这是从一种语言译为另外一种语言——有或者没有中间阶段，形式上是有意识地去翻译，也许是逐渐转化为口头流传的东西。在这样翻译的过程中，有一些已经佚失了的、较古的传承阶段的语言形式特点被保留了下来，我们一致同意，管这些特点叫作'摩揭陀语言的残余'，其中有一些可能代表佛的语言。"[87]

（五）贝歇特十分强调要使用新方法。他写道："必须做到，使研究方法本身向前发展，同时必须应用对印度以外的相类的发展研究的成果。"[88] 他又写道："我不敢肯定，使用迄今使用的方法我们能否确定佛本人所使用的语言。"[89] 在另一个地方他又写道："解释佛典诸异本不同之点，要求使用同对比阿育王碑铭诸异本完全不同的方法，虽然从语言方面和时间方面来看，这些碑铭同佛典属于同一范围。"[90] 至于他推崇的烈维和 Berger"行之有效"的理论，上面（三）中已经谈到。他还谴责吕德斯只看语言形式，而不注意上下文。[91] 贝歇特提出了诸如此类一连串的"新方法"。Caillat 响应他的意见，也提出了"新方法"。她写道："因此我建议，特别是如果我们考虑到我们能掌握的新资料的数量的话：为什么不承认我们只能希望建立一个语言的原型呢？……为什么在我们领域内不像在任何别的语言构拟中那样系统地、彻底地进行工作呢？无论如何，我们不应该尝试着去使用在其他方面证明是行之有效的方法吗？"[92]

她提出的是什么“新方法”呢？是分析小品词和虚词。据我浅见所知，这方法并不新。在七十多年前，H. Oldenberg 在他那研究 *Mahāvastu* 的论文中已经仔细分析了 khalu 和 dāni 两个虚词的意义。[93]

（六）贝歇特反对使用“翻译”这个词儿。他写道：“在当前讨论的情况下，大多数学者，虽然不是全体，似乎都同意，没有哪一部现存的佛典完全反映佛本人的语言或者当时存在于摩揭陀国最早的僧伽的语言。所以，现存的佛典必须描述为较古的传统变形 (transformation) 为现存的语言型式的某种样板。某一些语言特点，比如说已经提到的‘摩揭陀语的残余’，是在变形后留下来的。我迟疑不敢用‘翻译’(translation) 这个词儿。在我的德文论文中我用的是 Übertragung，而不是 Übersetzung，因为在这里我们面临着另一个主要矛盾问题：有一些学者相信，这种变形是当时已经写定的书面经典的‘翻译’。另外一些学者认为——我同意他们的意见——，这种换位 (transposition) 不是正规化的翻译，它是从一种方言转化为另一种方言，这种变形发生在口头流传的过程中。”[94] 话虽然这样说，贝歇特自己在使用名词方面也时有矛盾，虽然他在这里搞的近于名词游戏，是修辞学，而不是语言学或历史学。有一些学者虽然被贝歇特引为同调，实际上却是承认有“翻译”(translation) 的，比如 Norman。[95]

把上面六条归纳起来，我们可以说，贝歇特等一些参加格廷根座谈会的学者们，挖空心思，否认有一个用东部方言写成的原始经典，说那是构拟的结果。他们有时直接了当地说，有时绕着弯子说；他们之间说法有矛盾，一个人自己前后也有矛盾。对他们意见的评价，留到下面第五部分中去做。

二

关于释迦牟尼用什么语言或方言说法的问题，上面已稍有所涉及，现在在这里再集中地谈一谈。

小乘上座部一向认为佛言就是巴利文，而且他们还把巴利文同摩揭陀文等同起来。这里面问题十分复杂，现在不去细谈。请参阅本书《中世印度雅利安语二题》。

在这次格廷根座谈会上这个问题又重新被提了出来。这个问题实际上包含着两个问题：

（一）佛说法是用一种语言或方言呢，还是用多种？

（二）如果是一种的话，这一种又是什么？

（一）先谈多种语言或方言说。

在这次座谈会上，大多数学者似乎都同意这个说法：释迦牟尼说法不用一种单一的语言或方言，而是用多种，他到什么地方就说什么地方的话。现将他们的意见分别介绍如下。爱哲顿的意见是：佛的家乡迦毗罗卫、他最喜欢住的地方舍卫国和他第一次转法轮的地方婆罗痆斯，都不在摩揭陀境内：因此佛不可能在这些地方说摩揭陀语，他涅槃的地方亦然。只有在王舍城，他可能这样做。[96] Norman 的意见是：“这似乎是清楚的，佛说法不用一种特定的语言或方言，因此谈论一种‘原始语言’是不正确的。”“我们对公元前六、五世纪这个地区使用的方言的性质能得到的知识，使我们能够这样论断，至少佛的某一些说法使用的是我称之为古代摩揭陀语的方言。如果我们承认这种假设，说在摩揭陀疆域以内很可能有一种与古代摩揭陀语不同的方言。只有 s，而没有 ś，如果我们假设佛在说法时改变方言以适应本地的需要，那么我们就可以下结论，说他也用古代半摩揭陀语说法。”[97] Norman 又说：“能够说佛说哪一种语言，他用哪一种语言说法吗？必须立刻就说，没有理由假设，佛什么时候都说同一种语言。”[98] Lamotte 的意见我们在上面第一节中已经谈过，这里不再重复。至于贝歇特的意见，我在上面也已引了一些。他似乎有点动摇，有点模棱两可。但是，归根结底，他似乎也主张佛是说多种语言的。

他们这种观点有没有根据呢？不能说完全没有。大家都知道，一方面佛不承认梵文的权威，允许和尚们用他们自己的语言来阐释、传布佛法（参阅下面四）。另一方面，据说当时还没有一种 Hochsprache。因此佛的语言政策只能是多语言的。仔细推究起来，这里面似乎有点问题。梵文在当时还没有取得压倒其他语言的权威。除了婆罗门使用外，政府并没有把它定为官方的语言。佛反对梵文，不过是反婆罗门垄断的一种表示而已。至于说当时还没有一种 Hochsprache，学者们似乎忘记了一个历史事实，古代摩羯陀语，特别是古代半摩揭陀语实际上已逐渐成为一种 Hochsprache。晚于佛二百年（一说一百年）的阿育王就以这种语言为政府的官方语言（参阅下面三）。

不管怎样，佛的语言政策是主张多语言的，这一点已为绝大多数学者所承认。除了 sakāya niruttiyā 这一句有名的话之外，我在这里还想举出一个例证。《十诵律》第二十六，㊅23，193 a：

> 佛以圣语说四谛法：苦、集、尽、道。二天王解得道，二天王不解。佛更为二天王以驮婆罗语说法。……是二天一解一不解。佛复作弥梨车语。……四天王尽解。示教利喜已，礼佛足而去。

这是一段神话，目的在宣扬佛的神通；但其中也有点历史的内核：编造者相信，佛是主张多语言的。但是，如果有人据此就说，佛自己也是能说多种语言的，未免有点太天真。

那么佛是不是真像上面几位学者主张的那样，自己说多种语言呢？我认为，至少没有可靠的证据，学者们也没能举出令人信服的证据，证明他们的意见是正确的。因此，我们只能回到一种语言说上来。

（二）如果佛只说一种语言或方言的话，那么这究竟是哪一种呢？

一个人的“母语”一般是同他的出生地的语言有关。释迦牟尼出生在今天的尼泊尔境内，是在摩揭陀以外的地方。语言从大的方面来看属于印度雅利安语的东北语支。具体细节我们还说不清楚。

但是他一生活动说法的范围一部分是在摩揭陀境内，他在这里说法使用摩揭陀语是顺理成章的。他最早的一次关于四圣谛的说法，在佛典中有许多异本，语言不同；但是作为这些异本的基础的俗语是摩揭陀语。[99] 这个事实对于研究佛的语言有很大的启发。

摩揭陀语一向被佛教徒，特别是上座部尊为圣语。巴利文《大纪》(*Mahāvaṃsa*)XXXVII，244—45 写道：sabbesaṃ mūla-bhāsāya Māgadhāya niruttiyā“一切（生物）的根本语言，摩揭陀语”。这大概是采自觉鸣 (Buddhaghosa) 的说法：Māgadhikāya sabbasattānaṃ mūla-bhāsāya(vism 441，34)。在 *Sammohavinodani* 中觉鸣说：一个没有听到过任何语言的小孩子自然而然地就会说摩揭陀语。这说法与耆那教关于半摩揭陀语的说法完全一样。摩揭陀语被说成是一切生物的根本语言，一切语言之母，是有原因的；它反映了公元前四、三世纪在北印度摩揭陀语是主要语言的真实情况。阿育王统治时期，摩揭陀语是大帝国首都波吒厘子城的通行语言，是北印度的行政语言。它或它的改良形式古代半摩羯陀语，被刻在全印度的碑上，让黎民百姓了解大皇帝的御旨。佛教派往锡兰的传教徒可能就采用行政语言。为了说服当地的人，就说，这是佛的语言，是一切语言的基础，包括僧伽罗语在内。耆那教采用这一句话，也出于同样的动机。[100]

在上面的叙述中，我们已经看到，同古代摩揭陀语并列的还有一个古代半摩揭陀语。这两种语言之间是什么样的关系呢？

一般的说法是，摩揭陀语在语法方面有三个特点：1. 阳性以 -a 收尾的名词单数体格的语尾是 -e(古典梵文的 -aḥ)；2. r>l；3. ś ṣ s>ś。[101] 所谓古代半摩揭陀语，顾名思义，与古代摩揭陀语有一半相同。怎样划分这一半，有两种不同的意见。第一种意见认为，古代半摩揭陀语只有 -e 而无 r>l，也无 ś。Aisdorf

写道："但是什么叫半摩揭陀语呢？为什么耆那教经典传统的叫法是'半摩羯陀语'呢？Pischel§17 所证引的、Lüders 上述意见所表露的迄今的答案是：因为它的体格以 -e 收尾，同摩揭陀语一样，而没有摩揭陀语的 ś 和 l。如果从戏剧残简和阿育王柱铭出发，可能有另外一种答案：它的语言是半摩揭陀语，因为摩揭陀语的两个特点它只有一个 l，而没有第二个 ś。"[102] 第二种意见认为，古代半摩揭陀语有 -e 和 r>l，这与摩揭陀语相同。但所有的咝音都变成 s，这与摩羯陀语不同。Lüders 似乎有这个看法。[103] 关于这个问题，可参阅 Walther Schubring, *Die Lehre der Jainas, Grundriss der indo-arischen Philologie und Altertumskunde*, III. Band, 7. Heft, Berlin und Leipzig 1935，第 14—17 页。

那么，佛说的话究竟是古代摩揭陀语呢，还是古代半摩揭陀语？这个问题确实是难以确定。因此，学者们的话都说得比较活。Norman 的话上面已经引用过。[104] Gustav Roth 说："当薄迦梵佛在王舍城和摩揭陀其他地方巡回说法时，他自然会用古代摩揭陀语或古代半摩揭陀语对老百姓讲话，古代半摩揭陀语这个名词说明，它已经是一个混合语言。"[105] 佛大概是两种话都说的。

三

我首先简略地把阿育王石碑的情况介绍一下。[106] 阿育王既统治了北印度全部，又统治了南印度大部。他在大帝国境内许多地方树立的柱和碑大体上可以分为四组：1.小柱；2.大柱；3.小石碑；4.大石碑。大小石柱和小石碑的铭文都是用阿育王的官方语言东部方言写成的。

在这四组中，大石碑是重要的一组。发现的地点都是在大帝国的边区，在印度的西北部、南部、北部和东部。这些碑的铭文同其他三组不同，共有三种不同的方言。十四个大石碑碑铭已知有八种不同文本，其中有五种，即东部的 Dhauli 和 Jaugaḍa，西部的 Sopārā，南部的 Yerraguḍi 和北部的 Khālsī，同上面讲到的三组一样，是用东部方言写成的。剩下的三种中，有两种发现于极西北部：Shāhbāzgarhi 和 Mānsehrā，是用西北部方言翻译成的；有一种发现于西部：Girnār，是用西部方言翻译成的。

从上面方言的分布情况来看，我们可以看到：第一，大石碑铭的语言基本上与当地的方言相一致。在东部使用东部方言；在西部和西北部也都使用当地的方言。从使用字母的情况来看，大体上也得到相同的结论，比如佉卢文，就只在西北部使用。因此，我们首先必须承认，阿育王碑是能够区分方言的。如果不承认这一点，或者在这方面标新立异，那就必然会出现矛盾或者甚至笑话。第二，既然大石碑铭能区分方言，为什么西方、南方和北方的三个大石碑铭文又使用东部方言呢？我认为，对于这个问题唯一合理的解释就是 Lüders 等学者提出的翻译说，意思就是，先有一个底本，然后再译成当地的方言。翻译的程度有深有浅，根本不译或译得极少的就是上面说到的这三个大石碑。至于底本的语言是什么，看来只能是东部方言，古代摩揭陀语或古代半摩揭陀语，这同我们上面第二节中所谈到的释迦牟尼所说的语言是完全一致的。

阿育王统治下的孔雀王朝大帝国，是印度历史上空前的大帝国。版图极其辽阔，问题极其复杂，统治这样一个大帝国，语言也是一个极其重要的因素。由于情况不同，印度的阿育王虽然没有能够像中国的差不多与他同时的秦始皇那样搞"书同文"，可是阿育王也必须有一种官方语言，而这种语言，从世界上许多国家语言发展的历史来看，一定就是首都的语言。阿育王的首都华氏城在东方，官方语言采用东方语言，是顺理成章的。

这个意见 Norman 是承认的，我们上面已经引用过他的话，参阅上面第二节。他还进一步承认，阿育王碑铭的其他文本可能是根据一个摩揭陀语的原本而写（或翻译）成的。[107] 可是同时他又惋惜，没有能发现阿育王树立在华氏城的石碑，从而无法明确了解公元前三世纪摩揭陀语的性质。[108] 我认为，倘能发现华氏城阿育王碑，当然很好；现在没有发现，也无关大局，摩揭陀语的基本性质还是清楚的。摩揭陀语是阿育王的官方语言，阿育王碑铭的底本是用这个语言写成的，这两件历史事实也是抹不掉的。

但是，令人吃惊的是，Norman 又提出了另外一种看法。他写道："最近对阿育王碑的研究，倾向于假设：在相当大的程度上，阿育王的抄写员写的要么是他们自己的方言，要么是他们认为对这个地方最合适的方言，而不是真在当地说的方言。因此，这是很清楚的，根据阿育王碑方言地理得出来的结论，必须十分小心谨慎地加以检查。如果它们同其他发现矛盾，就不算数。”[109]在另外一个地方，他写道：“既然我们能够看到，阿育王的型式（铭文），除了少数例外以外，代表抄写员们自己的方言，或者他们心目中的本地方言，而不表示事实的实际情况，这样的论证不是真凭实据。”[110] John Brough 也反对根据阿育王碑铭 -e / -o 的分布情况来划分东部方言和西部方言。他说，在这样一个基础上，我们就会说，除了 Kathiawar 半岛 (Girnār) 和印度河西白沙瓦县 (Shāhbāzgarhi) 之外，整个印度次大陆都是“东部”了。[111]

所有这些意见，我认为，都是站不住脚的。我们无法想象，在一个大皇帝的统治下，在树立御碑这样重大的事情上，抄写员竟有那么大的权力，可以任意更改诏旨的原文。至于说 -e / -o 不能区分东西部方言，更是迹近儿戏。关键问题就在于，这些学者对有一个摩揭陀语的底本，其他地区的碑铭在不同程度上译自这个底本这件事实，闪烁其词，半推半就，有时似乎是承认，基本上又加以否定，结果弄得自己不能自圆其说。从大的方面来看，阿育王碑铭是能够区分方言的，除了 -e 或 -o 外，还有别的语法特征，比如语尾 -aṃ 转化为 -o，-u 就只有西北部方言有；而且我上面已经说到过，佉卢文也只用在西北方言上，事情难道还不够清楚明白吗？

四

这是一个老问题了。七八十年来，很多国家的很多学者曾参加过讨论，提出了形形色色的论断、假说、疑问、设想，众说纷纭，莫衷一是。[112] 到今天我认为问题还并没有解决，因此有重新探讨的必要。

我们还是从头开始吧。首先把巴利文原文抄在下面：

> vigāranitva dhammaṃ kathaṃ katvā bhikkhū āmantcsi:na bhikkhave buddhavacanaṃ chandaso āropetabhaṃ. yo āropeyya āpatti dukkaṭa sa. anujānāmi bhikkhave sakāya niruttiyā buddhavacanaṃ pariyāpuṇitan ti ||1||[113]

整个故事的译文，请参阅拙著《原始佛教的语言问题》。至于汉文译文，中外学者一向引用的共有五种：1.《毗尼母经》；2.《四分律》卷 52；3.《五分律》卷 26；4.《十诵律》卷 38；5.《根本说一切有部毗奈耶杂事》卷 6。这些都见于上引拙文中，这里不再抄录。《毗尼母经》卷 8 中还有一条，学者们还没有引用过。我把它抄录在下面：

> 有二比丘，一名乌蹉罗，二名三摩陀，来到佛所，自言："诸比丘有种种姓、种种国土人出家，用不正音，坏佛经义。愿世尊听我用阐提之论，正佛经义。"佛言："我法中不贵浮华之言语。虽质朴不失其义，令人受解为要。"[114]

以上这许多异本，内容虽有繁简之不同，人名和地名也不完全一样；但是，从总体上来看，它们有一个共同的来源，来源于一个"原始的"经文。John Brough说："我们也不能相信，上面引用的律部的那一段话，能同佛的生存时代一样古老。它公认是相当早的，因为我们在不同的部派中有这样多的异本。"[115]我认为，他的意见是正确的。换句话说，我们必须承认，巴利文文本是最古老的，而且这个本子的字句也最明白清楚。所以我首先根据巴利文本子归纳出五个问题来，再结合汉文译本，加以探讨。这五个问题是：

（一）buddhavacanaṃ

（二）chandaso

（三）āropemā, āropetabhaṃ, āropeya

（四）nirutti

（五）整段文字讲的是语言问题，还是音调（诵读）问题？

现在分别叙述如下。

（一）我现在按顺序把在六种汉译本中与巴利文buddhavacanaṃ相当的字写在下面：

1《毗尼母经》(*vinaya-mātṛkā*) 卷4 佛正义

2《四分律》(*Dharmaguptaka*) 佛经义

3《五分律》(*Mahīśāsaka*) 佛经，佛意

4《十诵律》(*Sarvāstivāda*)（诵）佛经

5《根本说一切有部毗奈耶杂事》(*Mūlasarvāstivāda*)（诵）经典

6《毗尼母经》卷8　佛经义

看来六种汉译文是一致的，它们都把buddhavacanaṃ理解

为“佛经”或“佛的教义”。只有4和5加以“诵”字。这问题下面再谈。

如果把buddhavacanaṃ理解为“佛的语言”，那么，根据小乘上座部的传统说法，这就是摩揭陀语。值得注意的是，vacanaṃ是单数，也就是说，他们认为佛只说一种语言。

（二）与巴利文chandaso相当的字是：

1[116] 阐陀至

2 世间好言论

3 诵阐陀鞞陀

4 诵外道四围陀

5 阐陀

6 阐陀之

上面六种汉译文，基本上都是译音，只有2是“世间好言论”，好像是梵文saṃskṛta的翻译。3与4中这个字所占的地位与巴利文不相当，但是含义相当，所以也列举了出来。

什么是阐陀(chandas)呢？根据《圣彼得堡梵文大字典》的解释，共有四种意思：愿望，圣歌，吠陀，韵律。Normaṇ把“圣歌”改为“梵文”[117]并且说，用这四种意思来翻译chandaso，都有人主张过。汉译文中的“阐陀”，恐怕不是指吠陀，就是指梵文。Norman却提出来了一种新的译法，他把chandaso这个字分解为chanda+so，而so又来自梵文śas，并把chanda理解为“愿望”，整个字的意思就是“按照自己的愿望”。[118]这个说法得到John Brough的同意，但也只同意一半，就是他只同意chanda+śas，而不同意把chanda理解为“愿望”。[119]贝歇特只说，这是“完全不同的解释”，而没加以评论。[120]

根据六个汉译本，我们可以肯定地说，Norman 的全新的解释是站不住脚的。汉译文中的“阐陀”，其含义决不会是“愿望”，否则尽可意译，根本用不着音译。既然音译，就说明这个字汉文中是没有的。我看，正如我在上面已经说过的那样，“阐陀”的意思只能是吠陀或者梵文。

但是，有一个问题还必须在这里答复。唐义净在翻译《根本说一切有部毗奈耶杂事》卷 6 时，在最后加了一个注：“言阐陀者，谓是婆罗门读诵之法。长引其声，以手指点空而为节段。博士先唱，诸人随后。”[121] 义净是根据在印度的亲身经历而写的，应当是绝对可靠的。我们怎样来解释这个问题呢？这个问题牵涉面比较大，我们在下面总起来予以答复。

（三）āropemā，āropetabhaṃ，āropeya 三个字都来自同一个字根，梵文 ā+√ruh，致使动词 āropayati，巴利文同。对这个字的含义的理解有些分歧。Horner 理解为“重复”(repeat)。[122] Norman[123] 和 Brough[124] 都认为应该理解为“翻译”。我认为，他们的意见是正确的。同时，我还联想到上面第一节（六）中曾谈到过翻译的问题，下面第五节中还要谈这个问题。

为了进行对比，确定字义，我现在仍然把在汉译文中与 āropemā 等相当的字列表如下：

1 撰集佛经，次比文句

2 修理佛经

3 诵读佛经

4 诵佛经

5 诵经

6 正佛经义

这一些都没有“翻译”的意思；但这只是从表面上来看，实质上，只是用词不同而已。

（四）在整个这一段巴利文中，nirutti 是一个关键性的字，很多争论都与这个字有关。我还是按照老办法把与它相当的字列表如下：

1 音

2 国俗言音

3 国音诵读

4 外书音声诵佛经

5 方国言音

6 言语

汉译文的情况是这样子，巴利文 nirutti（梵文 nirukti）究竟是什么意思呢？先抄几部字典的解释。《圣彼得堡梵文大字典》：nirukti，“字的解释”（Deutung eines Wortes），“字的字源学解释”（etymologische Worterklärung）。Apte《实用梵英字典》：“字的字源学解释。”Monier-Williams《梵英字典》：“一个字的字源学解释。”巴利经典刊行会《巴利文英文字典》：nirutti，“字的解释”，“语法分析”，“字源学解释”；“发音”，“方言”，“说话方式”，“声调，词句”。梵巴对比一下，在巴利文中这个字的含义丰富多了。

至于巴利文注释，它对于这个字的解释是非常简单明了的。觉鸣的注释是 ettha sakā nirutti nāma sammāsambuddhena vuttap-pakāro Māgadhikavohāro(Samantapāsādikā 1214, 18—19)，意思是，所谓自己的话指的是佛所说的摩揭陀语。

对这样一句简单明了的话，西方学者偏又标新立异，掀起争论。I. B. Horner 把最后一个字译为“流行的摩揭陀的说话方式。”[125] E. J. Thomas 一方面把这后半句译为“佛所说的摩揭陀语”，这无疑是正确的；但却又把 nirutti 解释为“语法”。而 Norman 则否认在早期巴利文经典中 nirutti 和 vohāro 有“语言”或“方言”的意思。他认为，在同其他的上下文相结合时，nirutti 的意思是“语法分析”或“字源学解释”。他还引证了 Edgerton 的《佛教混合梵文字典》的解释。他又说，nirutti 原来的意思是“用同义词（或注解）来解释一个字的意思”。他对 *The Vinaya Piṭakaṃ*, vol.II, p.139 那一段话中的 te sakāya niruttiyā buddhavacanaṃ dusenti 原来另有解释，现在改变了主意，改译为：“他们用他自己或他们自己的注解破坏了佛的语调。”下面他又说到，应该是“他们自己的注解”。他的意思是说，为了让听众听懂自己说的法，佛就从听众的语言或方言中选一些更为通俗易懂的话来解释那些比较生僻的词句；或者是佛让自己说的法更能紧密地适应听众的词汇。对于这两层意思，把 sakāya 理解为“他们自己的”都是恰当的。但是，Norman 又讲到，觉鸣把 sakāya niruttiyā 理解为佛自己的 nirutti，如果从另外一个角度来解释，也是能站得住脚的。[126]

但是，总起来看，Norman 对 nirutti 这个字的解释却无论如何也是站不住脚的。上面引用的 *Samantapāsādikā* 1214,

18—19 那一句话明白无误地说 sakā nirutti 就是 Māgadhikovohāro。把 Norman 主张的“注解”摆在这个句子里，无论如何也是讲不通的。如果认为证据还不够的话，我再引一个例子：*Mahāvaṃsa* XXXVII 244—45：

> parivattesi sabbā pi Sīhaḷ' aṭṭhakathā tadā sabbesaṃ mūlabhāsāya Māgadhāya niruttiyā. 他把全部僧伽罗注释译成了摩揭陀语，一切语言的母语。

你在这里能把“摩揭陀语”改为“摩揭陀的注解”吗？

(五) 写到这里，论题已经同我要谈的第(五)有关了。因此，我就接下去谈巴利文那一段话讲的究竟是语言问题呢，还是诵经的声调问题。我先把六种汉译文分析一下。

《毗尼母经》卷4：“吾佛法中不与美言为是。但使义理不失，是吾意也。随诸众生应与何音而得受悟，应为说之。”这里讲的是语言。《四分律》：“听随国俗言音所解，诵习佛经。”这里讲的也是语言。《五分律》：“听随国音诵读，但不得违失佛意，不听以佛语作外道语，犯者偷兰遮。”这里面讲到“诵读”，好像是声调问题，但是上文提到“男女语、一语多语、现在过去未来语、长短音、轻重音”，主要说的都是语法，所以这一段话讲的仍然是语言。《十诵律》：“从今以外书音声诵佛经者，突吉罗。”这里讲的是诵经的声调。《根本说一切有部毗奈耶杂事》整段讲的是诵经。“佛作是念：‘苾刍诵经，长牵音韵，作歌咏声。有如是过。由是苾刍不应歌咏引声而诵经法。若苾刍作阐陀声诵经典者，得越法罪。若方国言音，须引声者，作时无犯。’”这里明白无误地讲的是诵经。义净在这里加了一条注，上面第四节（二）中已经引过，他更明确地说阐陀是“读诵之法”。《毗尼母经》卷8：“佛言：‘我法中不贵浮华之言语。虽质朴不失其义，令人受解为要。’”这里讲的又是语言。

现在我分析一下上面的情况。第一个事实是，在六种汉译文中有四种讲的是语言，有两种讲的是诵经的声调。第二个事实是，讲诵经声调的两个，一个是《十诵律》，一个是《根本说一切有部毗奈耶杂事》，而《十诵律》又是说一切有部的律，这两个原来是一家人。第三个事实是，说一切有部和根本说一切有部的经堂语是梵文，其余四种则是不同形式的俗语。

这三个事实是非常有启发性的。人们禁不住要问：为什么会形成了这样的事实呢？下面我尝试着来回答这个问题。

佛祖反对梵文，上面已经谈到过。然而作为佛祖子孙的说一切有部和根本说一切有部自己使用的竟是佛祖反对的语言，这一点他们大概不会不知道的。他们一定感到非常尴尬。他们为什么一开始就误入歧途而又不想改变这个局面呢？这是情势使然，他们无能为力。原来在印度古代语言发展的历史上，在释迦牟尼时代，甚至在阿育王时代，梵文并不得势。当时的典籍、官方语言、碑铭，都能证明这一点。以后，可能是从公元前二世纪开始，逐渐行时起来。佛教徒为了宏扬大法，不得不随顺时俗，改变语言政策，所谓早期佛典的梵文化就由此而起。估计说一切有部和根本说一切有部产生的时代晚于其他一些部派。他们无法倒转时代的车轮，再按照老办法，采用俗语作为经堂语，只有采用梵文。梵文起飞的势头一直维持下去。到了公元后四、五世纪笈多王朝时代，梵文已占垄断地位。到了七世纪后半叶义净到印度去时，已经是梵文的一统天下了。义净翻译的佛经，大部分都属于根本说一切有部，他显然是倾向于这个部派的，因而也就成了梵文派。在翻译“阐陀”这一个词儿时，他之所以加上了那样一条注，其根源就在这里。总之，《十诵律》和《根本说一切有部毗奈耶杂事》的原作者，为了掩盖自己处境的尴尬，虽然上面引的那一段话最古的根源也是巴利文；但是，他们却根本不谈语言，而是侈谈诵经的声调问题。不这样是不可能的，否则就要打自己的嘴巴。这一点烈维在他的文章《佛经原始诵读法》(*Sur la Récitation primitive des Texts bouddhiques*, *Journal Asiatique*, 1915 年，五、六月合刊）根本没有发觉，也跟着大谈佛经的原始诵读法，可谓没有搔着痒处。

我在这里还想引证另一组经文，来证实我在上面提出的看法。我选择的是有名的亿耳 (*Koṭikarṇa*) 的故事。这个故事散见于许多佛经中。[127] 内容大体上是：亿耳受戒以后，到舍卫国逝多林给孤独园去参谒佛祖。佛让他同自己共住一房。天将黎明时，佛告诉亿耳说：

1 *Mahāvagga*，V.13.9：

paṭibhātu taṃ bhikkhu dhammo bhāsitun ti

2 巴利文《无问自说》(*Udāna*)，V，6：

与 1 同。

3 《根本说一切有部毗奈耶皮革事》卷上：

汝可诵我所说经律，如我成道所说之者。[128]

4 《十诵律》，卷25：

“汝比丘呗！”亿耳发细声诵《波罗延》、《萨遮陀舍》、《修妬路》竟。佛赞言：“善哉，比丘！汝能以阿槃地语声赞诵，了了清净尽易解。比丘！汝好学好诵。”[129]

5 《五分律》，卷21：

“汝可说法”。亿耳受教，即说《十六义品经》。[130]

6 《四分律》，卷39：

“汝可说法”。亿耳闻佛教已，在佛前说《十六句义》，不增不减，音声清好，章句次第，了了可解。[171]

7 《摩诃僧祇律》，卷23：

“汝可诵之！”即细声诵已。……“汝所诵者，文字句义，如我先说。”[132]

我在这里再补充一点。《根本说一切有部毗奈耶皮革事》我们现在有了梵文原文[133]。我现在把有关的那一段抄在下面：

atha bhagavān rātryāḥ pratyūṣasamaye

āyuṣmantaṃ śroṇam koṭikarṇam āmantrayate sma | pratibhātu te śroṇa dharmo yo mayā svayam abhijñābhisaṃbudhyākhyātaḥ | atha āyuṣmān śroṇo bhagavatā kṛtāvakāśaḥ aśmāparantikayā svaraguptikayā udānāt pārāyaṇāt satydṛṣṭaḥ śailagāthā-munigāthā-sthaviragāthā-sthavirīgāthārtha-vargīyāṇi ca sūtrāṇi vistareṇa svareṇa svādhyāyaṃ karoti |

同汉译文对比一下，我们可以发现：1. 汉译文的“诵”字，梵文是 pratibhātu；2. 汉译文没有提到亿耳使用的方言，梵文是 aparāntikā。在《十诵律》中提到他使用的方言了；但是却作“阿槃地语”。现在再来分析七个异本给我们的启示。在这七个本子中，有四个明确地讲到“说法”，换句话说，讲的是语言。《摩诃僧祇律》讲到“诵经”，但下面立刻就说：“汝所诵经，文字句义，如我先说。”讲的仍然是语言。只有两个讲“诵”和“呗”，两个字是一个意思，讲的是声调；而这两个偏偏又是以梵文作经堂语的说一切有部和根本说一切有部。这情况同我在上面讲的完全一致，难道这仅仅是巧合吗？

我还要作一点补充说明。在上面引用的佛典中，“诵”字大体上说有两种意思：一种是“长牵音韵”的“诵”，用现在的话来说，就是歌咏朗诵；一种是念诵的“诵”，用现在的话来说，就是口头表达。在佛教初形成期间，文字还没有被使用，仅有一点经典，也只是靠口头流传。印度佛教史上，有几次著名的“结集”，所谓“结集”就是，和尚们聚集在一起，整理编纂佛经。“结集”的梵文原文是 saṅgīti，来自字根 √gai，义云“唱歌”，有人将此字译为“合诵”。聚集在一起，口“诵”经典，加以整理。既无写定本，也只有如此。这与有意唱诵，意义不同。我觉得，《摩诃僧祇律》的“诵经“，就属这一类，而说一切有部和根本说一切有部的“诵”则属于前者。

现在把上面这一些论述归纳起来，我对在这一节开始时提出的问题答复如下：巴利文那一段讲的是语言问题，而不是诵经的声调。

五

把我在上面所论述的归纳起来看，我认为，以贝歇特教授为首的格廷根座谈会上的学者们的意见，很多都是难以接受的。关于这一点，我在论列中已经零零碎碎地讲了 些意见。现在再总起来比较系统地谈一下我自己的看法，对他们的主张也顺便再进一步加以剖析。

贝歇特在格廷根座谈会上所作的主题报告最后一段画龙点睛地写道：“如果孤立起来看，而又仅仅着眼于个别的语言现象，那么我们这次工作会议上提出的问题看上去只像一个非常专门化的学科的个别问题之一，解答这些问题只在非常个别的一点上影响整个科学的进步。如果我们正相反，从比较广阔的有关的联系中来看我们的问题，那么对问题的解答就会成为重要任务的一部分，能促进我们对公元前四至一世纪印度语言、文学和宗教整个发展情况的正确理解。”[134]这一段话无疑是正确的，这叫做大处着眼，小处下手。但是，遗憾得很，贝歇特等学者对小处——个别的语言现象下手下得并不理想，大处从而也就落了空。我在下面想大小兼顾，谈一下与原始佛教语言问题有关的一些问题。

我们知道，佛教同其他宗教一样，是一个社会现象，一个历史现象；它的产生与发展受时代的政治、经济发展的制约。对创建人释迦牟尼来说，对当时一部分人民来说，一定是先有这个需要，然后才会产生这个宗教；否则既不会产生，更不会发展。如果只说宗教是人民的鸦片烟（这句话是正确的），创立宗教的人一开始就存心欺骗、麻醉，或者只说什么傻子撞着骗子，则是把极端复杂的问题过分地简单化了，为我们所不取。

公元前六、五世纪，在北印度，是一个社会剧烈变动的时期，有点像中国的春秋、战国时期。从政治上来看，摩揭陀国与㤭萨罗国互争雄长。从经济上来看，生产方式有某种新的萌芽。从意识形态方面来看，以西方旁遮普为据点的婆罗门保守思潮，与以东方摩揭陀为据点的沙门新兴思潮尖锐对立。释迦牟尼创立的佛教属于沙门体系，有其进步意义。他一方面反对婆罗门的思想控制，一方面宣传一切无常的宗教哲学，成为一个新宗教的始祖。

世界上很多宗教都宣扬出世。实际上卖命地宣扬出世正是不出世的表现。佛教一旦创立，首先是教主本人，其次是他的一些弟子，就奋不顾身地加以宣传。宣传必有工具。当时还不使用文字，只能使用语言。因此就产生了使用什么语言，怎样使用语言的问题，从而出现了“语言政策”。

佛和最初的弟子们使用什么语言呢?

佛本人生在今天的尼泊尔境内。他的母语是什么样子，今天已无从推断。但他一生游行说教在摩揭陀国内的时间相当长。摩揭陀约略相当于今天的比哈尔，有自己的方言。佛在这里用摩揭陀语说法，是意中事。至于他的弟子，出身不同，来源不同;既然都相会于摩揭陀，则使用共同语言，也是可以理解的。他不规定一种语言为经堂语，并不等于他自己也不说一种语言或方言。Lamotte 说佛到哪里就说哪里的话，这一点我在前面已经谈到。其他一些学者，特别是贝歇特，也再三强调佛的语言的多样性。所有这些都是主观臆测，缺乏根据。至于有的学者说，说印度雅利安语的人能互相了解，因为都是方言，更是缺少根据。退一步说，如果他这意见是正确的话，那么佛只说一种方言，在广阔的地区，就完全能够消除语言的障碍，又何必到哪里就说哪里的话呢?就算是方言吧，也不一定能互相了解。在今天中国浙江、福建一些山区，隔一座山，交谈就有困难。难道印度古代的情况竟这样迥乎不同吗?至于佛说的究竟是摩揭陀语，还是半摩揭陀语，学者间的意见也不一致。我自己的看法是，他说古代半摩揭陀语的可能性更大一些;因为，第一，摩揭陀语不是他的母语;第二，以中国旧日的蓝青官话为例，在政治、经济和文化中心的摩揭陀国，古代半摩揭陀语就好像是一种蓝青官话。我在上面已经讲到，它实际上已经是一种 Hochsprache，一种 lingua franca。[135]

宗教创立了，现成的语言工具也找到了，释迦牟尼就到处游行说法。传说他第一次说法——用佛教的术语说就是“初转法轮”——是在迦湿国（贝拿勒斯）的鹿野苑。此地是商业中心，贸易通途。可见佛教一开始就同商人有着极其密切的关系。对于这个问题，我有专文阐述，这里不再细谈。不管怎样，释迦牟尼开始说法了。第一次说法，据巴利文记载，着重讲了四圣谛。[136]据 Fr. Weller 的研究，四圣谛最古的本子是用古代摩揭陀语写成的。结合我在上面谈到的那些问题，这一件事实是非常有意义的，非常有启发性的。

在这次初转法轮时，释迦牟尼还讲到两端的问题。不管怎样，最早的学说一定会是比较简单的，不成体系的。现在的佛典，不管是哪一个部派，其中记载的佛教义理都是后来系统化了的，不能据此以推定佛教原始教义。大概后来随着佛教势力的逐渐扩大，离开佛教的原始中心越远，便越感到需要有一部经典。最初的佛典决不会像后代这样体大思精，而是由小渐大，由粗渐精，有一个逐步形成的过程，这一点切不可忘记。

现在我们不妨设想一下原始佛典形成的过程。贝歇特主张，最古的佛典是属于律部的[137]。这是完全不可能的。我们先拿中国儒家经典的形成来作例子。学者们公认，在儒家经典中《论语》是最古的、最有权威的一部。其中有许多话可能真正来源于孔子。讲的都不是律条。当然，佛家与儒家不同；可是，难道二者之间竟没有一点共同之处吗？佛经的形成可能有类似《论语》的地方。佛说法时或者平常谈话时有一些常说的话，深深地印在弟子们的记忆中。到了适当的时候，比如说第一次结集时，弟子们聚集在一起，回忆佛语（buddhavacanam），把佛说话的时间和地点都一一说清楚，然后定了下来。每一部佛经都以“如是我闻”(evaṃ mayā śrutam)开始，不外想说明事实的可靠性。原始佛典的滥觞大概就是这个样子。

我在这里想举一个小例子。我们在许多佛经中常常看到意思完全相同、词句微有不同的四句话：

生死已尽　梵行已立　所作已办　不受后有

（《长阿含经》，卷3《游行经》，㊀1，17b。）

我生已尽　梵行已立　所作已办　不受后有

（《根本说一切有部毗奈耶杂事》，卷36，㊀2，389a。）

我生已尽　梵行已立　所作已办　不复受身

（《四分律》，卷38，㊀22，844c。）

我在上面只举了三部佛经，实际上数目比这个要多得多。为什么这四句话总是重复出现呢？我觉得，唯一合理的解释就是，这是佛常常挂在嘴上的话，对弟子印象深刻，因而传了下来。依此类推，佛常说的一些话就这样流传下来，形成了最初经典的核心或基础。以后，随着时间的推移，逐渐扩大，发展，像滚雪球似地越滚越大，最终形成了一部汪洋浩瀚，在量上来讲并世无二的三藏宝典。

贝歇特提出了佛典形成层次说：第一个层次，在部派形成以前，地区性的僧伽有自己的传统；第二个层次，由于对律的解释不同而形成了部派，教义部派又在律部派内产生。[138] 这个理论基本上是站得住脚的。按照这个理论，决不能说最早的佛典是律部，因为有了僧伽，才能有律，这个道理不是一清二楚吗？

同贝歇特一样，Norman也是既有正确的看法，同时又有自相矛盾的地方。他说："在佛生前或死后不久，佛说法时的讲话已经根据听众的记忆收集了起来。随着时间的推移，这些材料形成了一种或多种本子；此时，'翻译'为其他方言的情况也出现了，也许是因为佛教正向不懂东部方言的印度一些地区传播，或者也因为，由于中世印度雅利安方言继续发展，古词必须去掉。"[139]这个看法应该说也是站得住脚的；但是Norman又否认有什么"原始佛典"，结果不能自圆其说。

我所能够设想的原始佛典的形成过程大体上就是上面说的这个样子。虽然有了一些佛典的雏形，但由于还不使用文字，所以仍然是口头流传。不但第一次结集是这个样子，佛灭度后约一百年，公元前350年左右召开的第二次结集仍然是这个样子。这次结集是在吠舍离举行的，可见佛教已经传播开来。传播带来了新问题：原来使用的古代半摩揭陀语的经典，现在不行了，过时了，必须使用新的语言或方言。佛的语言政策也必须有某些修正或补充。此时离开佛教的原始中心越来越远，为了维护大法，越来越感到需要有某种形式的比较系统的经典。阿育王以后，古代摩揭陀语和古代半摩揭陀语益趋式微。佛教在西部和南部兴盛起来。西部方言渐渐行时。连耆那教用古代半摩揭陀语写成的经典也窜入了不少摩诃罗湿特罗语的成分。[140]西部方言Śaurasenī也流行起来。

到此为止，依然是口头流传。那么佛典是什么时候开始写定的呢？

阿育王已经使用了文字，有碑铭和柱铭为证。但是没有证据证明佛典已在阿育王时期写定。锡兰上座部传说，巴利藏是在公元前 89—77 年国王 Vaṭṭagamaṇī Abhaya 时期写定的。这个传说一般认为是可靠的。估计在印度本土佛典写定时间可能要早一些，可能早到公元前二世纪末。还有一个说法：佛典的写定与梵文化差不多同时并举[141]，而梵文化又与梵文的复兴有联系，梵文复兴 (Sanskrit Renaissance) 与帝国的版图扩大有关。阿育王曾使用过当作行政语言的古代半摩揭陀语，后来可能遇到了困难。他以后的皇帝还有宗教界人士想再挑选一个比较能在全国广大地区为人民所接受的语言，那就只有梵文。中国的秦始皇推行“书同文”、“车同轨”的政策，其用意也不外是想有利于对大帝国的统治。在印度梵文复兴的时代一般认为是从公元前二世纪开始。《大疏》的作者波颠阇利就生在这个时期。《大疏》的出现表明梵文势力的抬头。梵文的影响越来越大，各部派、各地区原来口头流传的俗语的佛典，开始梵文化起来。

关于梵文化和通过梵文化而形成的语言，所谓“混合梵文”(Hybrid Sanskrit) 或佛教梵文，有几点还需要说明一下。第一，梵文化不是全盘搬用，而是一点一点地渗透进来。比如 bhikṣu(比丘) 这个字，它的单数属格按照古典梵文应该是 bhikṣoḥ；但是梵文化的结果却成了 bhikṣusya，-sya 是以 -a 收尾的名词或形容词单数属格的语尾；它的复数体格应该是 bhikṣavaḥ，经过梵文化却成了 bhikṣū，巴利文是 bhikkhū，与古代半摩揭陀语同。又比如以 -ṛ 收尾的名词单数间接格的语尾

"化"成了 -are。第二，梵文化不是一蹴而就，不是毕其功于一役，而是逐渐前进，越来越接近梵文，但最终也没完全梵文化。F. Bernhard 说："大家都知道，流传下来的佛教梵文经典在语言上从没有完全固定下来。"[142] Roth 引用西藏佛教史家 Buston 的《佛教史》中的话，说大众部的语言是俗语，而这种俗语又是一种"过渡方言"(intermediate dialect)。[143] Buston 的意思是否是指的向梵文过渡呢？据 Roth 的估计，梵文化过程可能是从公元前一世纪直至公元后一世纪。[144] 第三，Roth 把梵文化的语言称作"超地域性的"(super-regional)，实际上并没能完全超地域，而是仍有地域性的尾巴，比如有的有 -am>-o，-u 的变化，这是印度西北部方言的特点；有的就没有。第四，F. Edgerton 主张，混合梵文性质是统一的，这不符合实际情况，混合梵文并不统一。拿《妙法莲华经》来作例子，本子越古老，俗语成分就越多。这一部佛经的梵文化就可以分出许多层次，怎么能说是统一呢？第五，C. Regamy 主张，有一些佛典从一开始就是用混合梵文写成的。[145] 这是完全不可能的，我在上面谈到的所有的情况都与这种主张抵触。

我在上面从释迦牟尼创立佛教起按历史的顺序谈到佛典的写定和梵文化，系统地谈了自己的看法。但是对在格廷根座谈会上提出来的一些意见还没有完全加以评价。下面我再分别地谈几个问题。

(一) 什么叫"原始佛典"？

在格廷根座谈会上许多学者不同意原始佛典的提法。我觉得，产生意见分歧的根源主要是由于对"原始佛典"的理解不同。原始佛典，吕德斯称之为 Urkanon，John Brough 称之为 Primitive Canon。吕德斯可能是使用这个名词的第一个人，但是他并没有下一个明确的定义。他并没有说，原始佛典是一部系统而完整的像后世的三藏那样的经典。他有时候也使用 Schriften(作品)这个词儿，这可以透露其中的消息。攻击他的人却偏偏扭住这一点不放，岂不是非常可笑吗？如果需要举一个代表的话，那就是 Lamotte。他说，在孔雀王朝结束以前，不可能有 canon（经典，系统的经典？），也不可能有三藏。[146] 这话可能是正确的。但是，难道吕德斯这样主张过吗？参加格廷根座谈会的学者中也不乏明智之士。比如 John Brough 说："从现在的情况来看，更谨慎的做法是，把'原始佛典'理解为只不过是一些有潜在能力成为经典的(也就是有权威的)韵文和散文作品，而不使用这个可能暗示经典已经写定或编定的名词。"[147] 这个说法是符合实际情况的，因而是通情达理的。

(二) 耆那教经典给我们的启示

耆那教的创始人大雄(Mahāvīra)，根据巴利文佛典的记载，是释迦牟尼同时的人。在几十年内，二人在同一地区漫游传教；但是我们却找不到二人见面的记载。大雄死于 Pāvā，时间大概是在公元前 477 年，他活了七十二岁。有人主张，佛活过了大雄；但是这都是一些争论很多的问题，还没有大家一致承认的结论。在思想体系方面，二人同属于沙门体系，都是反婆罗门教的新思潮的代表人物。二人同出身于刹帝利种姓，宣传的教义基本上相同，甚至绝大多数的术语也完全一样。可见两个教门关系之密切。可是，二者之间却有一点不同之处：耆那教明确地说，它的一派，白衣派的经典是用古代半摩揭陀语写成[148]，佛教却没有这种说法。

人们不禁要问：没有这种说法，难道就没有这种事实吗？

耆那教把经典称作悉昙多或阿含，后者佛教也使用。耆那教最初的经典包括十四 Puvvas（古典），是大雄用之以教弟子的。大雄逝世后二百年，摩揭陀大饥馑，一直持续了十二年。此时正是孔雀王朝旃荼罗笈多统治时期。耆那教主是 Thera Bhadrabāhu。他率领弟子赴南部，Sthūlabhadra 留在摩揭陀为教主。这种遭逢俭年分张弟子的做法，佛典中也屡有记载。Sthūlabhadra 在华氏城召开会议，纂成了十一部 Aṅga，十四 Puvva 的残余部分汇为第十二部 Aṅga。后来，Bhadrabāhu 的追随者们又回到摩揭陀来。于是形成了两大部派：外出返回的不穿衣服，以天为衣，号称天衣派；留守没走的穿白色衣服，号称白衣派。天衣派否认白衣派编纂的经典的权威性，他们说，Puvva 和 Aṅga 早已佚失。后来白衣派的经典确实面临佚失的危险。公元五世纪中叶此派首领 Devarddhi Kṣamāśramaṇa 在古吉拉特 Vallabhi 地方召开了会议，搜罗并写定经典。当时第十二部 Aṅga 已经佚失，所以我们只有十一部 Aṅgas。悉昙多不成于一时，Devarddhi 搜集的经典最古部分可以追溯到大雄门弟子，至晚可以至教主大雄逝世后二世纪旃荼罗笈多时期；最新部分成于 Devarddhi 时期。同巴利文一样，经中诗歌部分从语言方面来看比较古老，可见耆那教经典同佛教经典一样，也有一个形成的过程。[149] 我在这里还要加上一句：白衣派经典本身没有梵文化，但是注疏却有梵文法的痕迹。[150]

耆那教白衣派经典形成的情况就是这样。谁都可以看到，这对于我们研究佛典的形成以及原始佛典的语言，都是很有启发性的。在格廷根座谈会上，Alsdorf强调了这一点[151]，这是非常正确的。但可惜的是，他的意见丝毫也没有引起注意。只有贝歇特提过一句：对白衣派经典的研究能够帮助我们理解佛教经典是怎样发展以至于写定的；白衣派经典的语言，古代半摩揭陀语是怎样形成的。[152]他的想法也是正确的，但也同样地可惜：他只在这里蜻蜓点水似地一提，便立即飞走。白衣派经典的经验同他那些标新立异、朝三暮四的理论，形同水火，如不立刻飞走，永不返回，理论的柱子一垮，情况就不妙了。

总之，我认为，问题是非常清楚的：释迦与大雄，同时、同地、同一出身、同一思想体系、同一教义内容，甚至用同样的术语，佛教与耆那教真可以说是难兄难弟。但是为什么耆那教能有一个原始经典（虽然纂成时间稍晚），能有一个原始经典的语言，而佛教偏偏就不行呢？我在标题中用了“启发”二字指的就是这个意思。愿同行的学者们共同深思。

（三）摩揭陀语残余的问题

把在西部方言中以-e（梵文-as）收尾的词看作摩揭陀语残余(Magadhismus,māgadhism)，由来已久。Kuhn，V. Trenckner都是这样。W. Geiger在他著的*Pāli Literatur und Sprache* §66.2a；80；82.5；98.3；105.2；110.2举了大量摩揭陀语残余的例子，比如pure，sve，suve，bhikkhave，bhante，seyyathā，ye等等。吕德斯又扩大了范围，在他著的*Beobachtungen über die Sprache des buddhistischen*

Urkanons 列举了更多的例子，而且还不限于以 -e 收尾的字。从那以后，学者们普遍承认有摩揭陀语残余这个现象。在世界上其他一些语言中也有比较古老语言残留的现象。看来摩揭陀语残余确有其事，已经不容抹煞了。

然而，在这次格廷根座谈会上却吹起了一股否定的风。因为想根本否定一个原始经典，从而似乎连东部方言也想否定掉，所以对东部方言摩揭陀语的残余也就有点半推半就：有时候承认有，有时候又想否认，或者挖空心思，划定圈圈，来加以限制。

我举几个例子。

第一个例子是 bhikkhave。

在 *Majjhima-Nikāya* 中有下列这样的话：

> tatra kho Bhagavā bhikkhū āmantesi: bhikkhavo ti. bhante ti te bhikkhū Bhagavato paccassosuṃ. Bhagavā etad avoca: sabhadhammamūlapariyāyaṃ vo bhikkhave dessāmi…[153]

文中的 bhikkavo 和 bhikkave 两个字都是 bhikkhu(比丘)这个词的复数呼格。前者出现于故事的叙述中，后者出现于佛的说法中，并且由于其语尾是 -e，被认为是摩揭陀语的残余。但是贝歇特却提出了不同的说法。他援引 Berger 的他认为行之有效的新方法(上面已经讲过)，说是要探寻异方言保留下来的条件。探寻的结果怎样呢？ bhikkhave 存在于重复形式(Dublette)中，只存在于固定不变的同义语系列(Stereotype Synonymreihe)中和诗歌中。在诗歌中，如果用巴利文语言形式，则破坏韵律。他认为 bhikkhave 就是刻板形式的条件决定它的存在的。条件也许是重要的，但是，我认为，更重要的是结果。不管在什么条件下，以 -e 收尾的摩揭陀语的残余反正保留下来了，这就是结果。决不能用条件不同来否定它那摩揭陀语的性质。贝歇特又说，这种摩揭陀语的残余的出现对原来的语言不提供任何情况。[154] 多么奇怪的逻辑！它既然是东部方言的残余，对它原来的语言怎么能不提供情况呢？这个道理是非常容易了解的。在诗歌中道理也一样。不管是否怕破坏韵律，东部方言毕竟是东部方言。必须承认这个事实，承认这个结果。吕德斯和其他学者曾多次强调，诗歌中保留的较古的语言形式之所以多，就是因为受了韵律的限制，不容易"化"为新的形式。贝歇特大声疾呼："如果人们完全从语法形式出发而不注意前后文，就能够走入歧途。"[155] 研究语言现象不从语法形式出发又从什么出发呢？难道注意了前后文就能改变巴利文中以 -e 收尾的摩揭陀语残余的性质吗？我看"走入歧途"的不是别人，正是贝歇特等人。

第二个例子是 pure。

这也是 W. Geiger 举过的例子。但是贝歇特却处心积虑来否认这是一个摩揭陀语的残余。他先主张，这是受了锡兰俗语的影响，遭到了反对，遂一变而主张这是一个类推法形成的形式，又遭到 Norman 的反对。[156] 他于是又引 Berger 为同调，这我在上面已经谈过。但是 Berger 的那一段话也是站不住脚的。如果他举的 tato，bahuso 等等例子都变成了 tate，bahuse，那么，这就是完整的摩揭陀语，而不是什么残余了。因为没有都保留原来的东部方言的形式，所以才叫残余。这道理难道还不清楚吗？

例子就举这两个，但是问题还要说下去。正如上面所说的那样，贝歇特虽然再三碰了钉子，可是他并不甘心。Norman 反对他的说法，他无法正面回答，却硬拉 Norman 为同调，说什么，不管怎样，反正这些字不是“摩揭陀语的残余”。[157]他又别出心裁，提出什么“真正的摩揭陀语残余”(Wirklicher Magadhismus)。他说：“那么，我们能够以巴利文中出现的以 -e 代替 -o 的现象为例，在实际上把已经建立起来的方法论原则贯彻始终地来使用，同时，我们把不是‘摩揭陀语残余’的形式根据确凿令人信服的论证剔除出去，然后再把‘真正的摩揭陀语残余’扒拉出来。”[158]我们不禁要问：什么叫确凿可靠、令人信服的论证呢？我上面举出的他们的论证法难道能令人信服吗？如果不是的话，所谓“真正的摩揭陀语残余”仍然只能看作是一个肥皂泡。

可是一些学者在“摩揭陀语残余”的问题上仍然不肯善罢甘休，这个问题真好像成了他们的眼中钉，必欲去之而后快。Norman 说，以 -e 收尾的单数体格使用范围并不限于东部方言。[159]幸而他在他那篇论文的结论中说，巴利文中以 -e 收尾的单数体格可能是借自摩揭陀语、锡兰俗语或西北俗语。[160]总算笔下留情，没有把摩揭陀语完全排挤出去。在 Norman 之前，John Brough 已经提出了这个理论。他认为，在阿育王碑铭中，除了 Girnār 和 Shāhbāzgaṛhi 以外，以 -e 收尾的形式是经常出现的。Mansehra 的 -e 不是像平常所说的那样是“摩揭陀语的残余”，而是犍陀罗语（西北方言）。[161]他的意见，我在上面已经谈了一些。这里我再补充几句：如果只有 -e 一个形式的话，他们的意见就是正确的，我们确实不能确定这是东部方言的残余。但是，问题并不是这样子。一方面，印度古代语法学家都同声说，-e 是东部方言的特征之一。另一方面，吕德斯在他那本巨著里，除了举 -e 的形式之外，还列举了大量的其他东部方言的特征。因此，我只能说，Norman 意见的一半和 Brough 意见的全部是不能成立的。

最后还有一点要说一下。对以 -e 收尾的形式的解释一向分歧很多。[162] 其中之一说，在巴利文中之所以保留这个形式，其目的是想让外道头子说的话听起来让人发笑。贝歇特是赞成这种解释的。但是 A. L. Basham 却以明白无误、令人信服的论证说明了，这是材料来源的不同所造成的结果。-o 资料和 -e 资料来源不同。[163] 于是这一段公案也就得到了公正的判决。贝歇特的论据又落了空。

（四）所谓“新方法”

贝歇特和 Caillat 等人郑重其事地提倡“新方法”。研究任何学问，新方法都是必要的。我满怀期望，然而他们的“新方法”使人失望。

究竟什么是“新方法”呢？我在上面第一节（五）中已经详细地加以介绍，并对“新方法”之一的对于小品词和虚词的研究提出了我的意见。但是意犹未尽，这里再补充几句。我研究他们的“新方法”的结论是：他们的方法并不新。我在上面举了七十多年前 H. Oldenberg 的研究情况，证明这是“老”方法。我只举了他研究 *Mahāvastu* 的例子。现在再举他研究佛典历史的文章：*Studien zur Geschichte des buddhistischen Kanon*[164]。前者研究的是一部佛典，后者研究的则是整个佛典的历史，两者探讨的对象都是小品词。这哪能算是什么“新”方法呢？贝歇特把对“摩揭陀语的残余”bhikkhave 也归入“新方法”的研究范围。结果如何，本节（三）中已经谈过了。

总之，他们提出来的新方法一点也不新。[165]

（五）关于不能用“翻译”这个词儿的问题

我在上面第一节（六）中谈了一些学者对“翻译”的看法，又在第四节（三）中谈了对巴利文 āropemā 等字的正确理解。现在总起来谈一谈我对“翻译”的看法。

佛典在随着佛教的传播而逐渐形成的过程中，确实有“翻译”的问题，这个事实是谁也否认不掉的。所谓“梵文化”实际上也是翻译的一种特殊形式。贝歇特是在那里咬文嚼字，一会儿说不敢用“翻译”这个词儿，一会儿又半推半就地承认有翻译这个事实，态度极其暧昧。专就德文而论，贝歇特不愿意用 Übersetzen 这个字，而用 Übertragen。对德国一般老百姓来说，这两个字的字义差别实在是微乎其微。对专门研究德文字义学的人来说，其间当然是有一点差别的。我现在把 Duden, *Vergleichendes Synonymwörterbuch* 的解释抄在下面：

> Übersetzen：用笔（文字）或嘴（语言）把一个文件翻成另一种语言，把内容和含义尽可能忠实地保留下来。
>
> Übertragen：翻译一本重要的，多半是文学的作品，

使它的本质、它的特点保留下来，以至于即使在翻译中也能有流行的、独立的语言形式；这个字表示对一部作品的形式，译者也付出了创造性的努力。

把这样细致的意义上的区分应用到佛典的“翻译”上有什么意义呢？贝歇特对 Übertragen 这个字的理解难道是这样吗？恐怕不是。他只是想否定原始佛典，否定东部方言，但又无法完全否定掉，其结果就是咬文嚼字，无中生有，这不是务实的态度。

（六）汉译律中一些有关语言的资料

最后，我还想引一点汉译律中的资料：

《五分律》卷一；㊅ 22，4 b：

中国语向边地人，边地语向中国人，捨戒。

《摩诃僧祇律》卷四，㊅ 22，261 c：

若比丘以中国语向边地说，若以边地语向中国说……得偷兰罪。

同书，卷十三，㊅ 22，337 b 同。

《十诵律》卷四，㊅ 23，26 b：

或啸谬语、诸异国语。

同书，卷三十一，㊅ 23，223 b；卷四十，㊅ 22，290a 同。

《十诵律》卷四，㊅ 23,27 a：

乃至诸异国语，僧与作，驱出羯磨。

同书，卷四十九，㊅ 23，360 a。

《十诵律》卷五十三，㊅ 23，392 ab：

以中国语教边地人诵，是边地人不解是语；以边地语教中国人诵，是中国人不解是语。…得突吉罗。

《萨婆多部尼尼摩得勒伽》卷十，㊅ 23，622 c：

中国人语边地人，边地人语中国人，不解，突吉罗。

《根本说一切有部苾刍尼毗奈耶》卷十，㊅ 23，913 b：

若中方人对边方人作中方语，捨不成捨，若解成捨；若边方人对中方人作边方语，若中方人对中方人作边方语，捨不成捨，若解成捨；若边方人对边方人作中方语，准上应知。

以上这些条款，内容是一致的，含义是清楚的：对边地人讲中国话，对中国人讲边地话，都是犯罪的行为。为什么这样呢？

我猜想，其基本原因是：佛（还有他的继承人）对语言的态度是讲求实效的，抱着“实用主义”的态度。他们的最高目的就是要宣传教义，宏扬大法。谁听懂什么话，就用什么话向他宣传。违反这个规定，对牛弹琴，就是犯罪。语言只是工具，没有什么高低之分。这种语言政策从释迦牟尼起，一直到他灭度后极长的时间内，都在执行。佛教之所以能在印度传播，而且传出国外，我认为，这种实用主义的语言政策起了很大作用。

我在上面详尽地探讨了原始佛教的语言问题，在最后的最后，我还想拖上一条尾巴：对贝歇特下面一段话提出不同的看法。他写道：“如果任何人怀疑，在研究这个问题的专家中意见不一致的话，读了这个座谈会上的论文之后，他要改正他的意见。”[166]很遗憾，我不要改正我的意见，因为他们的意见也并不一致，而且即使是一致的话，学术问题也不能少数服从多数，自己认为意见已定于一尊，是非常危险的。

1984年2月12日写毕

中世印度雅利安语二题

一　再论中世俗语语尾 -aṃ>-o，-u的问题

整整四十年前，在1944年，我写过一篇论文：Die Umwandlung der Endung -aṃ in -o und -u im Mittelindischen(《中世

印度语言中语尾 -aṃ 向 -o 和 -u 的转化》，原载德国《格廷根科学院集刊，语言学历史学类》，1944 年第六号，现收入《印度古代语言论集》，中国社会科学出版社 1982 年出版，第 188 页至第 222 页)。我的结论是：这样的转化是中世印度西北方言的特点。在佛典和其他著作或碑铭中，有的有这种现象，有的没有；对于这些现象都要根据这种转化是西北方言的特点这一个地域概念来加以阐释。文章发表以后，仅就我能看到的国外一些书籍和论文来看，有的学者同意我的结论，有的不同意，还有的先同意后又反对。这些都是正常的现象，反复讨论有利于学术的发展。

可惜的是，有很长一段时间，由于种种客观原因，我自己对国外研究动态几乎是闭目塞听，毫无所知，简直像坐在真空管里。我没有条件再来关心这个问题了。只是到了最近二三年，我才又有机会看到一些新材料，读到一些新文章，我又有了可能，也可以说是受到启发，来重新考虑这个问题，看一看自己在四十年前的论点是否还能站得住脚。

我在这里首先想提出两位学者的态度和观点来加以介绍。第一个是比利时学者 Étienne Lamotte。他那一部皇皇巨著 *Histoire: du Bouddhisme Indien*, Louvain 1976(《印度佛教史》)，是八年前才出版的。第 628—632 页是专门讲西北方言的。可是在第 632 页讲到西北方言的特点时，竟然没有提到 -aṃ 向 -o，-u 转化的现象，我真有点难以理解。根据阿育王碑铭和其他可靠的资料，这种转化现象仅限于印度西北部，而这种现象又是非常引人注目的。可是我们这位学者竟然视而不见，岂非咄咄怪事。但是怪事还没有完结。当他在第628—629页讲到用西北方言(后来H. W. Bailey和J. Brough称之为犍陀罗语Gāndhārī)写成的《法句经》时，他列举了一大篇有关这部经书的书籍和论文，独独没有J. Brough的《犍陀罗语法句经》(*Gāndhārī Dharmapada*，伦敦，1962年)，这部书比他的《印度佛教史》早出版十二年。

我还想在这里举一个与本文貌似无关而实际有关的小例子。第644页，Lamotte在列举了我在论不定过去时的那篇论文中提到的东部方言的五种语法特点之后，写道："但是，正如Edgerton正确地指出的那样，这些现象在摩揭陀语以外也可以找到，一点也不能证明混合俗语的东方来源。"这个问题的是非曲直，我已有文章答复，这里不再细谈。有趣的是，紧接着上面一段话，Lamotte就说，Edgerton的一些看法"更为有趣"(plus intéressant)，其中有以-a收尾的名词单数依格语尾是-esmin，-esmiṃ，或-esmi这一项。可是远在1964年F. Bernhard就在一篇文章[167]中正确地论证了印度俗语中根本没有这个形式，Edgerton的看法是错误的。这个小例子难道不是"更为有趣"吗？

第二个是德国学者Heinz Bechert。他对我这一篇论文的态度是非常"有趣"的。他在根据1969年的一次讲演写成而于1973年发表的论文[168]中，充分肯定了我的研究结论。他写道："在这里研究语言特点又能达到有用的目的。从《妙法莲华经》尼泊尔本的语言中可以推论出，这一部经典的这个本子产生于印度次大陆的西北部。"下面括弧中注明参阅我的这一篇论文。

但是，在 1972 年发表的另一篇论文[169]中，他却蓦地来了一个一百八十度的大转变。他在这篇论文中写道：“大概用不着费很多笔墨就能够证明，季羡林的这一个理论是再也站不住脚了。吉尔吉特残卷，根据 W. Baruch 校勘的那些页数所提供的证据，没有以 -u 收尾的形式；因此，这些形式很可能是在这部经典继续传布的过程中窜入到经文里来的。”但是，事实究竟怎样呢？事实是 Bamch 校勘本的第一行第一个字 imu 就是一个从 imaṃ 转化来的以 -u 收尾的形式。我真有点吃惊，我百思不得其解，一个学者做学问竟能轻率到这般地步，武断到这般地步。吉尔吉特本《妙法莲华经》中以 -u 收尾的字多得俯拾即是，请参阅我为蒋忠新的《妙法莲华经》（民族文化宫图书馆藏贝叶本）拉丁字母转写本所写的序言，这里不再赘述。我并不反对一个人变，也不反对“以今日之我非昨日之我”，有时候变是进步的表现。但是变要有根据，要慎重。据我看，Bechert 的变，一无根据，二不慎重，我只好说不胜遗憾之至了。

举完了两个例子，现在书归正传，再来谈我那一篇论文本身的问题。实际上，第二个例子已经同我要谈的问题有非常密切的关联，这个例子也可以说是催促我写现在这篇论文的直接动力。

还是从头说起吧。我首先要说明，我对原来论文中引用的材料不作更正。原来的结论我还坚持，因为它是正确的。但是，时间既然已经隔了这样久，对旧材料必须有所补充，这是很自然的事。我现在就先做一点补充，然后再把新旧资料综合在一起，加以分析、探讨，看看能得出一些什么结论。

补充的材料有以下四个来源：

（一）犍陀罗语《法句经》；

（二）吉尔吉特残卷；

（三）《妙法莲华经》；

（四）《佛母宝德藏般若波罗蜜经》。

我在下面依次加以叙述。

（一）犍陀罗语《法句经》[170]

众所周知，《法句经》有大量不同的本子，所说犍陀罗语《法句经》就是其中之一。这部书提供的资料，我在本文开头时提到的论文中，曾使用过一些，所谓 MS. Dutreuil de. Rhins 者就是。（见拙著《印度古代语言论集》，第 194—201 页）Senart 校订发表的本子很不全，使用他这个本子的材料当然也受到限制。直到 1962 年，上距 Senart 本子的出版已经有六十四年，英国学者 John Brough 把目前能够搜集到的残卷都汇集在一起，出了一本全新的、比较完整的本子，名之为 *Cāndhārī Dharmapada*（犍陀罗语《法句经》）。我现在使用的就是这个本子。对“犍陀罗语”这个名词，也许需要作一点解释。这并非一种新发现的语言，我在我那篇论文中使用的“中世印度西北方言”，指的就是这种语言。后来英国学者 H. W. Bailey 和 John Brough 认为“犍陀罗语”这个说法更适当一些，给它改了名。我现在也使用这个新的名称，二者其实是一码事，没有任何区别。

犍陀罗语《法句经》残卷的来源，现在已经有点模糊。其中一部分是 1892 年在我国新疆和田地区得到的，使用的字母是佉卢文字母。经过学者们的研究，知道残卷的语言是一种中世印度西北方言。至于佉卢文这种字母，是一种从右向左横写的字母，流行的地区很广，从印度西北部、阿富汗一直到中国新疆，都是它的势力范围。阿育王碑铭中的西北碑铭以及中国新疆出土的所谓"尼雅俗语"(Niya Prakrit)，都使用这种字母。在印度其他地区没有发现使用这种字母的痕迹。因此我们可以说，这是一种仅限于上述地区使用的字母，印度西北方言使用它，是完全顺理成章的。古代的犍陀罗包括今天印度西北部、巴基斯坦和阿富汗，把流行在印度西北部以及这个地区以外一些地区的、用佉卢字母写成的语言称作"犍陀罗语"是可以同意的。这比印度西北方言要准确，因为它早已超越了印度的范围。

下面我从 John Brough 校勘的犍陀罗语《法句经》中选出一些 -aṃ 转化为 -o，-u 的语法形式。因为原书规模颇大，我没有可能，也没有必要把全书的这种形式统统选出来，我选的范围仅限于前一章[171]。

I. Brammaṇa

	犍陀罗语《法句经》	巴利文《法句经》
3	dharmo	dhammaṃ
8	utamu	uttamaṃ
17	sabhamu	saṃbhavaṃ
18	aho	ahaṃ
19	śuhaśuhu	subhāsubhaṃ
	aho	ahaṃ
20	aho	ahaṃ

21	ahu	ahaṃ
22	ahu	ahaṃ
23	aho	ahaṃ
24	aho	ahaṃ
25	aṇuprato	anuppattaṃ
	aho	ahaṃ
26	ahu	ahaṃ
27	visañutu	visaṃyuttaṃ
	ahu	ahaṃ
	brammano	brāhmaṇaṃ
28	ahu	ahaṃ
29	nivudu	nibhutaṃ
	aho	ahaṃ
30	visañutu	visaṃyuttaṃ
	aho	ahaṃ
31	aho	没有相当的巴利文
32	aho	ahaṃ
33	aho	ahaṃ
34	ahu	ahaṃ
35	aho	ahaṃ
36	ahu	ahaṃ
37	ahu	没有相当的巴利文
38	ahu	ahaṃ
39	alclubhu	alolupaṃ

	ahu	没有相当的巴利文
40	śudhu	suddhaṃ
	ahu	没有相当的巴利文
41	budhu	buddhaṃ
	ahu	ahaṃ
42	aho	ahaṃ
43	ahu	ahaṃ
44	budhu	buddhaṃ
	aho	ahaṃ
45	aho	没有相当的巴利文
	budhu	suddhaṃ
	ahu	ahaṃ
47	budhu	没有相当的巴利文
	ahu	没有相当的巴利文
48	budhu	没有相当的巴利文
	aṇasṛvu	anāsavaṃ
	ahu	没有相当的巴利文
49	utamu	uttamatthaṃ
	ahu	ahaṃ

例子就举到这里为止。你看，仅仅这第一章就有这样多的 -aṃ 转化为 -o，-u 的语法形式。我主张，这种转化现象是这个方言的一个显著的特点，难道还不是一清二楚吗？Bechert说，吉尔吉特残卷《妙法莲华经》中没有以 -u 收尾的形式，这不是

事实，我在上文中已经谈到过。我现在又从《妙法莲华经》以外的、用同一地区的方言写成的《法句经》中举出了上面这些例子，以加强我那篇论文的论证能力。看来以 -u 收尾的形式，也就是 -aṃ，向 -o，-u 的转化现象，是犍陀罗语的突出的、引人注目的特点，已经丝毫没有可以置疑的余地了。对于 Bechert 的指责，我也可以回敬一句：用不着费多少笔墨就足以证明他的指责是无中生有的。

至于为什么有的 -aṃ 转化为 -o，-u，有的不转化，这个问题异常复杂。John Brough[172] 尝试着来回答这个问题，作了详细的统计，提出了几点解答这个问题的理论。但是，看来他自己也没有多大的信心和把握。我也认为，这只能算是一个有益的尝试，一个良好的开端。认真地、实事求是地解决这个问题，恐怕还要做大量的工作，搜集大量的资料，进行细致分析和对比。我希望有志于此的学者们都来尝试一下，共同协力，以期取得一些成果。

（二）吉尔吉特残卷

在吉尔吉特残卷中，-aṃ>-o，-u 的转化现象非常普遍。我曾在给蒋忠新的《妙法莲华经》拉丁字母转写本写的序言中举出了一些。我当时选的一部经是 *Ajitasenavyākaraṇam*。现在我再选一部经，举出一些例子来。我选的是 *Samādhirājasūtra*[173]。此经有汉译本：高齐那连提耶舍译《月灯三昧经》，见《大正新修大藏经》卷十五；刘宋先公译《佛说月灯三昧经》，见同上书。

下面就是例子。

页数	颂	例子
11	16	atuliyu varu
12	20	parityāgu
13	22	svabhāvu
14	28	acittu
31	27	anantu tasya pratibhānu
32	28	imu（此字出现次数极多，比如 38，12；39，16；42，32；43，34；52，23；66，28 等等，不再列入表中）
35	1	sukaru
		varu（36，3；36，4）
36	5	niruttaru cittu
	6	dattu
37	8	ahu（此字出现次数极多，比如 38，10；39，16；44，37 等等，不再列入表中）
38	12	dānu
42	31	nidhānu
43	33	atuliyu dharmanidhānu
		dhanu
49	11	unmādu
		pramāṇu
50	13	cittu
	14	saṃskṛtu

下面还有大量这样的例子，我不一一列举了。为了说明问题，这些也就足够用了。除了以上提到的这两部佛典外，还有不少别的佛典，从中也可以选出大量同类的例子，我在这里也不再去选，举一反三，这两部佛典也就足够用了。所有这些吉尔吉特残卷中出现的 -aṃ 向 -o，-u 转化的现象，都能够证明 Bechert 之武断。

（三）《妙法莲华经》

关于在《妙法莲华经》中出现的 -aṃ>-o,-u 转化的现象，我在篇首提到的那一篇论文中已经举出过一些例子[174]。当时我根据的只有 Kern 和 Nanjio 校勘的一个本子，而且这个本子根据许多学者的意见，不够细致，不够谨严，因此我举的例子不一定每一个都靠得住，都经得起推敲。现在，时隔七八十年，许多国家研究《妙法莲华经》的学者，出版了一些新的本子。条件比以前好多了。但是我却不想再多加挑选，因为没有必要。我曾在给蒋忠新转写本写的序言（英文本）中选了一些例子，请参阅，这里不再重复。但不知 Bechert 教授看到这些例子后作何感想？

（四）*Prajñā-pāramitā-guṇa-saṃcaya-gāthā*[175]

此书有汉译本：《佛母宝德藏般若波罗蜜经》，宋法贤译，见《大正新修大藏经》卷八。

各种名称的《般若波罗蜜多经》，卷帙浩繁，都是用梵文写成的。据说此经的原本是用俗语写成的。但是今天能够看到的有俗语成分的就只有这一部经。

我在下面根据日本学者汤山明的《佛母宝德藏般若波罗蜜

经语法》[176]介绍一下本经内 -aṃ 向 -o，-u 转化的情况。前面的页数是指原书的页数，后面的数字指原书的章节。

70 页　中性名词单数体格（形容词同），-u

8·15　a-darśanu[177]，uktu，gotru，cittu，tulyu，-darśanu 等等。[178]

71 页　中性名词单数体格 -o

8·20　pramāṇo

8·21　bodhi-yāno（可能是词性变换）

阳性名词单数业格 -u

8·26　an-upādu，agru，avatāru，upādu，otāru 等等。

72 页　中性名词单数业格 -u

8·29　an-antu，uttamu 等等。

例子就举这样多。如果想了解详细情况，请查阅汤山明原书。据一般说法，《般若波罗蜜多经》源于南印度。这个说法正确与否，姑置不论。但是，既然这一部佛典有 -aṃ 转化为 -o，-u 的现象，它必然同印度西北地区在某一个时期有这样或那样的联系。探讨这样的联系，对研究印度佛教史，特别是大乘佛教的起源问题，有重要意义是显而易见的。

我在本文开始时曾经提出来，我想根据我现在掌握的新材料看一看自己在四十年前提出来的看法是否还能站得住脚。我在上面共列举了犍陀罗语《法句经》、吉尔吉特残卷、《妙法莲华经》和《佛母宝德藏般若波罗蜜经》四种新材料。根据这些新材料，我不但仍然坚持我的观点，而且更增加了信心。我认为，把语言的研究成果应用到印度佛教史的研究上，是一条阳关大道。这一点，Bechert 也曾一度同意过。尽管他以后改变了看法，我仍然要继续走下去。多少年来我曾搜集了大量有关大乘佛教起源的资料，形成了一些初步的设想。我也想利用语尾 -aṃ 转化为 -o，-u 的现象，来解释大乘佛教起源中的一些问题。

1984 年 1 月 8 日

二 巴利文与不定过去时

四十年代初，我写过一篇论文：Die Verwendung des Aorists als Kriterium für Alter und Ursprung buddhistischer Texte（《使用不定过去时作为确定佛典年代和来源的标准》[179]，原发表在德国《格廷根科学院集刊，语言学历史学类》，1949 年；

现收入《印度古代语言论集》, 1982 年, 北京)。我的目的是想证明, 不定过去时是印度中世东部方言, 古代半摩揭陀语的语法特点之一。根据这个标准可以阐明许多佛典的年代和来源, 可以解决印度佛教史上的一些问题。

我在那一篇论文中曾经遇到了困难, 最大的困难就是如何处理巴利文的问题。

巴利文究竟是一种什么样的语言呢? 这是一个长期争论不休、迄今还没有得到一致结论的问题。印度和锡兰(今斯里兰卡)的传统说法认为巴利文是摩揭陀语的一种, 是 Māgadhā Nirutti, 是 Māgadhikabhāsā。大注释家觉鸣 (Buddhaghosa) 就是这样说的。摩揭陀是佛教兴起的地方, 巴利文三藏是用释迦牟尼使用的语言写成的, 因而高出于其他语言的三藏, 形成一部原始的佛典。

但是, 不幸的是, 巴利文缺少大家公认的摩揭陀语的特点: 一、以 a 收尾的阳性名词的单数体格的语尾是 -e; 二、r>l; 三、s 和 ṣ>ś。即使有的佛典中有这几个特点, 也被认为是"摩揭陀语的残余" (Magadhismus), 不能起决定语言性质的作用。

在这样的情况下, 从欧洲梵学兴起之日起, 梵文学者之间就对这个问题争论起来。Burnouf 和 Lassen 不承认巴利文是摩揭陀语。从那以后, Westergaard, E. Kuhn, R. O. Franke, Sten Konow, H. Oldenberg, E. Müller 等等相继对于这个问题进行探讨。虽然结论并不一致, 但是基本上都不承认巴利文是摩揭陀语。总起来说, 他们都认为巴利文是一种西部方言。其中只有 Windisch 回到锡兰的传统说法上, 认为巴利文是一种摩揭陀方言。W. Geiger 同意 Windisch 的看法[180]。从此以后，讨论仍然继续进行；但是同意 Windisch 和 W. Geiger 的意见的人却绝无仅有，巴利文是一种西部方言的说法似乎已经成为定论了。[181] 无怪乎 H. Bechert 1976 年在德国格廷根召开的最古的佛教传统的语言的讨论会上公开宣称："众所周知，Geiger 的这种说法没有得到普遍的承认。"[182]

尽管 Bechert 这样昭告天下，然而他的昭告却与事实不符。就在那一次讨论会上，意见并不一致，他的意见并没有定于一尊。K. R. Norman 在他的论文《佛说法所使用的诸方言》（*The Dialects in which the Buddha preached*）中写道：

> 上座部经典的语言巴利文，与摩揭陀语同族，在摩揭陀国的某一个地方，人们说这种语言；当佛教传入锡兰的时候，它被称做"摩揭陀语"。因为它与摩揭陀语同族（源出于它），用当时的说法称之为"摩揭陀语"是正确的，而锡兰的注释传统记住了，像摩揭陀语那样，它是所有语言的母语。
>
> 因为佛的一些说法很可能用的是（公元前）五世纪的摩揭陀语，而另一些用的是有关的方言，从大处来看，称佛语为"摩揭陀语"是正确的。因为巴利文很可能在摩揭陀国内的某一个地方被使用，又与摩揭陀语有亲属关系，仍然从大处来看，把上座部经典的语言称做"摩揭陀语"也是正确的，只要我们记住，我们实际上讲的是相距两个多世纪的中世印度雅利安语的两个阶段。[183]

Norman 的这一段话给了我很大的启发。它帮助我除掉了我在上面提到的困难。印度学者 D. D. Kosambi，也认为巴利文是摩揭陀语言。[184] 我豁然开朗，大有“山重水复疑无路，柳暗花明又一村”之慨了。

我当年写那一篇关于不定过去时的论文的时候，并没有抱丝毫成见。只是在相当长的时间内，我根据前人研究的成果在许多佛典中发现了同时并存的新、旧两种文体，在不同的文体中，不定过去时出现的频率很不相同，因而引起了我的注意。一般说起来，在旧文体中，不定过去时在数量上几乎占压倒的地位，而在新文体中则为其他的过去时态所代替，用完成时和未完成时代替的时候最多，过去分词也不少。

光凭这一些当然还无法确定不定过去时的地域。同不定过去时同时在旧文体中出现的是一些东部方言的语法特点。约略言之，可以举出以下的几种：一、以 -a 收尾的阳性名词复数呼格的语尾是 -āho；二、eva>yeva；三、主动语态现在时希求语气单数第一人称的语尾是 -eham，第三人称是 -eha；四、y>v；五、√bhū 这个字根的主动语态现在时陈述语气第三人称单数是 hoti。根据阿育王碑铭和其他资料，这些都明确无误地证明是东部方言特有的语法特点。如果这些还不够的话，我现在再举出一个例证来。在古典梵文中，以 -a 收尾的阳性名词复数体格的语尾是 -āḥ，业格是 -ān；中性名词体格和业格都是 -āni，而在许多佛典的旧文体中，甚至不在旧文体中，阳性名词却同中性名词一样，复数体格和业格的语尾都成了 -āni。这个现象特别刺目，有人企图用性别变换来解释。少量的性别变换不是不可能的；但是如此大量的性别变换，甚至影响到阴性名词和代词，则是决无可能的。阿育王碑铭和其他资料已经证明，这也是东部方言的特点。

不定过去时同以上列举的这一些语法特殊现象同时出现，难道还不能够确定这种特点的地域性，把它确定为东部方言的特点吗？

尽管还有那么一些梵文学者，比如F. Edgerton，Lamotte，H. Bechert等人，在没有多少根据的情况下，对语言的实际情况硬是视而不见，拒不承认有一个东部方言，连阿育王碑铭能够根据东西部方言的特征确定其地域这一点都加以否认；但是事实毕竟是事实，一个人的主观臆想不能改变客观实际的一丝一毫。他们不承认不定过去时是东部方言的特点，并不等于不定过去时就真的不是东部方言的特点。

总之，我写那一篇论文，得那样一个结论，根据的就是我上面列举的那一些确凿可靠的证据。这些证据告诉我，只能得一个结论，这就是不定过去时是东部方言的特点。

可是为什么几乎公认为西部方言的巴利文竟有这么多的不定过去时呢？说老实话，我自己当时也认为巴利文是西部方言。一个西部方言有这样多东部方言的特点，这现象我无法解释。这个矛盾压在我的心头像是一个疙瘩。多少年来，每一念及，就迷惑不解，耿耿于怀。

一直到不久以前，当我清理、分析我在近几年来细读格廷根讨论会论文以后所得的一些印象或感想时，对巴利文的想法才突然改变。那些论文，坦白地说，很多我是不能同意的。我觉得，有些人使用玄妙的词句，造成一种扑朔迷离的气氛；但是说的道理却很多都是牵强附会的，甚至武断专横的。我每读一遍，都如骨鲠在喉，一吐为快。收入本书的《三论原始佛教的语言问题》，算是我对那些论文的评价。最奇怪的是，当我看到上面引用的Norman的那一段话时，最初我几乎是本能地想加以拒绝。巴利文是一种西部方言嘛。但是，再仔细一琢磨，我仿佛一下子顿悟了：为什么不能重新考虑一下这个问题呢？为什么不能丢掉先入之见，还事物以本来面目，承认巴利文是东部方言摩揭陀语的一种形式呢？Norman并没有故意标新立异。在他之前，锡兰传说、觉鸣注释、Windisch和Geiger的意见，也不是无中生有。这样一来，问题不就迎刃而解，心头疙瘩也就解开了吗？这真叫做“踏破铁鞋无觅处，得来全不费工夫”，人们有时候是会“自寻苦恼”的。

但是，话还要回到Bechert身上来。他在1972年发表的一篇论文[185]中说：

> 现在那种认为西部方言缺少不定过去时的命题已经不能成立，所以季羡林在这一方面的论证可以看作是已经了结了。

这未免“了结”得太性急了一点。我劝Bechert先生还是慎重一点为佳，慎重考虑一下巴利文的性质，慎重考虑一下从觉鸣一直到Norman的意见，然后再来“了结”，千万不要再

像对 -aṃ>-o，-u 那样视而不见。否则，要“了结”的恐怕不是我的论证，而是它的对立面。

1984 年 1 月 4 日

注释：

1 巴利文《律藏》*The Vinaya Pitakam*,ed. by Hermann Oldenberg,vol.II, The Cullavagga,London 1880,P.139.

2 巴利文《律藏》英译本 *Vinaya Texts*, III, *Sacred Books of the East,* XX, p.151.

3 《巴利文·文献和语言》（*Pali. Literatur und Sprache*）. Strassburg 1916, p.5.

4 《佛教杂志》*Zeitschrift für Buddhismus*, n.F.I, 1922, p.211 ff..

5 《印度历史季刊》*Iadian Historical Quarterly*, I, 1925, p.501.

6 《印度文学史》*A History of Indian Literature*, II, p.602.

7 《佛陀传》*The Life of Buddha*, New York 1927, p.253 f..

8 参阅 M.winternitz:《印度文学史》，II, p.602 ff..

9 *Samantapāsādikā* ed. Saya u Pye, IV 416.

10 H. Oldenberg，《佛陀》*Buddha*, London 1928, p.177.

11 *Cullavagga* XX，*Sacred Books of the East*, Vol.XX.p.409 ff..

12 巴利文《岛纪》*Dipavaṃsa*，V.27ff.；《大纪》*Mahāvaṃsa*，IV.

13 E. J. Thomas:《佛陀传》，p.170 f.；Copleston:《佛教》*Buddhism*, p.154, 171, 175.

14 Barth:《印度的宗教》*Religions of India*, London 1921,p.130,

Copleston:《佛教》，p.176 ff..

15 《论印度史的最古时代》*Über den ältesten Zeitraum der indischen Geschichte*, p.87.

16 《巴利文法述论》*Beiträge zur Pali-Grammatik*, p.6 ff..

17 《巴利文与梵文》*Pāli und Sanskrit*, p.131 ff..

18 《毘舍遮语的故乡》*Thc Home of Paisaci*, ZDWG.64, p.95 ff.

19 Grierson:《印度西北部的毘舍遮语》*The Paiśāca Languages of North Western India*, Asiatic Society Monographs,Vol.VIII, 1906. 书中说毘舍遮语是印度西北部方言。

20 巴利文《律藏》，Vol. I. London 1879, p.L ff..

21 《简明巴利文法》*Simplified Grammar of the Pali Language*, London 1884, p.111.

22 《奥义书的学说和佛教的起源》*Die Lehre des Upanishaden und die Anfänge des Buddhismus*, Gottingen 1915, p.283.

23 《论巴利文的语言性质》*Über den sprachlichen Charakter des Pali*, Actes du XIV Congres International des Orientalistes, prem. partie, Paris 1906, p.252 ff..

24 《巴利文·文献和语言》，p.5.

25 关于这个问题的文献不胜枚举，请参阅季羡林：《使用不定过去时作为确定佛典年代和来源的标准》*Die Verwendung des Aorists als Kriterium für Alter und Ursprung buddhistischer Texte*，德国《格廷根科学院集刊·语言学历史学类》，1949, p.288, Anm, 2.

26 《大正新修大藏经》，第 24 卷，第 822 页。

27 同上书，第 22 卷，第 955 页上。

28 同上书，第22卷，第174页中。参阅《五分律》卷六(《大正新修大藏经》，第22卷，第39页下)："对诸比丘种种国出家，诵读经偈，音句不正。诸居士便讥呵言：'云何比丘昼夜亲承，而不知男女黄门二根人语及多少语法？'诸比丘闻，各各羞耻，以是白佛。佛以是事集比丘僧，问诸比丘：'汝等实尔不？'答言：'实尔，世尊！'佛即遥责诸居士：汝愚痴人，如何讥呵异国诵经，音句不正！'"

29 同上书，第23卷，第274页上。

30 同上书，第24卷，第232页。

31 我最近才看到林藜光有关这个问题的文章：Lin Li-kouang，*L'Aide-Mémoire de la Vraie Loi*，Paris 1949，第216—228页。他的结论同我的不完全一样，在某一些看法上，我们完全不一样。

32 Hiän-lin Dschi(季羡林)：《中世印度语言中语尾-aṃ向-o和-u的转化》(*Die Umwandlung der Endung -am in -o und -u im Mittelindischen*)，德国《格廷根科学院集刊·语言学历史学类》，1944年；《使用不定过去时作为确定佛典年代和来源的标准》(*Die Verwendung des Aorists als Kriterium für Alter und Ursprung buddhistischer Texte*)，同上，1949年。

33 参阅爱哲顿：《佛教混合梵文文法和字典》，第一卷，文法，第1页。

34 *The Digha Nikāya*，Vol.III，J. Fstlin Carpenter校订，London，Pali Text Society，1911，第85页。

35 参阅汉译本《长阿含经》，《大正新修大藏经》，第一卷，第37页。

36 法国梵文学者Senart校订出版，见J. A.，新集卷XII，1898，第193—308页。

37 《原始佛典语言的观察》(*Beobachtungen über die Sprache des*

buddhistischen Urkanons)，《柏林德国科学院专刊，语言文学和艺术学类》，1952 第十种，第 19 页。

38 德国梵文学者皮捺尔（R. Pischel）校订出版，分为两部，Halle，1877，1880。

39 对于摩揭陀语一般的叙述，参阅皮捺尔：《俗语文法》*Grammatik der Prakrit Sprachen*，Gtrassburg，1900，§17，18，23。

40 吕德斯：《佛教戏剧残卷》*Bruchstücke buddhistischer Dramen, Königlich Preussische Turfan-Expeditionen, Kleinere Sanskrit-Texte*，第一册，Berlin 1911，第 40 页。

41 同上书，第 41 页；皮捺尔：《俗语文法》第 16 节。

42 爱哲顿是反对用“翻译”一词的，参阅《佛教混合梵文文法》，第 2 页。

43 盖格（Wihelm Geiger），《巴利文献和语言》*Pāli Literatur und Sprache* Strassburg，1916，65，2a，80，82.5，98.3，105.2，110.2 各节。吕德斯的《原始佛典语言的观察》整个一部大书几乎都是讲的这个问题。

44 佚名译：《大正新修大藏经》，1463 号。

45 姚秦佛陀耶舍共竺佛念译：《大正新修大藏经》，1428 号。

46 刘宋佛陀什共竺道生等译：《大正新修大藏经》，1421 号。

47 后秦弗若多罗共罗什译：《大正新修大藏经》，1435 号。

48 唐义净译：《大正新修大藏经》，1451 号。

49 参阅季羡林：《论梵本妙法莲华经》，见《中印文化关系史论丛》，北京，人民出版社 1957 年版，第 24—30 页。

50 Lin Li-Kouang，*L'Aide-Mémoire de la Vraie Loi*，Paris 1949，P.227.

51 同上书，第 228 页。

52 《佛教混合梵文文法》，第 3—4 页。

53 皮挹尔：《俗语文法》，第 372 页。

54 同上书，第 336 页。

55 吕德斯：《佛教戏剧残卷》，第 39 页。

56 佛兰克 (Otto Franke)：《巴利文和梵文》(*Pāli und Sanskrit*)，Strassburg，1902，第 114 页；迈格尔孙 (Michelson)：《阿育王十四石碑中沙荷巴兹加尔希和曼赛荷拉石碑中的语言问题》(*Linguistic Notes on the Shāhbāzgarhi and Mansehra Redactions of Aśoka's Fourteen-Edicts*)，《美国语言学报》，XXX，1909，第 285 页。

57 爱哲顿：《混合梵文文法和字典》，第 10 页。

58 见注 56 第二部引书，第 287 页。

59 吕德斯，《印度语言学论文集》(*Philologica Indiea*) 第 280 页以下。

60 《佛教混合梵文基础的俗语》(*The Prakrit Underlying Buddhist Hybrid Sanskrit*)，《伦敦东方学院院刊》，8，1935—1937。

61 Heinz Bechert, *Allgemeine Bemerkungen zum Thema"Die Sprache der ältesten buddhistischen Überlieferung"*，见 *Die Sprache der ältesten buddhistischen Überlieferung*, Göttingen 1980，第 24 页。

62 *Observations sur une langue précanonique du Bouddhisme*, JA. sér.10,t. 20，1912，p.495 ff.

63 见注 61 引书，第 13 页。

64 同上书，第 28 页。

65 同上书，第 27 页。

66 同上书，第 26—27 页。

67 同上书，第 57 页。

68 同上书，第 32 页。

69 同上书，第 33 页。

70 同上书，第 73—74 页。

71 Bechert, *Notes on the Formation of Buddhist Sects and the Origins of Mahāyāna*，见 *German Scholarson India*，vol.I，Varanasi 1973，第 9—10 页。

72 见注 61 引书，第 13 页。

73 同上书，第 32 页。

74 同上书，第 13 页。

75 同上书，第 33 页。

76 同上书，第 15 页。

77 同上书，第 75 页。

78 *Histoire du Bouddhisme Indien*，Louvain-la-Neuve 1976.

79 见注 61 引书，第 14 页。

80 同上书，第 14 页。

81 同上书，第 14—15 页。

82 同上书，第 12 页。

83 同上书，第 28 页。

84 同上书，第 29 页。

85 同上书，第 30—31 页。

86 K.R.Norman,*Pāli and the Language of the Heretics*,Acta Orientalia,XXXVII,Munksgaard Copenhagen 1976,p.118 ff.

87 见注 61 引书，第 26 页。

88 同上书，第 26 页。

89 同上书，第 13 页。

90 同上书，第 28—29 页。

91 同上书，第 30 页。

92 同上书，第 57—58 页。

93 Hermann Oldenberg,*Kleine Schriften*,Wiesbaden 1967，第 1037 ff. 页。

94 见注 61 引书，第 12 页。

95 同上书，第 75 页。

96 见 *Buddhist Hybrid sanskrit Grammar*,New Haven 1953,p.3 n.8. 参阅注 61 引书，第 70 页。

97 见注 61 引书，第 75 页。

98 同上书，第 69 页。

99 Fr.Weller,*Über die Formel der vier edlen Wahrheiten*,OLZ 43(1940) col.73—79。转引自 Gustav Roth，见注 61 引书，第 91 页。

100 关于上面这一段叙述，参阅注 61 引书，第 63，66，67 页。

101 参阅 Heinrich Lüders,*Beobachtungen über die Sprache des buddhistischen Urkanons*,herausg.von Ernst Waldschmidt,Berlin 1954，第 6—7 页。

102 见注 61 引书，第 20 页。

103 *Bruchstücke buddhistischer Dramen*,Berlin 1911，第 38 页。

104 参阅第 60—61 页 Norman 的话，注 37。

105 见注 61 引书，第 78 页。

106 主要根据 E.Waldschmidt 给 Lüders,*Beobachtungen über die Sprache des buddhistischen Urkanons* 写的引言，第 5、6 页。

107 见注 61 引书，第 65 页。

108 同上书，第 64 页。

109 同上书，第 69 页。

110 *The Role of Pāli in early Sinhalese Buddhism,Buddhism in Ceylon and Studies on Religious Syncretism in Buddhist Countries*, Abhandlungen der Akademie der Wissenschaften in Göttingen, 1978，第 33 页。

111 *The Gāndhārī Dharmapada*，伦敦 1962 年版，第 115 页，注 2。

112 讨论文献请参阅本书《原始佛教的语言问题》；John Brough, *Sakāya Niruttiyā: Cauld kale het*，见注 61 引书，第 35—42 页；K.R.Norman，*The Dialects in which the Buddha preached*，第 61—77 页。

113 *The Vinaya Piakam*, ed.by Hermann Oldenberg, vol.II.*The Cullavagga*，London 1880，第 139 页。前面的一段没有抄。

114 《大正新修大藏经》，第 24 卷，第 846 页 c。

115 见注 61 引书，第 35—36 页。

116 这数字代表的经与（一）同，下面不再写出经名。

117 见注 61 引书，第 61 页。

118 Norman 在几篇文章里讲到这个问题：

1，*Middle Indo-Aryan Studies VIII*，*Journal of the Oriental Institute(Baroda)*，vol.XX,pp.329—331；2，*The Language in which the Buddha taught,Proceedings of the Seminar on Buddhism sponsored by the Institute of Oriental and Orissan Studies*，Cuttack, Jan.1976；3，*The Dialects in which the Buddha preahed*（第二篇论文的重订本，注意：他把单数 language 改为复数 diatects），见注 61 引书，第 61—77 页。

119 见注 61 引书，第 35、37 页。

120 同上书，第 12 页。

121 《大正新修大藏经》第 24 卷 ,232 c。

122 John Brough 转引，见注 61 引书，第 36 页。

123 见注 61 引书，第 35 页。

124 同上书，第 36 页。

125 *Book of the Discipline*，vol.V，London 1952，第 194 页 n.1。

126 见注 61 引书，第 61—63 页。

127 吐火罗文 A 中也有亿耳故事，见 Sieg 和 Siegling，*Tocharische Sprachreste*，Berlin und Leipzig 1921，Nr.340，341。但其中没有与此有关的段落，所以不引。

128 《大正新修大藏经》，第 23 卷，1052 c。

129 同上书，第 23 卷，181 b。

130 同上书，第 22 卷，144 b。

131 同上书，第 22 卷，845 c。

132 同上书，第 22 卷，416 a。

133 *Gilgit Manuscripts*，Vol.III，Part IV，Calcutta 1950，第 188 页。

134 见注 61 引书，第 34 页。

135 参阅注 61 引书，第 78 页 Gustav Roth 的意见。他说，薄伽梵佛在王舍城和摩揭陀其他地区游行说法时，对人民讲话自然要用古代摩揭陀语或古代半摩揭陀语。

136 记载初转法轮的经典比比皆是。请参阅 H.Oldenberg，*Buddha*，Stuttgart und Berlin 1923，S.142 ff.；A.K.Warder，*Indian Buddhism*，Delhi，Varanasi，Patna 1980，p.52。

137 Bechert，*Notes on the Formation of Buddhist Sects and the Origin of Mahāyāna*，见 *German Scholars on India*，Varanasi 1973，p.7。参阅 E.Frauwallner 的意见，他认为：部派分裂源于教义。律条的分歧从

吠舍离结集才开始。见所著 *The Earliest Vinaya & the Beginnings of Buddhist Literature*, Roma 1936, p.5。

138 同上引书第一种，第 8 页。

139 见注 61 引书，第 75 页。

140 参阅 G.Roth 的意见，见注 61 引书，第 79 页。Alsdorf 意见相同，同上书，第 17 页。

141 见注 61 引书，第 80 页。

142 *Gab es einen Lokativ auf -esmiṃ im buddhistischen Sanskrit? Nachrichten der Akademie der Wissenschaften in Göttingen*, I.Phil.-hist.Kl.1964, Nr.4, S.208。

143 Gustav Roth, *Bhikṣuṇi-Vinaya*, Patna 1970, p.LV。

144 *Bhikṣuṇīvinaya and Bhikṣu-Prakīrṇaka and Notes on the Language*, *Journal of the Bihar Research Society* 52(1966), Patna, p.39。

145 *Randhemerkungen zur Sprache und Textuberlieferung des Kāraṇḍavyūha*, *Asia ica*, *Festschrife Friedrich Weller*, Leipzig 1954, S.514—527。

146 *Histoire du Bouddhisme Indien*, p.621。

147 *Gāndhārī Dharmapada*, p.33。

148 请参阅 Walther Schubring, *Die Lehre der Jainas*, *Grundriss der indoarischen Philologie und Altertumskunde*, III Band, 7.Heft, Berlin und Leipzig 1935, §19。

149 上面这一段叙述，主要根据 Winternitz, *Geschichte der indischen Literatur*, II.Band, Leipzig 1920, S.291 ff。

150 参看Ludwig Alsdorf, *Ardha-Māgadhī*, 见注61引书, 第17页, 注1。

151 同上引文。

152 见注 61 引书，第 34 页。

153 同上书，第 29 页。

154 同上。

155 同上书，第 30 页。

156 同上书，第 31 页，注 3。

157 同上书，第 30 页。

158 同上书，第 31 页。

159 *Pāli and the Language of the Heretics*, p.117。

160 同上书，第 125 页。

161 *Gāndhārī Dharmapada*, §76。

162 K. R. Norman, *Pāli and the Language of the Heretics*, p.117 ff。

163 *History and Doctrines of the Ājīvikas*, Delhi, Varanasi, Patna 1981, P.24—25。

164 *Kleine Schriften*, S.975, 985。

165 我还有一点小想法，看遍了全文，都觉得摆不上，就在这里说一说吧！贝歇特解释东部方言阳性复数业格的语尾 -āni，认为是从 -ān i(t) 变来。但是体格也是 -āni，总不能解释为 -ās(ḥ)i(t) 吧。见注 61 引书，第 185 页。在他心目中，语法现象好像小孩玩积木，可以任意摆弄。

166 见注 61 引书，第 11 页。

167 F. Bernhard, *Gab es einen Lokativ auf -esmiṃ im buddhistischen Sanskrit?*《格廷根科学院集刊·语言学历史学类》，1964 年第四号。

168 *Notes on the Formation of Buddhist Sects and the Origins of Mahāyāna*,

见 *German Scholars on India*, vol.1, Varanasi(India) 1973, p.12。

169 *Über die"Marburger Fragmente"des Saddharmapuṇḍarika*,《格廷根科学院集刊·语言学历史学类》, 1972 年第一号, 第 79 页。

170 *The Gāndhāri Dharmapada*, ed.by John Brough, London *Oriental Series*, vol.7, London, Oxford University Press, 1962。

171 John Brough 校勘本残缺不全，共有二十二章。

172 《法句经》校勘本，§75。

173 *Gilgit Manuscripts*, vol.II, ed.by Dr. Nalinaksha Dutt, 1941, Srinagar-Kashmir。

174 参阅《印度古代语言论集》, 第 214—217 页。

175 (Sanskrit Recension A)ed.by Akira Yuyama, Cambridge University Press, 1976。

176 *A Grammar of the Prajñā-pāramitā-ratna-guṇa-saṃcaya-gāthā* (*Sanskrit Recension A*), Akira Yuyama, Faculty of Asian Studies in association with Australian National University Press, Canberra 1973。

177 见汤山明原书。

178 例子过多，不俱引，请参阅原书。

179 我想借这个地方来对《印度古代语言论集》第 213 页注 103 作一点改正。原来是 Zu den mittelindischen Aoristen, 现改为 Die Verwendung des Aorists als Kriterium für Alter und Ursprung buddhistischer Texte。

180 参阅 W. Geiger, *Pāli Literatur und Sprache*, *Grundriss der Indo-Arischen Philologie und Altertumskunde*, I. Band, 7.Heft,

Einleitung II—X。

181 连 H. Lüders 也认为巴利文是西部方言，参阅 *Philologica Indica*，第 508 页。

182 *Allgemeine Bemerkungen zum Thema"Die Sprache der ältesten buddhistischen Überlieferung"*，见 *Die Sprache der ältesten buddhistischen Überlieferung*，《格廷根科学院集刊·语言学历史学类》，第三辑，第 117 号，1980 年，第 25 页。

183 同上引书，第 76 页。

184 *The Culture and Civilisation of Ancient India in Historical Outline*，1977，第 233 页索引。

185 见注 169 引书，第 78 页。

吐火罗语的发现与考释及其在中印文化交流中的作用

古代新疆一带是东西文化汇流的地方。这里曾住过许多人种不同、语言不同的部落或部族。六世纪以前，伊斯兰教还没有兴起，现在住在那里的许多说土耳其语言信仰伊斯兰教的民族还没有全部迁移过去。所以无论从宗教方面来说，或是从人种方面来说，当时这一带的情形都跟现在完全不一样。

中国各时代的历史家对这一带有过一些记述。《史记》有《匈奴列传》（卷百一十），有《大宛列传》（卷百二十三）。《大宛列传》里有关于大宛、乌孙、康居、奄蔡、安息、条枝等国的记载。《后汉书》卷一百十八《西域传》对这一带的记述比较详细。在武帝时候，西域内属的有三十六国。到了班超击破焉耆的时候，纳贡内属的已经增加到五十余国。“其条支、安息诸国至于海濒四万里外皆重译贡献。”《宋书》里有所谓“夷蛮”的列传，头绪很乱。《梁书》卷五十四有诸夷的列传。在《西北诸戎》这个项目下谈到许多西域的国家。河南王“与益州邻，常通商贾，民慕其利，多往从之，教其书记，为之辞译”。高昌“国人言语与中国略同”。滑国“无文字，以木为契。与旁国通，则使旁国胡为胡书，羊皮为纸”。龟兹国“书则以木为笔札”。此外还谈到周古柯国、胡密丹国、渴盘陁国、末国、波斯国、宕昌国、邓至国、芮芮国等国的情况。《南齐书》有《芮芮虏列传》：“刻木记事，不识文书。”有《河南列传》，有《氐羌列传》。《南史》和《北史》都有《西域传》。《隋书》卷八十三有《西域传》，包括吐谷浑、党项、高昌、康国、安国、石国、女国、焉耆、龟兹、疏勒、于阗、钹汗、吐火罗、挹怛国、米国、史国、曹国、何国、乌那曷、穆国、波斯、漕国、附国等国。《新、旧唐书》也都有《西域传》或《西戎传》。尽管从表面上看起来中国史籍对西域的记载似乎很多，而且时间愈晚，记载也愈详细，表示我们对西域的知识逐渐增加；但是关于这些国家的人种和语言，我们却从这些记载里看不出什么具体的东西。我们不知道，这些在中国历史上生生灭灭对中国历史有一些影响的国家究竟使用什么语言。

中国的宗教家和旅行家对这一带语言文字的情况记述得比较详细。法显《佛国记》：

唯国国胡语不同，然出家人皆习天竺书天竺语。[1]

《洛阳伽蓝记》卷五转录了宋云与惠生的记载：

土谷浑国　“其国有文字，况同魏。”[2]

朱驹波国　“风俗言音与于阗相似，文字与波罗门同。”[3]

哌哒国　“乡土不识文字。”[4]

慧超《往五天竺国传》：

罽宾国　“衣着言音食饮与吐火罗国大同少异。”[5]

谢䫻国　“衣着人风，土地所出，与罽宾国相似，言音各别。”[6]

犯引国　“当土言音，不同余国。”[7]

吐火罗　“言音与诸国别。”[8]

其余波斯、安国、曹国、史国、石骡国、米国、康国、跋贺那国，以及突厥所住境界，九个识匿国都是“言音各别，不同余国”。对这一带的语言文字记述最详尽的是唐朝的玄奘法师。他的许多锐敏而正确的观察都保留在《大唐西域记》里：

阿耆尼国　“文字取则印度，微有增损。”[9]

屈支国（龟兹）　“文字取字印度，粗有改变。”[10]

跋禄迦国　“文字法则，同屈支国，语言少异。”[11]

窣利　“文字语言，即随称矣。字源简略，本三（二）十余言，转而相生，其流浸广。粗有书记，竖读其文。”[12]

怖捍国　“语异诸国。”[13]

货利习弥伽国　“土官风俗同伐地国，语言少异。”[14]

睹货逻国（吐火罗）　“语言去就，稍异诸国。字源二十五言，转而相生，用之备物。书以横读，自左向右。文记渐多，愈广窣利。”[15]

梵衍那国　“文字风教，货币之用，同睹货逻国，语言少异。”[16]

迦毕试国　“文字大同睹货逻国，习俗语言风教颇异。”[17]

漕矩吒国 “文字言辞，异于诸国。”[18]

弗栗恃萨傥那国 “土宜风俗同漕矩吒国，语言有异。”[19]

淫薄健国（睹货逻故地） “但言语稍异（钵铎创那）。”[20]

尸弃尼国 “文字同睹货逻国，语言有异。”[21]

商弥国 “文字同睹货逻国，语言有别。”[22]

朅盘陀国 “文字语言大同佉沙国。”[23]

乌铩国 “文字语言少同佉沙国。”[24]

佉沙国 “而其文字，取则印度。虽有删讹，颇存体势。语言辞调，异于诸国。”[25]

斫句迦国 “文字同瞿萨旦那国，言语有异。”[26]

瞿萨旦那国 “文字宪章，聿遵印度。微改体势，粗有沿革。语异诸国。”[27]

就当时的水平来看，这记载已经可以说是够详尽了。但是这究竟是些什么语言，是些什么文字呢？在十九世纪末叶以前，我们几乎是毫无所知。从语言文字方面来说，这一带对我们依然是一片空白。但是自二十世纪初年起，我们对于这一带的知识与日俱增，对于这一带的语言文字的了解也逐渐提高。千年未解的谜终于为我们解开。

十九世纪末二十世纪初，资本主义已经逐渐发展到最高阶段，开始转入帝国主义。争夺殖民地的斗争因而日趋激烈。东方许多国家，特别是中国，就成为瓜分宰割蚕食鲸吞的对象。许多新兴的帝国主义国家都在进行学术研究的旗帜下派遣一批一批的所谓“学者”到中国新疆一带来活动。他们主要目的当然是搜集情报，测绘地图。但也附带进行一些科学活动。他们利用当时当地政治上的混乱状态，利用帝国主义国家对殖民地半殖民地国家的一些特权，买通当地的官吏，进行调查，从事发掘。因为后台老板不同，他们之间是有矛盾的；但是有时却又狼狈为奸，互相帮助，结果是，我们祖国大批的珍贵文物为他们捆载而去。连墙上的壁画，石头雕成的佛像和埋在土里的古碑都逃不出他们的魔掌。

从十九世纪九十年代起，这样的探险队就陆陆续续地到新疆来。[28] 1890 年美国人鲍威尔（H. Bower）在库车附近获得了一些贝叶，霍恩勒（R. Hoernle）考释出版。1892 年法国人格勒纳（M. Grenard）和德兰（Dutreuil de Rhins）获得佉卢字的《法句譬喻经》，塞那（E. Senart）考释出版。同时耶稣教兄弟会牧师英国人威伯（Weber）也有所搜集。英国驻喀什噶尔领事马卡尼（G. Macartney）和英国官吏葛德弗莱（S. H. Godfrey）都大力搜购。1900 年至 1901 年英籍匈牙利人斯坦因（M. A. Stein）到塔里木盆地和和阗一带来从事探险。就在 1902 年在德国汉堡举行的东方学会上这些新兴的帝国主义国家的学者们成立了国际中亚及远东探险协会。于是在这方面的活动就更加频繁起来。同年，德国派格伦威德尔（A. Grunwedel）到吐鲁番一带来发掘。1903 年，又派勒柯克（von Le Coq）沿天山北路到塔里木盆地来活动。1905 年格伦威德尔又来。1906

年斯坦因到敦煌和敦煌西北的长城遗址来调查。他从有名的千佛洞里偷走了大量的宝贵文献。法国的伯希和（P. Pelliot）闻风而至，也从千佛洞的宝库里偷走了六七千卷极宝贵的古代书籍。这两个“学者”走了之后，北京的几个老官吏才在大吃一惊之余吁请学部派人到千佛洞去把那些残余的卷子携至北京。这批家伙又从中偷窃了不少，等到送到国家机关时已所余无几了。西方国家这样。东方的日本也不甘落伍。1902 年大谷光瑞，1908 年和 1910 年橘瑞超都来过新疆。第一次世界大战爆发以前，在 1913 年勒柯克和斯坦因又都来过。勒柯克于 1914 年因战争关系回国，斯坦因到 1916 年才离开。战后美国的“学者”们也参加进来。安得留斯（Andrews）和华尔纳（L. Warner）都来过。华尔纳充分发挥了“美国方式”，用树胶粘走不少壁画，偷走了不少的佛像。一直到 1927 年中国学者才参加西北科学考察团，获得了不少的成绩。

在三十多年的长时间内，英、法、德、日、美等国的那一群国际盗窃犯在我国领土上横冲直撞，搜集了不少情报，画了不少的地图，偷走了不少的东西。他们发掘出来的东西的数量是惊人的，内容是异常丰富的，从壁画、丝织品一直到各种古代文字的残卷，简直是无所不有。以前我们看到宋版的书，就觉得了不起。现在居然还有六朝及唐代的写本，真是连梦想都不敢梦想的事情了。这些帝国主义的“学者”就靠了这些新发现的材料，增加了自己的身价，提高了自己的地位。我们并不否认，他们这些探险工作对学术也会有一些贡献，虽然这是与他们的初意相违的。他们发现的材料帮助我们了解了中亚古代的情形。

只要我们善于利用这批材料，我们对这一带的历史、语言、地理、文化各方面的情况会能进一步深入了解的。我们上面谈到玄奘对这一带语言文字的记述，过去我们只知道一些名字，现在连具体的内容都知道了。我们说千年未解的谜终于为我们解开，就是这个意思。

要想论述全部的发掘品，不是本文范围以内的事情。我们这里只想谈一谈新发现的几种外族语言材料，特别着重谈吐火罗语的材料。

在发掘出来的有关语言的残卷中，有些是文字认识而语言系属也明确的。但也有些只认识文字而对语言的性质最初毫无所知的。属于第二类的大体可以说是有三种语言[29]，其中一种，也就是德国学者劳于曼（Leumann）所谓的"第二种语言"，经学者们长期的研究，最初定名为和阗语。后来又发现曾在印度西北部及中亚一带建国的塞种人用的也是这种语言[30]，所以改称和阗塞种语。这是属于印欧语系的一种语言。玄奘在《大唐西域记》里叫做瞿萨旦那国语的就是这种语言。另外一种，也就是所谓"第三种语言"的，经学者们的考释，定名为粟特语，也是属于印欧语系的。玄奘所记窣利地方的语言就是这一种。这两种语言的名称、性质和系属都可以说是已经确定了，大家再没有什么分歧的意见。

至于其余的一种，也就是劳于曼所谓的"第一种语言"，问题却非常复杂，大家的意见也非常分歧。这种语言的残卷是用婆罗谜字母写的。在最初，尽管字母都认识，但因为是连写的，不但不能了解其中的语法结构，连一个个的字都断不开。以后逐渐发现了其中有一些梵文借字，再进一步摸索出一些语法规律，于是才在考释工作中投入一线光明。劳于曼觉得它的语法结构同其他的印欧语言不同，所以说它是“非雅利安的”。后来又改称为“北雅利安语”，都没有得到学术界的承认。1907年缪勒（F. W. K. Muller）根据一个回鹘文的题款把这种语言定名为吐火罗语。1908年德国学者西额（E. Sieg）和西额林（W. Siegling）发表论文，赞同这个名称。从那时以后，这两位德国学者的主要精力就用在考释吐火罗语上。今天我们能够读吐火罗语甲方言，几乎完全是依靠他们的研究成绩。在这篇论文里，他们对吐火罗语的语法结构作了初步的探测。他们肯定了它是属于印欧语系的。同时还指出，吐火罗语有两种语言不同而内容相同的残卷，他们称之为A组和B组。两种用的字母相同，有时候发现的地点也相同，但在元音发音法和辅音发音法以及词的变化方面却有一些显著的不同，例如：

A ñom（名字） B ñem

A cmol̲（生） B cmel

A rake（字） B reke

A śoṣi（世界） B śaiṣṣe

A waṣdh（房子） B oṣdh

A tsar（子） B ṣar

从这个例子里可以很清楚地看出其间的不同。但是同时也可以看出，这只是两种方言，而不是两种语言。

再进一步研究，就发现，甲方言残卷发现的地点几乎只限于焉耆，而乙方言发现地点主要是在库车。到了1913年法国学者烈维（Sylvain Lévi）就主张把所谓吐火罗语乙方言改称龟兹语。[31] 伯希和曾在库车找到大量木简，其中之一上面写着一个国王的名字 Swarnatepi。假如能从其他文献中找出这个名字，那么就可以确定这木简的年代以及使用这种语言的地区。考《旧唐书》卷一四八《龟兹传》有一个国王名苏伐叠，和唐太宗同时。苏伐叠显然就是 Swarnatepi 的音译。Swarṇatepi 相当梵文的 Suvarnadeva，意译“金天”。玄奘《大唐西域记》卷一屈支国说：

闻诸先志曰：近代有王号曰金华。

“金华”的梵文就是 Suvarṇapuṣpa。两个名字里都有 Suvarṇa（金）这个字，可见是有血缘关系。这都证明这个木简上写的国王就是龟兹（库车）的国王，而这种语言就是本地的语言。所谓吐火罗语乙方言者实际上就是龟兹语。烈维的说法是正确的。

到了 1918 年，西额发表了一篇论文：《吐火罗语的土名》。[32] 原来他在吐火罗语甲方言里发现了一个使用这种语言的人称呼它的名字，这个名字是 ārśi。缪勒根据这个字作了一些比附工作，都不能成立。后来也就再没有人提到这个名字，连西额和西额林自己也不提了。

在这期间，吐火罗语的考释工作已经获得显著的成绩。1921 年西额和西额林把甲方言的残卷影印出版，同时又把这些残卷用拉丁字母印了出来。[33] 他们也试着从这些残卷里选了几个短的故事，译成德文。1931 年《吐火罗语法》的出版在吐火罗语的研究史上是一件大事情。这部语法是西额和西额林在比较语言学家舒尔茨（W. Schulze）的协助下费了二十多年的时间写成的。有了这样一部书，吐火罗语的研究才算是真正有了基础。只要肯钻研，任何人都可以利用它来窥探吐火罗语甲方言的奥秘，有人垄断吐火罗语的研究这种说法也就不攻自破了。

1936 年英国学者白雷（H. W. Bailey）又旧事重提，谈到 ārśi 这个字。[34] 他主张 ārśi 就是梵文字 ārya 的转化。ārya 义云“圣”，ārśi käntwā 就是“圣语”。他并且在古和阗语和中亚梵文俗语中找出许多 ry>rś，的例子。他主张吐火罗语甲方言应称之为“焉耆语”（Agnean），乙方言应称之为“龟兹语”（Kuchean）。

第二年，西额就写了一篇论文反对白雷的说法。[35] 他说 ārśi 这个字不可能是一个形容词，而是一个专名词。而且 ry>rś 这个规律可能在和阗语里面存在，在吐火罗语甲乙两种方言里都是找不到的。这两种方言都另有字来表示梵文的 ārya，甲方言是 klyoṃ（阳性），klyomiṃ（阴性），乙方言是 klyomo（阳性），klyomña（阴性）。最后，他仍然坚持保留“吐火罗语”这个名称，但是同意把这名称再扩大一下：甲方言呢，就叫做“吐火罗语 Ā”（Ārśi），乙方言呢，就叫做“吐火罗语 K”（Kučā）。

在同一年，德国学者夏伦（G. Haloun）发表了一篇相当长的论文[36]，讨论吐火罗问题，主要是谈吐火罗的人种和地望。1941 年比利时学者温德金斯（A. J. van Windekens）发表论文，说 ārśi 的意义是“白”，因而主张所谓吐火罗就是白匈奴。

[37]中国学者对吐火罗和月氏问题也作过一些研究，譬如冯家昇先生[38]，王静如先生[39]等。都取得不少的成绩。

限于篇幅，过去四十多年有关吐火罗语的研究就简略论述如上。四十多年，时间不能算短；很多国家的学者都参加了这个研究工作，努力不能不算大。但是据我自己的看法，关于吐火罗语定名的问题一直到现在并没有得到解决。我很怀疑“吐火罗语”这个名称的正确性，但目前也想不出更恰当的名称。我看学者们的文章，真是公说公有理，婆说婆有理，每个人都能自圆其说。但是换了角度去看，就发现每个人的说法都有问题。要想最后解决这个问题，还有待于学者的共同努力。

好在一个语言的名称对这个语言本身来说并没有决定性的作用，一时研究不出结果来，影响也并不大。至于吐火罗语的词汇和语法结构却可以说是已经研究得有相当的基础。我现在就根据已经打好的研究基础来谈一谈吐火罗语在中印文化交流中起过些什么作用。

我先举几个汉语里面的外来的借字：

一、恒（河）

大家都知道，这个字是从梵文借来的，梵文原文是Gaṅgā。在汉文里的音译大体上可以分为三期：

早期　恒（河）　　后汉支娄迦谶译《道行般若经》卷三
（《大正大藏经》，卷八，页四三九中）[40]

中期　恒伽（河）　东晋瞿昙僧伽提婆译《中阿含经》卷二
（《大正》，卷一，页四二八中）

		东晋瞿昙僧伽提婆译《增壹阿含经》卷三十四(《大正》,卷二,页七三六中)
		后秦佛陀耶舍共竺佛念译《长阿含经》卷十八(《大正》,卷一,页一一六下)
		刘宋求那跋陀罗译《杂阿含经》卷十六(《大正》,卷二,页一一三下)[41]
	强伽	元魏瞿昙般若流支译《一切法高王经》(《大正》,卷十七,页八五四中)[42]
晚期	殑伽(河)	《大唐西域记》卷一(《大正》,卷五一,页八六九中)
	弶伽(河)	唐义净译《根本说一切有部毗奈耶药事》卷八(《大正》,卷二四,页三三下)
		唐义净译《能断金刚般若波罗蜜多经》(《大正》,卷八,页七七四中)

在同一部书同一句话里不同时代的译本对 Gaṅgā 这个字有不同的译法。譬如,后秦鸠摩罗什译《金刚般若波罗蜜经》作“恒河”,元魏菩提流支译《金刚般若波罗蜜经》和陈真谛译《金刚般若波罗蜜经》都作“恒河”。隋笈多译《金刚能断般若波罗蜜经》作“恒伽河”。鸠摩罗什、菩提流支和真谛都属于中期,他们为什么都用前期的“恒河”呢?这是因为因袭旧译,是不足为怪的。

以上我随便举了几个例子,说明三期音译的不同。在唐代的许多书里都曾对早期和中期的音译加以批评:

（一）《大唐西域记》卷一："殑伽河，旧曰恒河，又曰恒伽，讹也。"（《大正》，卷五一，页八六九中）

（二）《普光俱舍论记》卷五："若女声中，呼名殑耆，若男声中，呼名殑伽。旧曰恒河，讹也。"（《大正》，卷四一，页一〇三上）

（三）玄应《一切经音义》卷二十二："殑伽，旧云恒河，亦言恒伽河，或作恒迦河，皆讹也。"

（四）玄应《一切经音义》卷二十四："殑伽河，诸经论中或作恒河或言恒伽河，亦云恒迦河，或作强伽河，皆讹也。"

（五）慧琳《一切经音义》卷十："弶伽，梵语，西国河名也。此借唐言以响梵字，犹未全切。若准梵音，上弶应为凝等反，亦凝之上声也；下鱼迦反，为正也。古经或云恒伽河，或云恒边沙（当系恒迦河之误），或云兢伽，皆一也，不切当也。"（《大正》，卷五四，页三六八下）

（六）道世《法苑珠林》卷二："殑伽河，旧曰恒河，又曰恒伽，讹也。"（《大正》，卷五三，页二七九中）

这一大堆"讹也"，"皆讹也"，看起来真正是义正词严，早期和中期的译法似乎真正立脚不住了。假如从梵文字 Gaṅgā 出发，早期的音译"恒（河）"实在是真"讹"，因为 Gaṅgā 有两个音节，而"恒"字只译了一个。也许有人以为"恒"是"恒伽"或"恒迦"的略称，这在中文里并不是罕见的现象。但是我在上面举出的例子明白地告诉我们，“恒”字的出现在“恒伽”之先。我们毋宁说“恒伽”是“恒”的扩大，而不能说“恒”是“恒伽”的缩短。那么这个“恒”字究竟是怎样来的呢？我们现在只有假设它的来源不是梵文，而是中亚古代语言。在回鹘文里梵文 Gaṅgā 变成 käng。[43]但是“恒”这个名词在后汉已经成立了，与回鹘文在时间上有些距离。在古和阗文里 Gaṅgȧ 变成 Ggaṃggā，[44]也同中文“恒”字不相当。在吐火罗语甲方言里 Gaṅgā 变成 Gaṅk，在乙方言（龟兹语）里变成 Gaṅk 或 Gaṅ，[45]这同中文“恒”字完全符合。我们的结论只能是：吐火罗文就是中文音译“恒”字的来源。

二、须弥（山）

须弥（山）这个词大家也都认为是从梵文里借来的。梵文原文是 Sumeru。汉文的音译大体上可以分为二期。

早期	须弥（山）	后秦佛陀耶舍共竺佛念译《长阿含经》卷十八（《大正》，卷一，页一一四下）。[46]
		东晋瞿昙僧伽提婆译《增一阿含经》卷三十四（《大正》，卷二，页七三六上）。
		隋阇那崛多译《起世经》卷一（《大正》，卷一，页三一〇中下）。
晚期	苏迷卢	唐玄奘《大唐西域记》卷一。

同对“恒（河）”一样，唐代的许多著作都对这个字的早期的音译加以批评：

（一）玄奘《大唐西域记》卷一夹注：“旧曰须弥，

又曰须弥娄，皆讹。”

（二）《一切经音义》卷一慧琳音《大般若波罗蜜多经》：“或云须弥山，或云弥楼山，皆是梵音声转不正也。”（《大正》，卷五四，页三一四下）

（三）《一切经音义》卷四七玄应音《对法论》：“旧言须弥者，讹略也。”（《大正》，卷五四，页六二二中）

又是一大堆“讹”，“声转不正”，“讹略”。假如从梵文 Sumeru 出发，“须弥”当然是“讹”，而“苏迷卢（或嚧）”是正确的。那么“须弥”究竟是怎样来的呢？我们也只有假定它的来源不是梵文，而是中亚古代语言。和阗文里与梵文 Sumeru 相当的字是 Sumīra，这不可能是“须弥”的来源。吐火罗语甲方言里是 Sumer，乙方言（龟兹语）同。毫无可疑，这就是“须弥”的来源。

这样的例子我还可以举很多。[47]但是为了说明我想说明的问题，两个也就尽够了。从这些例子里我们可以看到，最早的汉文里的印度文借字都不是直接从梵文译过来的，而是经过中亚古代语言，特别是吐火罗语的媒介。但是这个事实在吐火罗语发现以前是无从知道的。人们发现这些借字的音和梵文不相符合，于是就武断地说它是“讹”或者是“讹略”。事实上是既不“讹”，也不“略”，只是来源不同而已。这事实告诉我们，在中印文化交流的初期，我们两国不完全是直接来往，使用吐火罗语的这个部族曾在中间起过桥梁作用。今天我们都认识到中印文化交流对这两个伟大民族所起的作用，我们两个民族都承认彼此学习了许多东西，饮水思源，我们不应该忘记这些曾经沟通中印文化的吐火罗人。[48]

今天我们来考虑研究吐火罗语的意义，也应该从这个认识出发。当然研究吐火罗语的意义决不止这些，譬如对印欧语系语言的比较研究，对中亚古代文化的研究，对中国古代文化在中亚的作用的研究，吐火罗语都是很重要的，我们都应该考虑到。虽然大家的认识不见得一致，目前世界许多国家对吐火罗语的研究还不算冷落。在丹麦有著名的比较语言学家裴德森（Holgar Pedersen），他写过一些论文和书籍，其中最著名的是《吐火罗语》（*Tocharisch*，哥本哈根，1941 年）和《吐火罗语语史》（*Zur tocharischen Sprachgischichte*，哥本哈根，1944 年）。在比利时有顾物勒（Walter Couvreur），他写了很多有关吐火罗语的论文：《吐火罗语字源字》（*L'Etymologie du Tocharien*, *Revue belge de Philologie et d'Histoire*，1942）、《吐火罗语发音学及形态学》（*Hoofdzaken van de Tochaarse Klanken Vormleer*，1947）、《论吐火罗语》（*Zum Tocharischen* I，Revue des Études Indoeuropéennes，1947）等。在比利时还有温德金斯，他的主要著作是《吐火罗语方言字源字典》和《吐火罗语论丛》（*Tocharica*，1940）。在英国有白雷等。在美国有雷音（G. S. Lane），他曾把吐火罗语甲方言的《福力太子因缘经》（*Puṇyavanta-Jātaka*）译成英文（*JAOS*. vol. 67, No. 1, 1947）。法国也有个别的人在研究吐火罗语。一般说起来，吐火罗语的研究还并没有曲高和寡后继无人。中国学者应该抱一个什么态度呢？我前面已经说过，材料是在中国境内发现而为帝国主义的所谓“学者”偷走了的，这种语言又与中印文化交流，与中国文化本身有这样密切的关系，所以我们应该当仁不让，承担一部分研究的责任。资本主义国家学者们那一套钻牛角的方法，我们当然不能再用。我们要用正确的观点和方法来从事研究，我相信，我们一定会有收获，而且是前所未有的收获。

1955年7月18日写完

注释：

1 《大正大藏经》，卷五一，页八五七上。

2 同上书、卷，页一〇一八下。

3 同上书、卷，页一〇一九上。

4 同上书、卷，页一〇一九中。

5 同上书、卷，页九七七下。

6 同上书、卷，页九七八上。

7 同上。

8 同上。

9 同上书、卷，页八七〇上。

10 同上。

11 同上书、卷，页八七〇下。

12 同上书、卷，页八七一上。

13 同上书、卷，页八七一中。

14 同上书、卷，页八七一下。

15 同上书、卷，页八七二上。

16 同上书、卷，页八七三中。

17 同上书、卷，页八七三下。

18 同上书、卷，页九三九中。

19 同上书、卷，页九三九下。

20 同上书、卷，卷五一，页九四〇下。

21 同上书、卷，页九四一中。

22 同上。

23 同上书、卷，页九四一下。

24 同上书、卷，页九四二中。

25 同上书、卷，页九四二下。

26 同上。

27 同上书、卷，页九四三上。

28 详情请参阅王国维：《最近二三十年中中国新发现之学问》，《学衡》，第四十五期；贺昌群：《近年西北考古的成绩》，《燕京学报》，第十二期；向达：《斯坦因西域考古记》附录四，《十九世纪后半期西域探险略表》；方壮猷：《三种古西域语之发现及其考释》，女师大《学术季刊》，第一卷，第四期。

29 有个别语言到现在还没有研究清楚。

30 H. Lüders, *Philologica Indica*, S.236—255。

31 烈维著、冯承钧译:《所谓乙种吐火罗语即龟兹国语考》,女师大《学术季刊》，第一卷，第四期。

32 *Ein einheimischer Name für Toxri*,《普鲁士科学院集刊》。

33 *Tocharische sprachreste*（吐火罗语残卷）。

34 H. W. Bailey, *Ttaugara*. BSOS. 1936。

35 E. Sieg, *Und dennoch Tocharisch*（《反正是吐火罗语》），SPAW. 1937。

36 G. Haloun, *Zur Üe-Tṣi-Frage*（《论月氏问题》），ZDMG. Bd. 91，Heft 2（1937）。

37 A. J. van Windekens，*Huns blancs et Ārçi*（白匈奴和 Ārçi），Le Muɛëon，LIV（1941）；*Lexique Étymologique des Dialectes Tokhariens*（《吐火罗方言字源字典》），Louvan 1941，p. XIX。

38 冯家昇、徐中舒、郑德坤：《月氏为虞后及“氏”和“氐”的问题》，《燕京学报》，第十三期；冯家昇：《月氏之民族与研究之结论》，《禹贡》，第五卷，第八、九合期。

39 王静如：《论吐火罗及吐火罗语》，《中德学志》，第五卷（1943年），页二一七—二七七，*Arsi and Yen-ch'i* 焉耆，*Tokhri and Yüeh-shih* 月氏，Monumenta Serica，vol. IX，1944，p. 81—91。

40 此外例子还很多，不能一一列举。下同。

41 参阅《翻梵语》卷九：“亦云恒河，亦云恒伽，亦云迦（恒？）伽。”（《大正》，卷五四，页一〇四四中）

42 参阅玄应：《一切经音义》，卷八。

43 F. W. K. Müller，*Uigurica*（《回鹘语论丛》）II. AKRAW. Berlin 1911，p. 15。

44 Sten Konow，*Khotansakische Grammatik*（《和阗塞语语法》），Leipzig 1941，p. 110。

45 《吐火罗语法》，页八八。

46 “须弥”这个词的出现当然不自后秦始。

47 这种现象以前也有人注意到过，参阅烈维著、冯承钧译：《所谓乙种吐火罗语即龟兹国语考》；季羡林：《浮屠与佛》。

48 我上面举的全是佛经里的例子，因为我们目前只有这些材料。我并不是说，佛经就能代表印度文化。

论梵文ṭḍ的音译

梵文的顶音（Mūrdhanya）ṭ、ḍ在中译佛典里普通都是用舌上音知彻澄母的字来译：ṭ多半用"吒"字，有的时候也用舌头音"多"、"陀"、"头"、"铎"等字；ḍ多半用"荼"字，有的时候也用舌头音"陀"、"荼"、"拏"、"那"、"择"等字。[1]这些字所代表的音大部分都同梵文原音很相似；有几个虽然不十分相似，但也差不太多。只有很少数的例外，是用来母字来对梵文的ṭ同ḍ。这却有了问题：为什么中文译者会用来母字来翻译梵文的顶音呢？中国音韵学家也曾注意到过这个问题。

罗莘田（常培）先生说：

> 那些转到其它各母的例外，我想恐怕是译者方音的不同，或者是所根据原本的歧异。[2]

周法高先生说：

> 在中国人的译音里，大致用舌上音知、彻、澄母的字来翻译它们；但是在唐以前，有时候也用来母来翻译。从表面上看，似乎翻译梵文ṭ、ḍ的来母字是不规则的，是例外的，不过假使我们多搜集一些例子，便知道这不能算做例外了。[3]

周先生的结论是：

原来梵文的ṭ等，相当于国际音标的[ʈ]等，在汉语里没有这一类的音，于是除了借用知系字外，有时还借用来母字。在周秦时代，舌上音知系字和舌头音端系字不分，都读[t]等。后来因为韵母的影响，渐渐颚化，到唐代知系的[ʈ]等就和端系的[t]等分别了。在魏晋南北朝时代，颚化现象虽不如唐代的显著，不过在二、三等韵母前和在一、四等韵母前的舌音声母已略有差别。所以在魏晋南北朝时代对译梵文ṭ等所用的端系字远不如知系字的多。不过这种翻译也并不切合，所以有时也用来母来翻译，或许来母的l音略有卷舌作用吧！到了隋唐以后，除了沿袭旧的译名外，后一种方法完全废弃，到现在看起来，更觉得早期译音中的这种现象非常不规则了。[4]

陆志韦先生说：

最不可了解的，译经何以有时用来母字（l）来代ṭ、ḍ？[5]

罗先生同陆先生都是用阙疑的态度来看这问题，这正足以表示两位先生的谨慎。周先生却大胆的给了一个看起来也能自圆其说的解释；但他这个说法究竟能不能成立呢？我觉得，只从中国音韵学上着眼是不够的，我们应该把眼光放远一点，去追寻这些用来母字对音的根源，换句话说，就是看一看在印度语言学史上，顶音ṭ、ḍ同l或ḷ有没有关系。倘若能把来源弄明白，我们的问题也自然就可以解决了。

在巴利（pāli）文里，两个元音中间的ḍ、ḍh变成ḷ、ḷh，譬如梵文 āpiḍā 到了巴利文变成 āveḷá，梵文 peḍā 到了巴利文变成 peḷā。[6]

除了极少数的例外以外，这几乎成了定律。在用古代俗语（Prākṛta）写成的碑刻里，也有ḷ这样一个字母，同ḍ同时存在。在写成文学作品的古代俗语里，也有ḍ>ḷ的现象，譬如在新疆出土的古代佛教戏剧里，梵文 dāḍima 就变成 daḷima。[7] 不过在很早的时候ḷ就常写成l。原因也许是ḷ根本被废弃了，也许是ḷ同l混在一起，这我们不能确说。另外在几个 Brāhmī 铭文里还有ṭ>ḍ>l的现象。

这种ḍ>ḷ的现象在中世俗语里还继续存在。[8] 不过在北方钞本里ḷa这个字母已经渐渐消逝了，普通都是用la来代替。在南方钞本里ḷa还存在。在巴利文的钞本里，ḷa也多半给la代替了。

以上我们谈的是，在俗语里ḍ变成ḷ（l）的情形。我们现在再来看梵文雅语的时候，我们应该把从俗语里观察得到的结果拿来比较一下。在《梨俱吠陀》（*Ṛgveda*）里，两个元音中间的ḍ、ḍh，也正像在巴利文里一样，变成ḷ、ḷh。[9] Pāṇini 文法里没有ḷa这个字母。自从《阿闼婆吠陀》（Atharvaveda）以后，ḍ多半都变成l。ḍ>ḷ同ḍ>l这两个现象并不是并行的，而是ḍ先变成ḷ，然后ḷ再变成l，这是我们应该注意的一点。ḍ>l这现象只见于北方的钞本。在北方，一直到纪元后四世纪末，ḷ还存在；但在这以后就没有了。这些钞本都是在这时期以后写成的，所以只有l，而没有ḷ。在早于这时期的钞本里，ḷ还可以找得到，譬如在马鸣菩萨（Aśvaghoṣa）的剧本 *Śāriputrakaraṇa* 的钞本里有 nīḷadruma 这样一个字，在梵文里普通都写作 nīladruma。在马鸣的别的作品里，像《佛所行赞》（*Buddhacarita*）和 *Saundārananda*，根本没有ḷa这个字母，因为我们现有的这两部书的钞本都比较晚，ḷ已经给l或ḍ代替了。

把上面所说的归纳起来，我们可以得到下面这个公式：ḍ>ḷ>l。这个现象在"吠陀"时代还不存在，而且里面还牵连到许多语言学上的问题，不像我们上面说的那样简单，我们上面只提出了一个大体的轮廓而已。到了后来，佛教徒从东部方言翻译佛典，又往往把东部方言里的l都还原成梵文ḍ。[10]这是另外一个问题，我们在这里不能详细说了。

以上是我们根据用梵文雅语或俗语写成的书籍和碑刻观察得到的结论。现在我们再回头看中译佛典，我们立刻就可以发见，中文译者用来母字来翻译梵文的顶音ṭ同ḍ这件事实同我们上面谈过的印度语言学史上ṭ>ḍ>ḷ>l这现象是不能够分开的。我们现在从这个新观点上再来看这个表面上似乎是不可解的对音方法，就知道这实在是事出有因了。有了这个新观点，我觉得，以前所认为的那些在对音方面的例外还有重新再检讨一下的必要。下面就是我的一个尝试。我只预备举出几个比较常见的例子，按梵文字母的次序，一一加以讨论，并不想，事实上也不可能，把中译《大藏经》里面所有同这有关的例子都举出来。

aṭaṭa（地狱名）

Sk.（Sanskrit）：aṭaṭa；Pāli：aṭaṭa；　据 Böhtlingk，Roth，Sanskrit-Wörterbuch 还有另外两种写法：aṭata 或 ataṭa（？）。我现在把中文的对音写在下面（次序是按译出时间的先后）：

西晋法立共法炬译《大楼炭经》卷第二（《大正大藏经》第一卷页二八六下右起第七行）：

阿呵不

后秦鸠摩罗什译《大智度论》卷第十六（《大正大藏经》第二十五卷页一七六下左起第一行）：

阿[11]罗罗[12]

后秦佛陀耶舍共竺佛念译《长阿含经》卷第十九《世纪经地狱品》（《大正》第一卷页一二五下右起第十行）：

呵呵（？）

北凉昙无谶译《大般涅槃经》卷第十一（《大正》第十二卷页四三〇上右起第五行）：

阿吒吒、阿罗罗[13]

陈真谛译《立世阿毗昙论》卷第一（《大正》第三十二卷页一七三下右起第二行）：

阿吒吒

隋阇那崛多等译《起世经》卷第四（《大正》第一卷页三二九上右起第五行）：

阿吒吒

隋达摩笈多译《起世因本经》卷第四（《大正》第一卷页

三八四上右起第二行）：

阿吒吒

唐玄奘译《阿毗达磨俱舍论》卷第十一（《大正》第二十九卷页五九上右起第二行）：

颈哳吒[14]

唐玄奘译《阿毗达磨顺正理论》卷第三十一（《大正》第二十九卷页五一七上右起第十五行）：

颈哳吒

唐玄奘译《瑜伽师地论》卷第四（《大正》第三十卷页二九四下右起第十四至第十五行）：

噉哳诂

上面都是译经。在别的书里也可以找到 aṭaṭa 的音译：

梁宝唱等集《经律异相》卷第四十九（《大正》第五十三卷页二五九下）：

阿吒鸺吒鸺（？）

宋法云编《翻译名义集》卷第二（《大正》第五十四卷页一〇九一下左起第十一行）：

呵（阿）罗罗

宋元照撰《四分律行事钞资持记》卷中一上（《大正》第四十卷页二五三中左起第六行）：

诃罗罗

aṭaṭa 的对音当然并不止上面这几个，我只是举了几个例子。在这些例子里面，《大楼炭经》的“阿呵不”来源不大清楚。《大智度论》的“阿（呵）罗罗”来源一定不会是 aṭaṭa。

我们上面谈过 ṭ>ḍ>ḷ（>l）的现象。所以 aṭaṭa 一定也是先变成 *aḍaḍa，再变成 *aḷaḷa（或 *alala）。这 *alala（或 *alala）就正是“阿（呵）罗罗”的来源。《大般涅槃经》的“阿罗罗”当然也是同一个来源；但同时还有一个“阿吒吒”。“阿吒吒”正是 aṭaṭa 的对音。所以我们可以想象，在《大般涅槃经》的原文里一定有两个字，表示同一件东西：一个是 *aḷaḷa（*alala），一个是 aṭaṭa。原因大概是，人们不知道 *aḷaḷa（*alala）就是从 aṭaṭa 变来的，所以就把两个字都写上了。真谛以后的“阿吒吒”和玄奘的“颈哳吒”和“嚈哳诂”都是 aṭaṭa 的对音。玄奘的译名不统一，这是我们可以注意的一点。

ārāḍa kālāma（人名）

Bsk.（Buddhist Sanskrit）：ārāḍa kālāma（Buddhac. 12, 1 ff.；Divyāv. 392，1 ff.）ārāḍa kālāpa（Lal. 239，6 ff.）Pāli：āḷāra kālāma[15]。ārāḍa 这个字梵文的写法同巴利文的写法非常不一样。也许有人以为梵文的 r 到巴利文里变成了 ḷ，ḍ 变成了 r；但这是不对的。原来是 ārāḍa 的 r 同 ḍ 先换了位置（Metathesis），然后 ḍ 又变成了 ḷ，于是就成了 āḷāra。我现在把中文对音写在下面：

后汉竺大力共康孟详译《修行本起经》卷下（《大正》第三卷页四六九中右起第五行）：

阿兰、迦兰[16]

吴康僧会译《六度集经》卷第七（《大正》第三卷页四二下右起第五行）：

罗迦蓝

西晋白法祖译《佛般泥洹经》卷下（《大正》第一卷页一六八中右起第一行）：

罗迦盐

东晋瞿昙僧伽提婆译《中阿含经》卷第五十六《罗摩经》(《大正》第一卷页七七六中右起第八行）：

阿罗罗迦罗摩

姚秦竺佛念译《出曜经》卷第七（《大正》第四卷页六四四上右起第四行）：

阿兰

姚秦佛陀耶舍共竺佛念等译《四分律》卷第三十二(《大正》第二十二卷页七八七中右起第七至八行）：

阿兰迦兰

东晋法显译《大般涅槃经》卷中（《大正》第一卷页一九七下右起第六至七行）：

迦兰

不载译人附东晋录《般泥洹经》卷下（《大正》第一卷页一八三下右起第十三行）：

力蓝

北凉昙无谶译《大般涅槃经》卷第二十一（《大正》第十二卷页四八八上左起第九行）：

阿罗逻[17]

北凉昙无谶译《佛所行赞》卷第二（《大正》第四卷页十四上右起第十四行）：

阿罗蓝[18]

刘宋佛陀什共竺道生等译《五分律》卷十五（《大正》第二十二卷页一〇四上右起第十五至十六行）：

阿兰迦兰

刘宋宝云译《佛本行经》卷第三（《大正》第四卷页七四中右起第十二行）：

阿兰[19]

刘宋求那跋陀罗译《过去现在因果经》卷第三（《大正》第三卷页六三六中左起第四行）：

阿罗逻迦兰[20]

隋阇那崛多译《佛本行集经》卷第二十一（《大正》第三卷页七五三中右起第九行）：

阿罗逻

唐玄奘译《大般若波罗蜜多经》卷第五九九（《大正》第七卷页一一〇二中左起第九行）：

阿逻荼[21]、迦逻摩子[22]

唐玄奘译《大乘大集地藏十轮经》卷第三（《大正》第十三卷页七三五下左起第十二行）：

阿逻荼[23]

唐地婆诃罗译《方广大庄严经》卷第十一（《大正》第三卷页六〇五下右起第二行）：

阿罗逻

唐义净译《根本说一切有部毗奈耶破僧事》卷第四（《大正》第二四卷页一一九中，页一二六下）：

歌罗罗、罗罗、哥罗哥

唐义净译《根本说一切有部毗奈耶杂事》卷第三十七（《大正》第二四卷页三九一上左起第九行）：

迦罗摩

宋法贤译《众许摩诃帝经》卷第六（《大正》第三卷页九四八中右起第七行）：

阿啰拿迦罗摩

上面都是译经里面的例子[24]。下面再从不是译经的书里引两个例子：

梁僧祐撰《释迦谱》卷第一（《大正》第五十卷页二八上左起第十一至十二行）：

阿罗逻迦兰

宋志磐撰《佛祖统纪》卷第二（《大正》第四九卷页一四四下右起第十四行）：

阿罗逻

我们从上面所举的例子，可以看出来，中文的对音非常不统一。“迦兰”、“力（？）兰”，“迦罗摩”是对的 kālāma，同我们所要讨论的没有关系。“阿兰”、“罗迦蓝”、“罗迦盐”、“阿兰迦兰”等音译牵涉到许多别的问题，我们在这里不能详细讨论。剩下的这许多音译大体可以分为两类：“阿罗罗（伽罗摩）”、“阿罗逻”、“阿罗蓝”、“阿罗逻（迦兰）”、“歌（哥）罗罗”为一类，原文大概是同巴利文很相似的一个字，也许就是 āḷāra（kālāma）。“阿逻茶（迦罗摩）”、“阿罗茶”、“阿啰拿（迦罗摩）”等为一类，原文就是梵文的 ārāḍa。

还有一个小问题，我在这里想附带谈一下。据我所知道的，在佛经里有两个人，名字都叫做 ārāḍa kālāma：一个是佛初出家时遇到的仙人，一个是佛快涅槃时听到的仙人。这两个字：ārāḍa kālāma 合起来成为一个名字。《佛本行集经》卷第二十一（《大正》第三卷页七五一下右起第八九行）说："于其中路，有一仙人修道之所，名阿罗逻，姓迦蓝氏。"这话说得最清楚。但有几部经却把这一个名字分成两个人。《修行本起经》的原文已引在上面注十六里。《佛本行经》卷第三（《大正》第四卷页七五上右起第十一、十二行）说："菩萨不然　阿兰是法　于是复诣　迦兰问法。"这问题也值得研究一下。

kurkuṭa，kukkuṭa（鸡）

1.

梵文 kurkuṭa，kurkuṭa；巴利文 kurkuṭa；中文对音：

北凉昙无谶译《大般涅槃经》卷第二十三（《大正》第十二卷页五〇三中左起第三行）：

究究罗[25]

隋阇那崛多译《大威德陀罗尼经》卷第七（《大正》第二一卷页七八五下左起第二行）：

鸠鸠吒

我在下面再举几个中土著述里面的对音：

唐义净撰《大唐西域求法高僧传》卷上（《大正》第五一卷页二中左起第九行）：

矩[26]矩吒

唐礼言集《梵语杂名》（《大正》第五四卷页一二三七上）：

矩罗俱吒

《翻梵语》卷第七（《大正》第五四卷页一〇三二中）：

究究罗

还有一个例子，kukkuṭa 不是一个独立字，而是一个离合释（samāsa）第一半，我也写在下面：

唐玄奘译辩机撰《大唐西域记》卷第八（《大正》第五一卷页九一二中右起第十四行）：

屈屈吒（阿滥摩）

同书卷第九（页九一九中左起第五至六行）：

屈屈吒（播陀）

2.

梵文 kurkuṭika，kaukuṭika，gaukulika，gokulika；巴利文 kukkuṭika，gokulika；中文音译：

失译人名附东晋录《舍利弗问经》（《大正》第二四卷页九〇〇下右起第八行）：

拘拘罗部

梁僧伽婆罗译《文殊师利问经》卷下（《大正》第十四卷页五〇一中右起第六行）：

高拘梨柯

《十八部论》[27]（《大正》第四九卷页一七下右起第五行）：

高拘梨

陈真谛译《部执异论》（《大正》第四九卷页二二下右起第二至三行）：

高俱梨柯部、高俱胝

唐玄奘译《异部宗轮论》（《大正》第四九卷页一五上左起第三行）：

（鸡胤部）

我上面共举了十二个例子，第 1 项下面的例子可以分成三组："鸠鸠吒"、"矩矩吒"、"屈屈吒"为一组，原文是梵文 kukkuṭa。"矩罗俱吒"单独成一组，原文是梵文 kukkuṭa。"究究罗"也自成一组，原文应该是（kukkuṭa>*kukkuḍa>）kukkuḷa（1a）。事实上巴利文里本来有 kukkuḷa 这样一个字，R. Morris 认为 kukkuḷa 就是 kukkuṭa 的另外一个写法[28]。我觉得中文音译"究究罗"是一个很好的证据。玄应《一切经音义》卷第二说："究究罗，此是鸡声也；鸠鸠吒，此云鸡。"慧琳《一切经音义》卷第二十六（《大正》第五四卷页四七六下）也说："究究罗，此鸡声也，鸠鸠吒，此云鸡也。"可见慧琳和玄应对"究究罗"、"鸠鸠吒"的来源已经不清楚了。至于第 2 项下面的几个例子，原文同对音都很清楚，用不着多谈。只有真谛举了两个译名，这表示，在原文里或者就有两个字：一个是梵文 kukkuṭi(？)，一个是俗语（Prakrit）或梵文化的俗语 gaukulika。

kūṭadanta（人名）

梵文巴利文都是 kūṭadanta；中文音译：

后秦鸠摩罗什译《大智度论》卷第二五（《大正》第二五卷页二四四下右起第十五十六行）：

鸠罗檀陀

后秦佛陀耶舍共竺佛念译《长阿含经》卷第十五（《大正》第一卷页九六下左起第十四行）：

究罗檀头[29]

非译经里面的例子：

《翻梵语》（《大正》第五四卷页一〇二五中）：

鸠吒檀耽　　注曰："应云鸠吒檀多。"

"鸠吒檀耽"、"鸠吒檀多"原文是 kūṭadanta。"鸠罗檀陀"、"究罗檀头"原文当然是 *kūḷadanta 或 *kūladanta。

kūṭaśalmali（树名）

梵文 kutasalmali，中文对音：

后秦佛陀耶舍共竺佛念译《长阿含经》卷第十九（《大正》第一卷页一二七中右起第十至十一行）：

究罗睒摩罗

隋阇那崛多等译《起世经》卷第一（《大正》第一卷页三一一下右起第四行）：

拘吒赊摩利

隋达摩笈多译《起世因本经》卷第一（《大正》第一卷页三六六下左起第十三行）：

拘吒赊摩利（和）[30]

同经卷第五（页三八七下右起第三行）：

居吒奢摩离

中土撰集的著作里也有同样的例子：

梁宝唱等集《经律异相》卷第四八（《大正》第五三卷页二五三下右起第三行）：

究罗瞋摩。

“拘吒赊摩利”、“拘吒赊摩利（和？）”、“居吒奢摩离”都毫无问题是梵文 kūṭaśa1mali 的对音。“究罗睒摩罗”、“究罗瞋摩”的原文一定是 *kūḷa— 或 *kūla—。

koṭi（亿）

梵文巴利文 koṭi，中文对音：

后汉支娄迦谶译《般舟三昧经》卷下（《大正》第十三卷页九一七下左起第四行）：

拘利[31]

隋阇那崛多等译《起世经》卷第九（《大正》第一卷页三五四中）：

俱致

唐玄奘译《瑜伽师地论》卷第二（《大正》第三十卷页二八八上右起第十五行）：

拘胝

唐玄奘译《阿毗达磨俱舍论》卷第九（《大正》第二九卷页四五下左起第七行）：

俱胝[32]

上面举的四个例子可以分为两组：第一个是一组，原文大概是 *koḷi 或 *koli。其余的三个是一组，原文就是梵文的 koṭi。

kauṇḍinya（人名）

梵文（ājñāṭa-）kauḍinya，巴利文 añña-koṇḍañña，是人名，佛最初济度的比丘之一。在中文佛典里面译名非常多，下面我只预备举几个例子：

后汉昙果共康孟详译《中本起经》卷上（《大正》第四卷页一四七下左起第四行）：

拘怜（宋元明本作邻）

西晋竺法护译《大哀经》卷第三（《大正》第十三卷页四二四下右起第十八行）：

拘轮

西晋竺法护译《贤劫经》卷第一（《大正》第四卷页十一上左起第一行）：

（阿若）拘伦

西晋竺法护译《普曜经》卷第八（《大正》第三卷页五三〇上左起第一行）：

拘邻

东晋瞿昙僧伽提婆译《增一阿含经》[33]卷第三（《大正》第二卷页五五七上左起第九行）：

（阿若）拘邻（一作拘邻若）

后秦鸠摩罗什译《妙法莲华经》卷第一（《大正》第九卷页一下左起第八行）：

（阿若）憍陈如[34]

姚秦佛陀耶舍共竺佛念译《四分律》卷第三二（《大正》第二二卷页七八八下右起第七行）：

（阿若）憍陈如

北凉昙无谶译《大般涅槃经》卷第三九（《大正》第十二卷页五九〇下）：

憍陈如

北凉昙无谶译《佛所行赞》卷第三（《大正》第四卷页三〇中）：

憍怜(宋元明本作邻)—

(阿若)憍怜(邻)

刘宋佛陀什共竺道生等译《五分律》卷第十五（《大正》第二卷页一〇五上）：

憍陈如、（阿若）憍陈如

刘宋僧伽跋摩等译《杂阿毗昙心论》卷第十（《大正》第二八卷页九五〇中左起第五行）：

拘邻[35]

刘宋沮渠京声译《佛说观弥勒菩萨上生兜率天经》(《大正》第十四卷页四一八中右起第十一行）：

（阿若）憍陈如

元魏瞿昙般若流支译《毗耶婆问经》卷上（《大正》第十二卷页二二三下左起第八行）：

（阿若）居怜（邻）

隋阇那崛多译《本行集经》卷第三十三（《大正》第三卷页八〇九中右起第三行）：

憍陈如

唐玄奘译《大乘大集地藏十轮经》卷第二（《大正》第十三卷页七三四中右起第十四行）：

（阿若多）憍陈那[36]

唐地婆诃罗译《方广大庄严经》卷第十一（《大正》第三卷

页六〇六中右起第十一行）：

（阿若）憍陈如

唐义净译《金光明最胜王经》卷第一（《大正》第十六卷页四〇三上右起第十二行）：

（阿若）憍陈如

唐义净译《根本说一切有部毗奈耶药事》卷第十八（《大正》第二四卷页九一中左起第十一行）：

憍陈如[37]

宋施护译《给孤长者女得度因缘经》卷上（《大正》第二卷页八四七中右起第十三行）：

（阿若）憍陈如

宋法贤译《阿罗汉具德经》（《大正》第二卷页八三一上右起第十二行）：

憍陈如

上面是译经里面的例子。我现在再从中土撰述的书里举几个例子：

唐玄奘译辩机撰《大唐西域记》卷第七（《大正》第五一卷页九〇六中右起第六至七行）：

（阿若）憍陈如

宋法云编《翻译名义集》卷第一（《大正》第五四卷页一〇六三上右起第二行）：

（阿若）憍陈如、俱邻

宋志磐撰《佛祖统纪》卷第二（《大正》第四九卷页一四四下右起第八行）：

憍陈如

倘若我们按时间的先后来看 kauṇḍinya 的对音，我们可以分出三个阶段来：第一个阶段包括“拘邻”、“拘轮”，“拘伦”等译名，时间是自后汉至东晋。这些译名所根据的原文，我们虽然不能确定究竟是什么样子；但 ḍ 变成了 ḷ 或 l 却是毫无问题的。我们在上面已经谈到，只有两个元音中间的 ḍ、ḍh 才变成 ḷ、ḷh[38]；但在这里，ḍ 却并不是在两个元音中间，它前面还有一个辅音 ṇ。这是我们值得注意的一点。第二个阶段里只有一个译名：“憍陈如”。玄应《一切经音义》和窥基《观弥勒上生兜率天经赞》都说：“憍陈如，讹也。”（参阅上面页十三注二）所以我推测，原文大概是一个俗语字。这里的关键在最后一个音节 nya，与我们所要谈的没有直接关系，我们就不再详细讨论。我们要注意的只是，在这里 ḍ 似乎并没有变成 ḷ。第三个阶段也只有一个译名：“憍陈那”，译者是玄奘。

我虽然分了这样三个阶段，但为什么又似乎有例外呢？譬如昙无谶在译《大般涅槃经》的时候用“憍陈如”，译《佛所行赞》的时候又用“憍怜（邻）”。僧伽跋摩就时间先后说是属于第二个阶段，但他却用“拘邻”，而不用“憍陈如”。瞿昙般若流支也用的是“居怜（邻）”，不是“憍陈如”。玄奘以后的地婆诃罗、义净、施护、法贤都用的是“憍陈如”，而不是“憍陈那”。这应该怎样解释呢？我觉得，他们都是袭用旧有的译名，与时代没有关系，对我们上面三个阶段的划分一点也没有影响。

garuḍa（金翅鸟）

梵文 garuḍa，巴利文 garuḷa，俗语 garuḷa[39]；中文对音：

西晋竺法护译《贤劫经》卷第一（《大正》第十四卷页一中左起第四行）：

迦留罗

西晋竺法护译《普曜经》卷第五（《大正》第三卷页五一一中右起第一至二行）：

迦留罗

西晋法立共法炬译《大楼炭经》卷第四（《大正》第一卷页二九六下右起第三行）：

（金翅鸟）

姚秦鸠摩罗什译《妙法莲华经》卷第一（《大正》第九卷页二中右起第二行）：

迦楼罗[40]

北凉昙无谶译《大般涅槃经》卷第二一（《大正》第十二卷页四九一中右起第十七行）：

迦楼罗

萧齐僧伽跋陀罗译《善见律毗婆沙》卷第七（《大正》第二四卷页七二一中右起第十行）：

迦楼罗

陈真谛译《立世阿毗昙论》卷第二（《大正》第三二卷页一八〇中左起第九行）：

伽娄罗[41]

隋阇那崛多译《佛本行集经》第十一（《大正》第三卷页七〇三下左起第七行）：

迦娄（楼）罗

唐玄奘译《阿毗达磨俱舍论》卷第八（《大正》第二九卷页四四上右起第九行）：

揭路荼[42]

唐玄奘译《大般若波罗蜜多经》卷第四九（《大正》第五卷页二七六下右起第十二行）：

揭路荼[43]

唐玄奘译《大宝积经》卷第三六（《大正》第十一卷页二〇三中左起第十三行）：

揭路荼[44]

唐玄奘译《瑜伽师地论》卷第三七（《大正》第三十卷页四九五下左起第九行）：

揭路荼

唐玄奘译《摄大乘论释》卷第十（《大正》第三一卷页三七六下右起第十四至十五行）：

揭路荼

我现在再从中土撰述的书里举几个例子：

《翻梵语》卷第七（《大正》第五四卷页一〇三二上左起第三行）：

迦楼罗（出华严经）

宋法云编《翻译名义集》卷第二（《大正》第五四卷页一〇七九下右起第四行）：

迦楼罗

上面这许多例子可以分成两组：第一组包括“迦留罗”、“迦楼罗”、“伽娄罗”等，原文是俗语或巴利文的garuḷa。第二组包括“揭路荼（荼）”，原文是梵文的garuḍa。

cakravāḍa（山名）

梵文cakravāḍa，巴利文cakkavāḷa；中文对音或翻译：

西晋法立共法炬译《大楼炭经》卷第二（《大正》第一卷页二八三中右起第十二行）：

铁围山

后秦佛陀耶舍共竺佛念译《长阿含经》卷第十八（《大正》第一卷页一一六上右起第十行）：

金刚围

萧齐僧伽跋陀罗译《善见律毗婆沙》卷第四（《大正》第二四卷页六九七上左起第四行）：

铁围山

元魏瞿昙般若流支译《正法念处经》卷第十六（《大正》第十七卷页九一中右起第九至第十行）：

斫迦婆罗[45]

陈真谛译《立世阿毗昙论》卷第二（《大正》第三二卷页一八一上右起第十行）：

铁围山

隋阇那崛多译《起世经》卷第一（《大正》第一卷页三一二上左起第十一行）：

斫迦罗[46]

隋达摩笈多译《起世因本经》卷第二（《大正》第一卷页三七五下左起第十四至十五行）：

轮圆[47]

唐玄奘译《阿毗达磨俱舍论》卷第十一（《大正》第二九卷页五七中右起第六行）：

铁轮围山

唐玄奘译《大乘阿毗达磨杂集论》卷第六（《大正》第三一卷页七一九中右起第十二行）：

轮围山[48]

我们看上面的例子，可以看出来，意译远较音译多。在早期全是意译，只有中期有两个音译，以后又是意译了。这两个音译“斫迦婆罗”和“斫迦罗”[49]的来源都不是梵文的cakravāḍa，而是同巴利文相同或相似的俗语cakkavāḷa。不过cakkavāḷa这个字有四个音节，而“斫迦罗”只译了三个，vā被省掉了。这现象一定也是从俗语来的，但究竟是哪一种俗语呢？目前文献不足，我们只好阙疑了。

玄应《一切经音义》卷第二三（参阅注[48]）说：“梵言柘迦罗。”这也并不是“梵言”，因为梵文的音译应该是“柘迦婆吒”。

cūḍa（髻）

梵文cūḍa，巴利文cūḷa、cūla；中文音译或意译：

后秦鸠摩罗什译《大智度论》卷第三一（《大正》第二五卷页二九三中右起第六行）：

周罗

后秦鸠摩罗什译《妙法莲华经》卷第五（《大正》第九卷页三八下左起第二行）：

髻（中明珠）[50]

东晋佛驮跋陀罗译《大方广佛华严经》卷第四四（《大正》

第九卷页六七六上左起第一行）：

周罗[51]

萧齐僧伽跋陀罗译《善见律毗婆沙》卷第十（《大正》第二四卷页七四四下左起第七行）：

周罗发[52]

陈真谛译《立世阿毗昙论》卷第六（《大正》第二三卷页二〇〇中右起第十三行）：

周罗髻[53]

隋达摩笈多译《起世因本经》卷第一（《大正》第一卷页三六五下右起第八行）：

周罗[54]

唐实叉难陀译《大方广佛华严经》卷第六十（《大正》第十卷页三一九上）：

髻

最后我再从中土撰集的书里举一个例子：

宋道诚集《释氏要览》卷上（《大正》第五四卷页二六七上）：

周罗发[55]

在上面我们举的例子里面，“周罗”是惟一的音译，从后秦东晋一直到隋都一样。原文当然不是梵文的 cūḍa，而是同巴利文相同的俗语字 cūḷa。有许多夹注和玄应《一切经音义》都把“周罗”解释成“小”（参阅注 51、52、55）。这是一个很可笑的错误。原来“周罗”的原文是俗语字 cūḷa，这我们已经说过。cūḷa 是从梵文字 cūḍa 变来的。另外还有一个梵文字 kṣudra（kṣulla），是“小”的意思，到了巴利文或俗语里就变成 culla。cūḷa 同 culla 发音很相似，中国注释者显然对这个来源不大清楚，于是就弄混了。

cūḍapanthaka（人名）

梵文 cūḍapanthaka，巴利文 cūḷapanthaka；中文对音：

后汉安世高译《处处经》（《大正》第十七卷页五二五下右起第十行）：

朱（末）利满台[56]

失译人名附后汉录《分别功德论》卷第五（《大正》第二五卷页五一下右起第一行）：

般吔

西晋竺法护译《佛五百弟子自说本起经》（《大正》第四卷页一九七下左起第十四行）：

朱利般（槃）特

西晋法炬共法立译《法句譬喻经》卷第一（《大正》第四卷页五八八下左起第二行）：

般特

东晋瞿昙僧伽提婆译《增一阿含经》卷第十一（《大正》第二卷页六〇一中右起第三行）：

朱利槃特

姚秦竺佛念译《出曜经》卷第十九（《大正》第四卷页七一二下）：

般（槃）特

姚秦鸠摩罗什译《阿弥陀经》（《大正》第十二卷页三四六下右起第三行）：

周梨（利）槃陀迦（伽）[57]

后秦弗若多罗译《十诵律》卷第十一（《大正》第二三卷页八十中右起第三行）：

般特

姚秦佛陀耶舍竺佛念等译《四分律》卷第十二（《大正》第二二卷页六四七中左起第一行）：

般陀[58]

北凉昙无谶译《大般涅槃经》卷第十九（《大正》第十二卷页四七九下右起第九行）：

周利（梨）槃特[59]

隋阇那崛多译《佛华严入如来德智不思议境界经》卷上（《大正》第十卷页九一七左起第十四行）：

周稚般他迦[60]

唐玄奘译《阿毗达磨大毗婆沙论》卷第一八〇（《大正》第二七卷页九〇二上右起第七行）：

小路

唐玄奘译《大阿罗汉提蜜多罗所说法住记》（《大正》第四九卷页十三上左起第十三行）：

注荼半托迦

唐义净译《根本说一切有部毗奈耶》卷第三一（《大正》第二三卷页七九五中右起第十七至第十八行）：

小路[61]

宋施护译《给孤长者女得度因缘经》卷上（《大正》第二卷页八四七上左起第八行）：

昆努钵陀那

宋法贤译《阿罗汉具德经》（《大正》第二卷页八三一中左起第一行）：

半托迦

除了上面举的例子以外，望月信亨《佛教大辞典》页二四〇四下还举了许多例子："周离般他伽"、"朱荼半托迦"、"咒利般陀伽"、"周利般兔"、"周罗般陀"、"拘利槃特"、"知利满台"等[62]。同我们的论题有关的只是这个名字的前一半，所以我现在也就只谈前一半。在我们上面所举的例子里面，我们可以分出两个阶段：从后汉到北凉是一个阶段。在这时期里的对音是"朱利"、"周梨（利）"。原文当然不是梵文的cūḍa-，而是俗语的*cūḷi-（？）。第二个阶段从隋至唐。在这期间的音译是"周稚"、"注荼"。原文是梵文cūḍa。宋施护的"昆努"来源不大清楚。我们现在看一看意译。玄奘译为"小路"，义净也译为"小路"。阇那崛多的夹注（见注[60]）却释为"髻道"。这显然又是cūḍa同cūḷa、culla的问题（参阅上面cūḍa项下），译者把这两个字弄混了。不过，在cūḍa项下，我觉得原字应该是"髻"，译为"小"是错误的。在这里，我却觉得原字应该是"小"，译为"髻"是错误的，因为"髻道"根本没有意义。我现在大胆地推测，原文大概是culla-（<kṣudra），在还原成梵文的时候，错写成cūḍa，于是就同意思是"髻"的cūḍa混起来了。在西藏文里，我们只有一个意译：lam-phran（-bstan-pa），也是"小路"的意思。

drāviḍa（国名）

梵文 drāviḍa、dramida、dramila，巴利文 damiḷa，俗语 damiḷa、daviḍa、daviḷa。因为原文复杂，中文对音花样也多。我现在把对音写在下面：

刘宋求那跋摩译《菩萨善戒经》卷第二（《大正》第三十卷页九七二下左起第九行）：

陀毗罗

北凉浮陀跋摩共道泰等译《阿毗昙毗婆沙论》卷第四一（《大正》第二八卷页三〇六下左起第十三行）：

陀毗罗

隋阇那崛多译《佛本行集经》卷第十一（《大正》第三卷页七〇三下右起第十六行）：

陀毗荼

唐玄奘译《阿毗达磨大毗婆沙论》卷第七九（《大正》第二七卷页四一〇上左起第十一行）：

达剌陀

唐玄奘译《瑜伽师地论》卷第三七（《大正》第三十卷页四九四中右起第六行）：

达罗弭荼[63]

唐实叉难陀译《大方广佛华严经》卷第六二（《大正》第十卷页三三七中右起第十二行）：

达里鼻荼

唐不空译《佛母大孔雀明王经》卷中（《大正》第十九卷页四二五中右起第十七行）：

达弥拿[64]

我下面再从中土撰述的书里举几个例子：

《大唐西域记》卷第十（《大正》第五一卷页九三一中左起第一行：

达罗毗荼

《大唐大慈恩寺三藏法师传》卷第四（《大正》第五十卷页二四一下右起第十二行）：

达罗毗荼

唐澄观撰《大方广佛华严经疏》卷第十六（《大正》第三五卷页六二二下左起第四行）：

达逻鼻荼

在上面举的这些例子里面，“陀毗罗”的原文是 davila。“陀毗荼”的原文是 *daviḍa。“达罗弭荼”的原文是 dramiḍa。“达里鼻荼”的原文是 draviḍa。“达弥拿”的原文是 damiḍa。就时间先后看起来，北凉以前是 -ḷa，隋以后是 -ḍa。关于原文里 m 同 v 互换的关系，请参阅 W. Geiger，Pāli，§ 46，4；R. Pischel，Grammatik der Prakrit-Sprachen，§ 261。

nāṭa（舞）

梵文 nāṭa，巴利文 nāṭa[65]；中文对音：

后秦鸠摩罗什译《妙法莲华经》卷第五（《大正》第九卷页三七上左起第五行）：

那罗

隋阇那崛多共笈多译《添品妙法莲华经》卷第五（《大正》第九卷页一七一下右起第一至二行）：

那罗

在中文《大藏经》里，我目前只能找到这一个对音。我们先看一看注释家对这一个字的解释。唐湛然《法华文句记》卷第九（《大正》第三四卷页三一九中左起第二至第三行）说："那罗，此云力，即是桷力戏，亦是设筋力戏也。"慧琳《一切经音义》卷第二七（《大正》第五四卷页四九〇下）说："那罗文画其身之辈。"宋法云《翻译名义集》卷第二（《大正》第五四卷页一〇八三中）说，"那罗，翻上伎戏。"下面注里写着梵文nara。这些解释都不十分确切。尤其是把"那罗"还原成梵文的nara，更不合事实。这表示，人们对中文对音"那罗"的来源已经不清楚了。我们现在看，在《妙法莲华经》里"那罗"的原文究竟是什么：在H. Kern和南条文雄校订的梵本《妙法莲华经》里（*Saddharmapuṇḍarīka* p.276，L. 6）与中文"那罗"相当的字是naṭa（nṛttakān）。在中亚Kashgar本里面是nāṭakānna nṛtyakā。根据我们上面所讲的ṭ可以先变成ḍ，ḍ然后再变成ḷ，所以naṭa可能变成*naḷa，*naḷa就正是"那罗"的来源。我们因而可以推定，鸠摩罗什所根据的原文一定不是naṭa，而是*naḷa。

巴利文paṭiyārāma（国名）

巴利文paṭiyārāma，中文对音（《善见律毗婆沙》卷第三，(《大正》第二四卷页六九〇中左起第七至八行)却是"波利耶国"，所以原文一定是（paṭiyārāma>）*paḷiyārāma。

pāṭala（树名）

梵文pāṭala、pāṭalā、pāṭali，巴利文pāṭali；中文对音：

东晋瞿昙僧伽提婆译《增一阿含经》卷第四五（《大正》第

二卷页四九〇下右起第十三行）：

波罗利

后秦佛陀耶舍共竺佛念译《长阿含经》卷第一（《大正》第一卷页二上左起第二行）：

波波罗

后秦鸠摩罗什译《妙法莲华经》卷第六（《大正》第九卷页四八中左起第十行）：

波罗罗

北凉昙无谶译《大般涅槃经》卷第九（《大正》第十二卷页四二二上左起第五行）：

波吒罗[66]

唐实叉难陀译《大方广佛华严经》卷第六四（《大正》第十卷页三四五中右起第三行）：

波吒（咤）罗

我另外再从中土撰述的书里举两个例子：

唐礼吉集《梵语杂名》（《大正》第五四卷页一二三七中）：

波吒攞（罗）[67]

宋法云编《翻译名义集》卷第三（《大正》第五四卷页一一〇二中左起第十二行）：

波吒厘[68]

在上面举的例子里，“波罗利”的原文大概是 *pāḷali（<paṭali）。“波罗罗”的原文是 *pāḷala（<pāṭala）。《长阿含经》的“波波罗”我疑心是“波罗罗”之误。“波吒罗”的原文是梵文 pāṭala。玄奘所根据的原文是梵文，所以他的对音

也是“波吒罗”。“波吒厘”的原文是 pāṭali。

Pāṭaliputra（城名）

梵文 pāṭaliputra，巴利文 pāṭaliputta；中文对音：

后汉安世高译《十支居士八城人经》（《大正》第一卷页九一六上左起第八行）：

波罗梨弗都卢

西晋白法祖译《佛般泥洹经》卷上（《大正》第一卷页一六二上左起第二行）：

巴邻聚（聚）

西晋安法钦译《阿育王传》卷第一（《大正》第五十卷页九九下右起第七行）：

花氏城

东晋瞿昙僧伽提婆译《中阿含经》卷第六十（《大正》第一卷页八〇二上右起第十三行）：

波罗利子城

东晋瞿昙僧伽提婆译《增一阿含经》卷第二四（《大正》第二卷页六七九上右起第八至九行）：

波罗梨国

后秦鸠摩罗什译《大智度论》卷第三（《大正》第二五卷页七八上左起第十一行）：

波罗利弗多罗[69]

后秦佛陀耶舍共竺佛念译《长阿含经》卷第二（《大正》第一卷页十二上左起第三行）：

巴陵弗

东晋佛陀跋陀罗译《大方广佛华严经》卷第二九（《大正》第九卷页五九〇上左起第十二行）：

巴连弗[70]

失译人名附东晋录《舍利弗问经》（《大正》第二四卷页九〇二中右起第六行）：

巴连弗

不载译人附东晋录《般泥洹经》卷上（《大正》第一卷页一七七下左起第十行）：

巴连弗

《十八部论》[71]（《大正》第四九卷页十八上右起第九行）：

巴连弗

刘宋求那跋陀罗译《杂阿含经》卷第十六（《大正》第二卷页一〇八上右起第五行）：

波罗利弗

元魏吉迦夜共昙曜译《付法藏因缘传》卷第五（《大正》第五十卷页三一五上左起第十行）：

华氏城

萧齐僧伽跋陀罗译《善见律毗婆沙》卷第一（《大正》第二四卷页六七八中右起第四行）：

波吒利弗

梁僧伽婆罗译《阿育王经》卷第一（《大正》第五十卷页一三二上左起第一行至中右起第一行）：

波吒利弗多

陈真谛译《部执异论》（《大正》第四九卷页二〇左起第十

一行）：

波吒梨弗多罗

唐玄奘译《阿毗达磨顺正理论》卷第二三（《大正》第二九卷页四七三中左起第三至四行）：

波吒厘子邑[72]

唐义净译《根本说一切有部毗奈耶杂事》卷第三六（《大正》第二四卷页三八四下左起第五行）：

波吒离

唐不空译《仁王护国般若波罗蜜多经》卷下（《大正》第八卷页八四四上右起第十六行）：

波吒罗[73]

中土撰述的书里也有同样的例子：

《高僧法显传》（《大正》第五一卷页八六二上左起第九行）：

巴连弗邑

玄奘《大唐西域记》卷第八（《大正》第五一卷页九一〇下右起第十六行）：

波吒厘子城[74]

我们就时间先后来看，最早的“波罗梨弗都卢”和稍后的“波罗利子城”、“波罗梨国”、“波罗利弗多罗”，原文是 ***pāḷali**（**putra**）。稍后的“巴邻聚”、“巴陵弗”、“巴连弗”原文不大清楚，似乎不是直接由印度俗语里译过来的，中间或者经过一番媒介；但有一点是毫无疑问的，就是原文的 ṭ 也变成了 ḷ。从萧齐以后，我们又有另外一组对音。这组对音的共同点就是 ṭ 并没有变成 ḷ，换句话说，也就是它们的原文是梵文的

pāṭali（putra）。

vidūḍabha（人名）

梵文巴利文 vidūḍabha；中文对音：

后汉康孟详译《兴起行经》卷上（《大正》第四卷页一六六下左起第八行）：

毗楼勒

吴支谦译《义足经》卷下（《大正》第四卷页一八八上右起第十一行）：

维（惟）楼勒

西晋竺法护译《琉璃王经》（《大正》第十四卷页七八三中左起第八行）：

维楼黎

西晋法炬共法立译《法句譬喻经》卷第二（《大正》第四卷页五九〇下左起第二行）：

琉璃

东晋瞿昙僧伽提婆译《中阿含经》卷第五九（《大正》第一卷页七九三中左起第六行）：

鞞留罗

东晋瞿昙僧伽提婆译《增一阿含经》卷第二六（《大正》第二卷页六九〇中右起第十五行）：

毗流勒（离）、流勒（离）

姚秦竺佛念译《出曜经》卷第三（《大正》第四卷页六二四中左起第一行）：

流离

姚秦鸠摩罗什译《大智度论》卷第九（《大正》第二五卷页一二一下右起第十二行）：

毗楼璃[75]

姚秦佛陀耶舍共竺佛念译《四分律》卷第四一（《大正》第二二卷页八六〇中左起第七行）：

毗琉璃、琉璃

北凉昙无谶译《大般涅槃经》卷第十九（《大正》第十二卷页四七五下右起第十二行）：

毗琉（流）璃（离）

刘宋佛陀什共竺道生译《五分律》卷第二一（《大正》第二二卷页一四一中左起第三行）：

琉璃

元魏慧觉译《贤愚经》卷第三（《大正》第四卷页三六七上左起第八行）：

流离

唐玄奘译《阿毗达磨大毗婆沙论》卷第八三（《大正》第二七卷页四三〇下右起第八行）：

毗卢宅迦

唐般剌蜜帝译《大佛顶如来密因修证了义诸菩萨万行首楞严经》卷第八（《大正》第十九卷页一四三上左起第八行）：

瑠璃

下面再从中土撰述的著作里举几个例子：

《法显传》（《大正》第五一卷页八六一上右起第十四行）：

琉（瑠）璃

《大唐西域记》卷第六（《大正》第五一卷页九〇〇中右起第七行）：

毗卢释（择）迦[76]

（解说见下）

virūḍhaka（神名）

梵文 virūḍhaka，巴利文 virūḷha、viruḷha；中文对音：

西晋法立共法炬译《大楼炭经》卷第三（《大正》第一卷页二九三下右起第六行）：

毗楼勒（毗留勒义）

西晋安法钦译《阿育王传》卷第四（《大正》第五十卷页一一二中右起第十行）：

毗（比）楼勒

后秦佛陀耶舍共竺佛念译《长阿含经》卷第五（《大正》第一卷页三五上左起第九行）：

毗楼勒义[77]

梁僧伽婆罗译《阿育王经》卷第六（《大正》第五十卷页一五〇中右起第十二至十三行）：

毗留多[78]

陈真谛译《立世阿毗昙论》卷第四（《大正》第三二卷页一九一中右起第七行）：

毗留勒义

隋阇那崛多译《起世经》卷第六（《大正》第一卷页三四〇中右起第十行）：

毗楼勒迦

隋达摩笈多译《起世因本经》卷第六（《大正》第一卷页三九四下左起第二至三行）：

毗楼（娄）勒迦

宋法天译《大三摩惹经》（《大正》第一卷页二五八下右起第四行）：

尾噜茶迦

宋法天译《毗沙门天王经》（《大正》第二一卷页二一七中右起第八行）：

尾噜茶迦

下面是一个中土编述的著作里的例子：

《翻译名义集》卷第二（《大正》第五四卷页一〇七六下）：

毗流离

上面我举了两组对音：一组是在梵文 viḍūḍabha 项下，一组是在梵文 virūḍhaka 项下。这两组的梵文字虽然不同，但倘若我们把两组的中文译音合起来看，就可以发现，其中有许多相同或相似的。这应该怎样解释呢？按 viḍūḍabha 普通是指一个王的名字（也有时候是一个大将的名字），virūḍhaka 是四大天王之一的名字。两个人本来丝毫没有关系，但不知道因为什么原因这两个名字竟混在一起了。中文注释把两个字都译成"增长"（参阅注 75 及注 78）。也许是出于误解，也许有它的原因，目前我还不能确说。反正对我们在本文里要讨论的主旨说起来，这两个字都有用处，因为两个字都表示 ḍ 在早期是变成了 ḷ。

vaḍiša（曲鉤）

梵文 vaḍiša，《翻译名义集》卷第三（《大正》第五四卷页一一〇八中）译为“婆利”（vaḷi[śa]）。

vetāḍa（魔鬼之一种）

梵文vetāḍa、vetāla; Hendrick Kern及Bunyiu Nanjio校订《妙法莲华经》（*Saddharmapuṇḍarīka*）页四〇一第十行作vetāḍo。鸠摩罗什译《妙法莲华经》卷第七（《大正》第九卷页五九中右起第六行）译为“毗陀罗。”

vaiṭhadvīpaka（国名）

梵文vaiṭhadvīpaka，巴利文veṭhadīpaka，巴利文本《长阿含经》（The Dīgha Nikāya ed. by T. W. Rhys Davids and J. Estlin Carpenter，vol II. P. T. S. 1903，页167第九行）：veṭhadīpako pi brāhmaṇo，中译本《长阿含经》卷第四（《大正》第一卷页二九中右起第十三行）译作“毗留提国婆罗门众”。

vaiḍūrya（琉璃）

梵文vaiḍūrya，巴利文veḷuriya[79]；Prākrit，Māhārāṣṭrī，Śaurasenī；verulia；Ardhamāgadhī，Jaina-Māhārāṣṭrī：veruliya[80]。据R. Pischel的看法，ḍu变成了ru。但据H. Lüders的意见，vaiḍūrya先变成vaiḷurya（vȧilurya），然后l同r又换了位置（metathesis），于是就成了*vairulya，再进一步成了俗语的verulia[81]。这个字的对音，我们不但能在中译佛经里面找到许多，而且在中国史书和文学书里面也可以找到。一直到现在我们还用这个字。我现在只从译经里面举几个例子：

萧齐僧伽跋陀罗译《善见律毗婆沙》卷第十二（《大正》第二四卷页七六二中左起第二行）：

琉璃

陈真谛译《立世阿毗昙论》卷第二（《大正》第三二卷页一七八下右起第四行）：

琉璃

唐玄奘译《阿毗达磨俱舍论》卷第十一（《大正》第二九卷页五七中右起第十五行）：

吠琉（瑠）璃[82]

唐玄奘译《大般若波罗蜜多经》卷第四九（《大正》第五卷页二七七中左起第六行）：

吠瑠璃[83]

唐玄奘译《摄大乘论释》卷第十（《大正》第三一卷页四四五下左起第一行）：

瑠璃

上面只举了几个例子，此外还有很多不同的对音，我不能一一列举了。“琉（瑠）璃”是“吠琉（瑠）璃”的省略。中文l同r音没有分别，我们不能确说，“吠琉璃”的原文是Veḷuriya或是verulia。但原文不是梵文，这是毫无问题的。玄奘普通对译音相当注意，他总希望能够译得精确。但在这里，他却袭用了旧日的对音。这有点违反他平常的惯例。

śāṭaka（裙）

梵文śāṭaka，巴利文sāṭaka；中文音译：

后秦竺佛念译《鼻奈耶》卷第三（《大正》第二四卷页八六一中左起第十二行）：

舍勒[84]

东晋佛陀跋陀罗共法显译《摩诃僧祇律》卷第十一（《大正》

第二二卷页三二〇上左起第五行）：

舍勒[85]

我再从中土撰述的书里举两个例子：

唐礼言集《梵语杂名》（《大正》第五四卷页一二三九下）：

裙　舍吒迦 śaṭaka

宋法云编《翻译名义集》卷第七（《大正》第五四卷页一一七一下左起第十三行）：

舍勒

在上面举的两个例子中，“舍吒迦”的原文是梵文 śāṭaka。“舍勒”的原文应该是 *śāḷaka 或 *sālaka。

saṅghaṭī（僧衣）

梵文 saṅghāṭī，巴利文 sanghāṭi；中文对音：

后秦弗若多罗译《十诵律》卷第五（《大正》第二三卷页三〇中右起第十一行）：

僧伽梨

后秦佛陀耶舍共竺佛念译《四分律》卷第六（《大正》第二二卷页六〇三下右起第十四至十五行）：

僧伽梨[86]

东晋佛陀跋陀罗译《摩诃僧祇律》卷第十一（《大正》第二二卷页三一八下右起第八行）：

僧伽梨

刘宋佛陀什共竺道生译《五分律》卷第二十（《大正》第二二卷页一三七下左起第十行）：

僧伽梨

失译人名今附秦录《萨婆多毗尼毗婆沙》卷第四（《大正》第二三卷页五二七中左起第五行）：

僧伽梨

萧齐僧伽跋陀罗译《善见律毗婆沙》卷第二（《大正》第二四卷页六八二下左起第十行）：

僧伽梨

唐义净译《根本说一切有部苾刍尼毗奈耶》卷第七（《大正》第二三卷页九四四中右起第八行）：

僧伽胝

唐义净译《根本说一切有部百一羯磨》卷第一（《大正》第二四卷页四五七右起第三行）：

僧伽胝

上面是译经里面的例子。我再从中土撰述的书里举几个例子：

《大唐西域记》卷第一（《大正》第五一卷页八七三上右起第九行）：

僧伽胝[87]

唐义净撰《南海寄归内法传》卷第二（《大正》第五四卷页二一二中左起第六行）：

僧伽胝

宋法云编《翻译名义集》卷第七（《大正》第五四卷页一一七一上左起第十一行）：

僧伽梨

后期的“僧伽胝”是直接从梵文 sanghāṭi 译过来的，但前期的“僧伽梨”，原文似乎应该是 *saṅghāḷī。

sphaṭika（玻璃）

梵文 sphaṭika，巴利文 phaḷika[88]，俗语 phaḷiha[89]；中文对音：

后秦鸠摩罗什译《大智度论》卷第十（《大正》第二五卷页一三四上右起第一行）：

颇梨[90]

后秦鸠摩罗什译《妙法莲华经》卷第一（《大正》第九卷页八下左起第十二行）：

颇梨[91]

北凉昙无谶译《大般涅槃经》卷第一（《大正》第十二卷页三七一上右起第十三行）：

颇梨[92]

陈真谛译《摄大乘论释》卷第十（《大正》第三一卷页二二二下右起第七行）：

颇梨柯（诃）

陈真谛译《立世阿毗昙论》卷第二（《大正》第三二卷页一七八下右起第十六行）：

颇梨

隋达摩笈多译《起世因本经》卷第一（《大正》第一卷页三六六上左起第十二行）；

颇梨

唐玄奘译《大般若波罗蜜多经》卷第三九二（《大正》第六卷页一〇二九上左起第七行）：

颇胝迦[93]

唐玄奘译《阿毗达磨俱舍论》卷第十一（《大正》第二九卷

页五七中右起第十五行）：

颇胝迦[94]

下面我们从中土撰述的书里举几个例子：

唐礼言集《梵语杂名》（《大正》第五四卷页一二三一中）：

颇梨、萨颇置迦

（sphaṭika）

宋法云编《翻译名义集》卷第三（《大正》第五四卷页一一〇五下）：

颇梨或云塞颇胝迦

"颇黎"就是我们现在普通写的"玻瓈"，是佛经七宝之一，在中文佛经里的对音非常多，我上面只是举了几个例子。前期的"颇黎"就是俗语 phaḷi（ha）的对音。后期的"颇胝迦"是梵文 sphaṭika 的对音；但字首的 s 被省掉了。"塞颇胝迦"才是完全的对音。

harītaka（果名）

梵文 harītaka，巴利文 harītaka、harīṭaka，波斯文 halīla，阿拉伯文 halīlaj、ihlīligāt，吐火罗文 arirāk，西藏文 a-ru-ra[95]；中文对音：

后秦弗若多罗译《十诵律》卷第十四（《大正》第二三卷页九九上右起第十二行）：

诃梨勒

后秦鸠摩罗什译《大智度论》卷第二二（《大正》第二五卷页二二三下左起第二行）：

呵梨勒[96]

刘宋佛陀什共竺道生等译《五分律》卷第二二（《大正》第二二卷页一四七中右起第十一行）：

呵梨勒

刘宋求那跋陀罗译《过去现在因果经》卷第四（《大正》第三卷页六四七下左起第十一行）：

呵梨勒

萧齐僧伽跋陀罗译《善见律毗婆沙》卷第二（《大正》第二四卷页六八七下左起第四至五行）：

阿罗勒

隋达摩笈多译《起世因本经》卷第一（《大正》第一卷页三六七中右起第十四行）：

呵梨勒

唐玄奘译《阿毗达磨俱舍论》卷第十二（《大正》第二九卷页六六上左起第十一行）：

诃梨怛鸡[97]

唐义净译《根本说一切有部百一羯磨》卷第八（《大正》第二四卷页四九一上右起第十四行）：

呵梨得枳（旧云呵梨勒，讹也。）

唐义净译《根本说一切有部毗奈耶杂事》卷第二（《大正》第二四卷页二一〇中左起第四行）：

诃梨勒

在中土撰述的书里也有同样的例子：

唐礼言集《梵语杂名》（《大正》第五四卷页一二三八上）：

诃梨勒　贺唎怛系

宋法云编《翻译名义集》卷第三（《大正》第五四卷页一一〇三上右起第十四行）：

诃梨勒　新云诃梨怛鸡

此外在中国《本草纲目》里也可以找到这名词，我不一一列举了。我们看上面举的例子，“诃梨勒”、“呵梨勒”、“阿罗勒”等的原文应该是 *harīḷak（a）。按我们在篇首所讨论的 ḷ 同 ṭ 和 ḍ 的关系，*harīḷak（a）这字应该还原成 harīṭak（a）。但除了在巴利文里的几个地方有 harīṭaka 以外，普通在梵文和巴利文里我们只能找到 harītaka。而且玄奘和义净所根据的梵文也是 harītakī，而不是 harītakī，否则他们的对音应该是“诃梨吒鸡”、“呵梨吒枳”，而不应该是“诃梨怛鸡”、“呵梨得枳”了。这应该怎样解释呢？我目前还想不出一个十分合理的解释。我只能推测，harīṭaka 大概是较古的字。后来不知因为什么齿音的 t 忽然挤进来同顶音的 ṭ 混搅起来。在巴利文的古写本里，我们可以找到许多例子：譬如 C. A. F. Rhys Davids 校订的 *The Visuddhi-Magga of Buddhaghosa*. vol. 1，London 1920，p.40 第 24 行：Pūtiharīṭakī，Bm 本就作 harītakī。我上面已经说到，中文佛典前期的音译都可以还原成 *harīḷak（a），这个 *harīḷaka 还可以再进一步还原成 harīṭaka。这事实也能证明我的推测。

例子就举到这里为止。我原来并没有想举这样多例子，因为，我觉得，要想证明中文用来母字对梵文的顶音 ṭ 同 ḍ 中间是经过了 ṭ>ḍ>ḷ 一个阶段，只需举几个例子就够了。但在另一方面，我又想到，ṭ>ḍ>ḷ 的现象在印度语言学里虽然有，不过例子并不太多，现在我们根据中文对音还原成的俗语字可以供给研究印度语言学的学者许多新材料。这是一条还没有人走过的新路。我愿意“导夫先路”，所以就不觉多举了几个例子，结果是几乎全篇全是例子了。

除了证明中文用来母字来译梵文的ṭ和ḍ是经过了ḷ一个阶段这件事实以外，我们上面举的例子还可以告诉我们一件事情，就是中译佛典的原文究竟是什么文字。我们已经知道，ṭ>ḍ>ḷ这现象不是梵文雅语（Classical Sanskrit）里有的，只有在俗语里才可以找得到。那么我们再进一步也就可以推论到，只要有这现象的就一定是俗语（Prākrit）。这问题表面上看起来似乎很简单，但实际上却颇复杂。因为中文佛典的译者有许多地方不创新名，而袭用旧名。即便他们的译文里有从俗语里译过来的名词，我们又怎么能够断定，这不是袭用的呢？不过这袭用的情形究竟不太多，尤其是当原文不同的时候。譬如原文是garuḷa，译者很容易袭用旧名“迦留罗”；但倘若原文已经变成garuḍa，译者就只好新立一个译名“揭路荼”，因为倘若再用“迦留罗”，就同原字的音相差太远了。只有最常见的字像“佛”、“沙门”等，因为已经为大众所公认，所以即使原文里是Buddha和śramaṇa，译者也译成“佛”和“沙门”，而不译成“佛陀”和“室罗摩拏”了。所以关于袭用旧名这件事，我们可以不去管它，反正对我们的论断不会有什么影响。

现在我们就来把我们上面举的例子总起来看一下。就时间先后来说，我们大体可以分成三个时期。一、前期，也可以说是纯粹来母字时期。时间大概是自后汉至南北朝。所有的梵文

的 ṭ 和 ḍ 都是用来母字来对音。二、中期，也可以说是来母字同其他母的字混合时期。时间大概是自南北朝至隋。有的译者用来母字来对梵文的 ṭ 和 ḍ，有的译者用别的字。甚至同一个译者在这部经里用来母字，在另外别的经里又不用。这样一来，时间划分上就有了困难，只好用“南北朝”这个笼统的名词了。三、后期，也可以说是来母字绝迹时期。除了少数的袭用的旧译名以外，已经没有人再用来母字来对梵文的 ṭ 同 ḍ。时间是隋以后。我们已经说到，既然用来母字来对 ṭ 同 ḍ，就表示这 ṭ 同 ḍ 已经变成了 ḷ，也就表示原文不是纯粹的梵文，而是俗语。根据这论断，我们就可以说，第一期（前期）译成中文的佛经，原文大半不是梵文，而是俗语，或混合梵文。当然除了俗语和混合梵文以外，还有许多经是从中亚古代语言里转译过来的。这些语言也从印度古代俗语里借过许多字，[98] 这样的字我们在上面的例子里也举过。不过，这同我们这篇文章的主题没有多大关系，我们在这里就不谈了。在第二期（中期）译成中文的佛经，原文也有很多是俗语或混合梵文的。有很多经大概梵文化（Sanskritisierung）的程度已经进步了，所以有些地方是 ḷ，有些地方已经还原成 ṭ 或 ḍ 了。只有在第三期（后期）里译过来的经，原文是纯粹梵文；但这话也还需要一点补充。四五十年前在中亚出土的一般人认为是梵文佛典的经里面也有不少的俗语的痕迹（Prākritismus）。这事实初看起来似乎有点奇怪，其实古代佛教传说早已告诉了我们这事实。按照古代传说，小乘四大部都各有其经语（Kirchensprache）：

1. Mūlasarvāstivāda（根本说一切有部）：梵文（Sanskrit）

2. Mahāsāṅghika（大众部）：俗语（Prākrit）

3. Mahāsaṃmatīya：Apabhraṃśa

4. Sthavira（上座部）：Paiśācī[99]

在这四部中只有根本说一切有部是用梵文；但在中亚出土的根本说一切有部的残经里面，我们也找到俗语的痕迹，可见在最初这些经典也不是用梵文写成的。至于大乘经典，像马鸣龙树等人的著作，当然是用梵文写成的，但这数目并不太多；早期大乘经典像《妙法莲华经》等，最初的文字也是纯粹的俗语，以后逐渐化成梵文。这问题我预备在另外一篇论文里详细讨论，这里不再赘述。

最后我还想利用这机会来谈一谈利用音译梵字来研究中国古音的问题。远在1922年钢和泰（A. von Staël-Holstein）先生就曾尝试过利用音译梵字来构拟中国古音[100]。1923年汪荣宝先生也用过这方法来确定歌戈鱼虞模的古读[101]。汪先生说：

> 若夫中国古来传习极盛之外国语，其译名最富而其原语具在不难复按者，无如梵语；故华梵对勘，尤考订古音之无上法门也。六朝唐人之译佛书，其对音之法甚有系统，视今人音译泰西名词之向壁自造十书九异者颇不相侔。[102]

其后有许多音韵学者都用同样的方法得到很好的成绩。我自己对音韵学毫无通解，只能敬佩诸位学者的成功；此外，我只觉得，中译《大藏经》里面音译的字真可以说是浩如烟海，倘若用精密的方法加以利用的话，对中国古音的研究一定会有很大的帮助。但有一点，以前的学者似乎还很少注意到过，而且这一点据我看又是非常重要，所以我就在这里提出来谈一谈，刍荛之议，也许有补于诸位学者的研究。

我们既然要“华梵对勘”，当然就承认一个大前提，就是这些音译的字都是直接从梵文译过来的，否则无从“勘”起。这样一个大前提从来没有人提出来过，无论是赞成或否认。大概学者都默认这是事实，没有再提出来的必要了。不但现在这样，以前的学者也犯过同样的错误。在玄应《音义》、慧琳《音义》和玄奘《大唐西域记》里，我们常看到：“旧言某某，讹也（或讹略也）”这一类的句子。其实这些旧日的音译也不“讹”，也不“略”，因为据我们现在的研究，有很多中译佛典的原文不是梵文，而是俗语，或中亚古代语言。这些认为是“讹略”的旧译就是从俗语或中亚古代语言里译过来的。我们上面讨论的以来母字来对梵文 ṭ 和 ḍ 的现象也属于这一类。这样的例子我们当然还可以举出很多来。但仅是这一个例子也就可以告诉我们，我们利用音译梵字的时候要特别小心。我们一定先要研究清楚，这些音译的来源是不是梵文或是俗语和中亚古代语言。这一点我认为非常重要，我也就把我关于这一点的意见贡献给研究中国音韵的学者。

1948 年 7 月 28 日于北京大学图书馆

注释：

1 参阅罗常培：《梵文颚音五母之藏汉对音研究》，《四十九根本字诸经译文异同表》，《中央研究院历史语言研究所集刊》，第三本第二分册。

2 罗常培：《知彻澄娘音值考》，同上，第三本第一分册，页一四二—一四三。

3 周法高:《梵文ṭḍ的对音》,《中央研究院历史语言研究所集刊外编》第三种《六同别录》下，页一。

4 同上，页五。

5 陆志韦：《古音说略》，1947年北京版，页一五。

6 W. Geiger, *Pāli. Literatur und Sprache*, Strassburg 1916, §§2; 35；42，3。

7 H. Lüders, *Bruchstücke buddhistischer Dramen*, Berlin 1911, p 44。

8 R. Pischel, *Grammatik der Prakrit-Sprachen*, Strassburg 1900，§§226， 240。

9 A. A. Macdonell，*Vedic Grammar*，p. 5，注5。

10 参阅Heinrich Lüders，*Zur Geschichte des l im Altindischen*，*Philo-logica Indica*，p. 546 ff.

11 宋元明本及日本宫内省图书寮本作“呵”。

12 《翻梵语》卷七引《大智度论》作“阿罗逻”、“呵罗逻”（注一云“呵罗罗”）（《大正》卷五四，页一〇三三上）。

13 参看慧琳《一切经音义》卷二六（《大正》卷五四，页四七二中）。

14 参看唐法宝撰《俱舍论疏》（《大正》卷四一，页六一六中左起第六行）及唐圆晖述《俱舍论颂疏论本》卷一一（《大正》卷四一，页八八一上右起第三行）。

15 H. Lüders, *Philologica Indica*, p. 560.

16 原文是“诸道士，一名为阿兰，二名为迦兰。”

17 宋本作“阿逻罗”，参阅同经卷二七（页五二八中左起第十一至十二行），卷三九（页五九一上左起第五行）。慧琳《一切经音义》卷二六（《大正》卷五四，页四七六中）作“‘陀罗罗’仙”。注曰：“有作阿罗逻，古音云无医仙也。”

18 参阅同经卷三（页二二中右起第十三行）。

19 参阅同经页七五上右起第十一行。

20 《翻梵语》（《大正》卷五四，页一〇一三下）引此经，加注曰：“应云阿罗逻歌。”

21 宋明本作“荼”。

22 参阅慧琳《一切经音义》卷八（《大正》卷五四，页三五六中）。

23 同上书，卷十八（《大正》卷五四，页四一九下）。

24 西晋竺法护译《普曜经》卷五（《大正》卷三，页五一〇中左起第七至六行）作“迦罗无提”，来源不清楚。

25 参阅玄应《一切经音义》卷二；慧琳《一切经音义》卷二六（《大正》卷五四，页四七六下）。

26 宋元明本作“鸡”。

27 译者不知道是谁。

28 *Journal of the Pāli*, Text Society 1885, p.39.

29 同经页九五上左起第五行作锯齿。参阅后秦鸠摩罗什译《妙法莲华经》卷七（《大正》卷九，页五九上左起第七行）：曲齿。

30 参阅慧琳《一切经音义》卷五三（《大正》卷五四，页六五九上）。注云："或云居吒奢摩离，大树名也。"

31 同上，卷十九（《大正》卷五四，页四二五下），"即诸经云俱知也"。

32 参阅玄奘译《大般若波罗蜜多经》卷一（《大正》卷五，页二上右起第六行）；《显扬圣教论》卷八（《大正》卷三一，页五一七中左起第八至九行）；《阿毗达磨大毗婆沙论》卷一七七（《大正》卷二七，页八九〇下）；玄应《一切经音义》卷二三；慧琳《一切经音义》卷一、卷二。

33 一说译者是昙摩难提。

34 参阅慧琳《一切经音义》卷二七（《大正》卷五四，页四八二中右起第一行）："梵云阿若憍陈那。"

35 参阅玄应《一切经音义》卷十八："《贤劫经》作居伦，《大哀经》作俱轮，或作居邻，皆梵音讹也。"

36 参阅慧琳《一切经音义》卷十八（《大正》卷五四，页四一九中）；玄应《一切经音义》卷二四："旧云憍陈如，讹也。"窥基《观弥勒上生兜率天经赞》卷上（《大正》卷三八，页二八二中左起第一行）也说："憍陈如，讹也。"

37 参阅义净《根本说一切有部毗奈耶破僧事》（《大正》卷二四，页一二八上右起第九行）。

38 参阅 R. Pischel，*Grammatik der Prakrit-Sprachen*，§240。

39 参阅 R. Pischel，ibid，§240。

40 参阅慧琳《一切经音义》卷二七（《大正》卷五四，页四八三上右起第十六行）："揭路茶，此云妙翅鸟。"

41 宋元明本"娄"作"楼"。

42 参阅唐普光述《俱舍论记》卷八（《大正》卷四一，页一五六上右起第六至第九行）："揭路荼，此云顶瘿，或名苏钵剌尼（梵文 suvarṇa，巴利文 suvaṇṇa 参阅 *paramatthadīpanī*，part iv，London P.T.S. 1901，p.9）。此云妙翅，翅殊妙也。旧云金翅鸟，非正所目。"

43 参阅慧琳《一切经音义》卷二（《大正》卷五四，页三一七上）："正梵音云蘗噜拏。古云迦娄罗，即金翅鸟也。"

44 同上书，卷十二（《大正》卷五四，页三八一中）："正云蘗噜（转舌）拏，旧曰迦娄罗。"

45 夹注曰："魏言轮山，即铁围山是也。"

46 夹注曰："隋言轮圆，即是铁围山也。"参阅《翻梵语》卷九，山名第五十一。

47 夹注曰："前代旧译曰铁围山。"

48 参阅玄奘译《瑜伽师地论》卷二（《大正》卷三〇，页二八七上右起第六行）；玄应《一切经音义》卷二三："梵言柘迦罗，此云轮山，旧云铁围，围即轮义，本无铁名，译人义立耳。"

49 当然中文译经里面还有别的例子，我只举了这两个。

50 *Saddharmapuṇḍarīka*，ed. by H. Kern and Bunyiu Nanjio，St. Pétersbourg 1912，p.289，11：na punaḥ kasyacic cūḍāmaṇiṃ dadāti。

51 参阅玄应《一切经音义》卷一："周罗，此译云小宝也。"唐法藏《华严经探玄记》卷八（《大正》卷三五，页二六〇中左起第九行）："梵言周罗，此云顶髻。"

52 巴利原文为 cūḷā。

53 参阅玄应《一切经音义》卷十八："此译云小也，谓小髻也。"

54 夹注曰："周罗者，隋言髻也。"

55 "梵语周罗，此云小髻。"

56 宫内省图书寮本作"槃特"。

57 参阅窥基《阿弥陀经通赞疏》上（《大正》卷三七，页三三五中）："周利盘陀伽。"

58 参阅《翻梵语》卷二（《大正》卷五四，页九九七中）。

59 参阅慧琳《一切经音义》卷二六（《大正》卷五四，页四七五下）："亦云周利槃陀迦。周利，此云小。"

60 夹注曰："隋云髻道，旧名周利槃陀者。"

61 夹注曰："梵云朱荼半托伽。朱荼是小，半托迦是路。旧云周利槃特迦者，讹也。"

62 参阅望月信亨所引梵文巴利文原文。

63 参阅窥基《瑜伽师地论略纂》卷十一（《大正》卷四三，页一三九上左起第四行）；唐遁伦《瑜伽论记》卷九下（《大正》卷四二，页五一八下右起第六行）。

64 梵文原文为 dramila。

65 字根为 nṛt naṛt（梵文），nacc（巴利文）。梵文的 nāṭa 已经不是纯粹的梵文，而是经过一番俗语化（Prākritisierung）了。

66 参阅《翻梵语》卷九（《大正》卷五四，页一〇四七下右起第七行），卷第十（页一〇四九下左起第一行）；慧琳《一切经音义》卷二五（《大正》卷五四，页四七一中左起第五行，页四八〇上右起第七行）。

67 原书梵文 paṭara。

68 原书：“《西域记》云，旧云巴连弗邑，讹也，谓女楕树也。”

69 参阅《翻梵语》卷八（《大正》卷五四，页一〇三八上）：“应云波吒利弗多罗。”

70 参阅《翻梵语》卷八（《大正》卷五四，页一〇三九下）：“巴连（巴莲误）弗应云巴（也误）咤利弗多罗。”唐法藏《华严经探玄记》卷十五（《大正》卷三五，页三九一中右起第四行）：“巴连弗者，具言波吒唎补怛啰（罗）。”

71 译者失名，普通说是真谛，但决不可靠。

72 参阅玄应《一切经音义》卷二五：“亦云波吒梨耶，旧言巴连弗，讹也。”

73 参阅慧琳《一切经音义》卷十（《大正》卷五四，页三六七上）：“亦波吒厘。”不空译《佛母大孔雀明王经》卷中（《大正》卷十九，页四二三上右起第五行）作“波吒梨子”。

74 夹注曰：“旧曰巴连弗邑，讹也。”

75 参阅《翻梵语》卷四（《大正》卷五四，页一〇〇八下），注曰：“应云毗流他，译曰增长。”

76 夹注曰：“旧曰毗琉（流）离王，讹也。”

77 《翻梵语》卷四，页三〇中左起第九行作“毗楼勒”。

78 夹注曰：“翻增长。”

79 Geiger, *Pāli* §8, Anm. 1.

80 Pischel, *Grammatik der Prakrit-Sprachen*, §241.

81 Lüders, *Philologica Indica*. P. 560.

82 参阅玄应《一切经音义》卷二四：“旧言鞞稠利夜，亦言鞞头梨也，或云毗瑠璃，亦作鞞瑠璃，皆梵音讹转也。”

83 参阅慧琳《一切经音义》卷一（《大正》卷五四，页三一七中）：“或云毗瑠璃，或但云瑠璃皆具讹略声转也。”

84 夹注曰：“半泥洹僧。”

85 参阅玄应《一切经音义》卷十五。

86 同上书卷十四：“此音讹也，应云憎伽致，或云僧伽眩（胝？）。”

87 夹注曰：“旧曰僧伽梨，讹也。”

88 Geiger, *Pāli* §38, 6.

89 Pischel, *Grammatik der Prakrit-sprachen*, §206.

90 参阅《翻梵语》卷十（《大正》卷五四，页一〇五三下左起第十行）：“应云颇致歌。”

91 明本作“玻瓈”；参阅玄应《一切经音义》卷六：“梵言塞颇胝迦。”

92 参阅玄应《一切经音义》卷二：“梵言塞颇胝迦，亦言颇胝。”

93 参阅慧琳《一切经音义》卷四（《大正》卷五四，页三三〇中）；“正梵音云飒破置迦。”

94 参阅玄应《一切经音义》卷二四：“亦言婆（娑？）破致迦，西国宝名也。旧云颇梨者，讹略也。”

95 B. Laufer, *Sino-Iranica*, Chicago 1919, p. 378.

96 参阅《翻梵语》卷十（《大正》卷五四，页一〇五〇下）：“译曰天主持来。”

97 参阅玄应《一切经音义》卷二四：“旧言诃梨勒。”

98 在吐火罗文里面梵文的ṭ同ḍ有时变成r，譬如koṭi>kor。

99 W. Wassiljew, *Der Buddhismus, Seine Dogmen, Geschichte und Literatur*, St. Petersburg 1860, p. 294 f.

100 钢和泰：《音译梵书与中国古音》，北京大学《国学季刊》第一卷第一号，页四七—五六。

101 汪荣宝:《歌戈鱼虞模古读考》,北京大学《国学季刊》第一卷第二号，页二四一—二六三。

102 同上，页二四四。

浮屠与佛

“浮屠”和“佛”都是外来语。对于这两个词在中国文献中出现的先后问题是有过很大的争论的。如果问题只涉及这两个词本身，争论就没有什么必要。可是实际情况并不是这样。它涉及中印两个伟大国家文化交流的问题和《四十二章经》真伪的问题。所以就有进一步加以研究的必要。

我们都知道，释迦牟尼成了正等觉以后的名号梵文叫做 Buddha。这个字是动词 budh(觉)加上语尾 ta 构成的过去分词。在中文里有种种不同的译名：佛陀、浮陀、浮图、浮头、勃陀、勃驮、部多、部陀、毋陀、没驮、佛驮、步他、浮屠、复豆、毋驮、佛图、佛、步陀、物他、馞陀、没陀等等，都是音译。我们现在拣出其中最古的四个译名来讨论一下，就是：浮屠、浮图、复豆和佛。这四个译名可以分为两组：前三个是一组，每个都由两个字组成；第四个自成一组，只有一个字。

我们现在先讨论第一组。我先把瑞典学者高本汉 (Bernhard Karlgren) 所构拟的古音写在下面：

浮　*b'i̯ôg / b'i̯ə̯u / fou(Bernhard Karlgren:*Grammata Serica*, reprinted from the *Bulletin of the Museum of Far Eastern Antiquities*, Stockholm, number 12, 1940, p.449, 1233 i)

屠　*d'o / d'uo / t'u(同上，pp.136—137，45 i')

图　*d'o / d'uo / t'u(同上，pp.143—144，64 a)

复　*b'i̯ôk / b'i̯uk / fu（同上，p.398，1034 d）

豆[1]　*d'u / d'ə̯u / tou（同上，p.158，118 a）

"浮屠"同"浮图"在古代收音都是 -o，后来才转成 -u；"复豆"在古代收音是 -u，与梵文 Buddha 的收音 -a 都不相当。梵文 Buddha，只有在体声，而且后面紧跟着的一个字第一个字母是浊音或元音 a 的时候，才变成 Buddho。但我不相信"浮屠"同"浮图"就是从这个体声的 Buddho 译过来的。另外在俗语 (Prākṛta) 和巴利语里，Buddha 的体声是 Buddho。（参阅 R.Pischel，*Grammatik der Prakrit-Sprachen*，*Grundriss der Indo-Arischen Philologie und Altertumskunde*，I.Band，8.Heft，Strassburg 1900，§363 及 Wilhelm Geiger，*Pāli*，*Literatur und Sprache*，同上 I.Band，7.Heft，Strassburg 1916，§78）在 Ardhamāgadhī 和 Māgadhi 里，阳类用 -a 收尾字的体声的字尾是 -e，但在 Ardhamāgadhī 的诗歌里面有时候也可以是 -o。我们现在材料不够，当然不敢确说"浮屠"同"浮图"究竟是从哪一种俗语里译过来的；但说它们是从俗语里译过来的，总不会离事实太远。

说到"复豆"，这里面有点问题。"复豆"的古音既然照高本汉的构拟应该是 b'i̯uk-d'ə̯u，与这相当的梵文原文似乎应该是 *bukdu 或 *vukdu[2]。但这样的字我在任何书籍和碑刻里还没见到过。我当然不敢就断定说没有，但有的可能总也不太大。只有收音的 -u 让我们立刻想到印度俗语之一的 Apabhraṃśa，因为在 Apabhraṃśa 里阳类用 -a 收尾字的体声和业声的字尾都是 -u。"复豆"的收音虽然是 -u，但我不相信它会同 Apabhraṃśa 有什么关系。此外在印度西北部方言里。语尾 -u 很多，连梵文业声的 -am 有时候都转成 -u〔参阅 Hiän-lin Dschi（季羡林），*Die Umwandlung der Endung -aṃ in -o und -u im Mittelindischen, Nachrichten von der Akademie der Wissenschaften in Göttingen, Philolog. -Hist.* K1.1944, Nr.6.〕(《印度古代语言论集》)，“复豆”很可能是从印度西北部方言译过去的。

现在再来看“佛”字。高本汉曾把“佛”字的古音构拟如下：

*b'i̯wət / b'i̯uət / fu (*Grammata Serica*, p.252, 500 1)

一般的意见都认为“佛”就是“佛陀”的省略。《宗轮论述记》说：“‘佛陀’梵音，此云觉者。随旧略语，但称曰‘佛’。”佛教字典也都这样写，譬如说织田得能《佛教大辞典》页一五五一上；望月信亨《佛教大辞典》页四四三六上。这仿佛已经成了定说，似乎从来没有人怀疑过。这说法当然也似乎有道理，因为名词略写在中文里确是常见的，譬如把司马长卿省成马卿，司马迁省成马迁，诸葛亮省成葛亮。尤其是外国译名更容易有这现象。英格兰省为英国，德意志省为德国，法兰西省为法国，美利坚省为美国，这都是大家知道的。

但倘若仔细一想，我们就会觉得这里面还有问题，事情还不会就这样简单。我们观察世界任何语言里面外来的假借字(Loanwords, Lehnwörter)，都可以看出一个共同的现象：一个字，尤其是音译的，初借过来的时候，大半都多少还保留了原来的音形，同本地土产的字在一块总是格格不入。谁看了也立刻就可以知道这是“外来户”。以后时间久了，才渐渐改变了原来的形式，同本地的字同化起来，终于让人忘记了它本来不是“国货”。这里面人们主观的感觉当然也有作用，因为无论什么东西，看久了惯了，就不会再觉得生疏。但假借字本身的改变却仍然是主要原因。“佛”这一个名词是随了佛教从印度流传到中国来的。初到中国的时候，译经的佛教信徒们一定想完全保留原字的音调，不会就想到按了中国的老规矩把一个有两个音节的字缩成一个音节，用一个中国字表示出来。况且 Buddha 这一个字对佛教信徒是何等尊严神圣，他们未必在初期就有勇气来把它腰斩。

所以我们只是揣情度理也可以想到“佛”这一个字不会是略写。现在我们还有事实的证明。我因为想研究另外一个问题，把后汉三国时代所有的译过来的佛经里面的音译名词都搜集在一起，其中有许多名词以前都认为是省略的。但现在据我个人的看法，这种意见是不对的。以前人们都认为这些佛经的原本就是梵文。他们拿梵文来同这些音译名词一对，发现它们不相当，于是就只好说，这是省略。连玄奘在《大唐西域记》里也犯了同样的错误，他说这个是“讹也”，那个是“讹也”，其实都不见得真是“讹也”。现在我们知道，初期中译佛经大半不是直接由梵文译过来的，拿梵文作标准来衡量这里面的音译名词当然不适合了。这问题我想另写一篇文章讨论，这里不再赘述。我现在只把“佛”字选出来讨论一下。

“佛”字梵文原文是 Buddha，我们上面已经说过。在焉耆文(吐火罗文 A)里 Buddha 变成 Ptāñkät。这个字有好几种不同的写法：Ptāñkät，Ptāñkte，Ptāṃñkte，Ptāñäkte，

Ptāñikte，Ptāññäkte，Pättāñäkte，Pättāññäkte，Pättāñkte，Pättāṃñkte，Pättāṃñäkte。(参阅 Emil Sieg，Wilhelm Siegling und Wilhelm Schulze，*Tocharische Grammatik*，Göttingen 1931，§76，116，122a，123，152b，192，206，207，363c)这个字是两个字组成的，第一部分是 ptā-，第二部分是 -ñkät。ptā 相当梵文的 Buddha，可以说是 Buddha 的变形。因为吐火罗文里面浊音的 b 很少，所以开头的 b 就变成了 p。第二部分的 ñkät 是“神”的意思，古人译为“天”，相当梵文的 deva。这个组合字全译应该是“佛天”。“天”是用来形容“佛”的，说了“佛”还不够，再给它加上一个尊衔。在焉耆文里，只要是梵文 Buddha，就译为 Ptāñkät。在中文《大藏经》里，虽然也有时候称佛为“天中天（或王）”(devātideva)[3]，譬如《妙法莲华经》卷三，《化城喻品》七：

> 圣主天中王
> 迦陵频伽声
> 哀愍众生者
> 我等今敬礼〔《大正新修大藏经》(下面缩写为㊅)，9，23c〕

与这相当的梵文是：

> namo'stu te apratimā maharṣe devātidevā kalavīṅkasusvarāl

vināyakā loki sadevakasminvandāmi te lokahitānukampī||

(*Saddharmapuṇḍarīka*, edited by H.Kern and Bunyiu Nanjio, *Bibliotheca Buddhica* X, St.-Pétersbourg 1912, p.169, L.12、13)

但“佛”同“天”连在一起用似乎还没见过。在梵文原文的佛经里面，也没有找到 Buddhadeva 这样的名词。但是吐火罗文究竟从哪里取来的呢？我现在还不能回答这问题，我只知道，在回纥文 (Uigurisch) 的佛经里也有类似的名词，譬如说在回纥文译的《金光明最胜王经》(*Suvarṇaprabhāsottamarājasūtra*) 里，我们常遇到 tngri tngrisi burxan 几个字，意思就是“神中之神的佛”，与这相当的中译本里在这地方只有一个“佛”字。(参阅 F. W. K. Müller, *Uigurica*, Abhandlungen der Königl. Preuss. Akademie der Wissenschaften, 1908, pp.28、29 等；*Uigurica* II, Berlin 1911, p.16 等) 两者之间一定有密切的关系，也许是抄袭假借，也许二者同出一源；至于究竟怎样，目前还不敢说。

我们现在再回到本题。在 ptāñkät 这个组合字里，表面上看起来，第一部分似乎应该就是 ptā-。但实际上却不然。在焉耆文里，只要两个字组合成一个新字的时候，倘若第一个字的最后一个字母不是 a，就往往有一个 a 加进来，加到两个字中间。譬如 aträ 同 tampe 合起来就成了 atra-tampe，kāsu 同 ortum 合起来就成了 kāswaortum，kälp 同 pälskām 合起来就成了 kälpapäpalskāṃ，pär 同 krase 合起来就成了 pärrakrase，pältsäk 同 pāṣe 合起来就成了 pälskapaṣe，prākār 同 pratim 合起来就成了 prākra-pratim，brāhmaṃ 同 purohitune 合起来就成了 brähmna-purohitune，ṣpät 同 koṃ 合起来就成了 säpta-koñi。（参阅 Emil Sieg，Wilhelm Siegling und Wilhelm Schulze，*Tocharische Grammatik*，§363，a）中间这个 a 有时候可以变长。譬如 wäs 同 yok 合起来就成了 wsā-yok，wäl 同 ñkät 合起来就成了 wlā-ñkät。（同上，§363，c）依此类推，我们可以知道 ptā 的原字应该是 pät；据我的意思，这个 pät 还清清楚楚地保留在 ptāñkät 的另一个写法 pättāñkät 里。就现在所发掘出来的残卷来看，pät 这个字似乎没有单独用过。但是就上面所举出的那些例子来看，我们毫无可疑地可以构拟出这样一个字来的。我还疑心，这里这个元音没有什么作用，它只是代表一个更古的元音 u。

说 ä 代表一个更古的元音 u，不是一个毫无依据的假设，我们有事实证明。在龟兹文（吐火罗文 B），与焉耆文 Ptāñkät 相当的字是 Pūdñäkte。〔Pudñäkte，pudñikte，见 Sylvain Lévi，*Fragments des Textes Koutchéens*，Paris 1933：Udānavarga，(5) a 2；Udānālaṃkara，(1) a 3；b 1，4；(4) a 4；b 1，3；Karmavibhaṅga，(3) b 1；(8) a 2，3；(9) a 4；b 1，4；(10) a 1；(11) b 3〕我们毫无疑问地可以把这个组合字分拆开来，第一个字是 pūd 或 pud，第二个字是 ñäkte。pūd 或 pud 就正相当焉耆文的 pät。在许多地方吐火罗文 B（龟兹文）都显出比吐火罗文 A（焉耆文）老，所以由 pūd 或 pud 变成 pät，再由 pät 演变

成 ptā，这个过程虽然是我们构拟的，但一点也不牵强，我相信，这不会离事实太远。

上面绕的弯子似乎有点太大了。但实际上却一步也没有离开本题。我只是想证明：梵文的 Buddha，到了龟兹文变成了 pūd 或 pud，到了焉耆文变成了 pät，而我们中文里面的“佛”字就是从 pūd、pud(或 pät) 译过来的。“佛”并不是像一般人相信的是“佛陀”的省略。再就后汉三国时的文献来看，“佛”这个名词的成立，实在先于“佛陀”。在“佛”这一名词出现以前，我们没找到“佛陀”这个名词。所以我们毋宁说，“佛陀”是“佛”的加长，不能说“佛”是“佛陀”的省略。

但这里有一个很重要的问题：“佛”字古音 but 是浊音，吐火罗文的 pūd、pud 或 pät 都是清音。为什么中文佛典的译者会用一个浊音来译一个外来的清音？这个问题倘不能解决，似乎就要影响到我们整个的论断。有的人或者会说：“佛”这个名词的来源大概不是吐火罗文，而是另外一种浊音较多的古代西域语言。我以为，这怀疑根本不能成立。在我们截止到现在所发现的古代西域语言里，与梵文 Buddha 相当的字没有一个可以是中文“佛”字的来源的。在康居语里，梵文 Buddha 变成 pwty 或 pwtty(见 Robert Gauthiot, *Le Sūtra du religieux Ongles-Longs*, Paris 1912, p.3)。在于阗语里，早期的经典用 balysa 来译梵文的 Buddha 和 Bhagavat，较晚的经典里，用 ḇaysa，或 ḇeysa。(见 Sten Konow, *Saka Studies*, *Oslo Etnografiske Museum Bulletin* 5, Oslo 1932, p.121; A.F.Rudolf Hoernle, *Manuscript Remains of Buddhist Literature Found in Eastern Turkestan*，Vo1.1，Oxford 1916，pp.239、242)。至于组合字 (samāsa) 像 buddhakṣetra 则往往保留原字。只有回纥文的佛经曾借用过一个梵文字 bud，似乎与我们的“佛”字有关。在回纥文里，通常是用 burxan 这个字来译梵文的 Buddha。但在《金光明最胜王经》的译本里，在本文上面有一行梵文：

> Namo bud o o namo drm o o namo sang
> (F.W.K.Müller，*Uigurica*，1908，p.11)

正式的梵文应该是：

> Namo buddhāya o o namo dharmāya. o o namaḥ saṅghāya.

在这部译经里常有 taising 和 sivsing 的字样。taising 就是中文的“大乘”，sivsing 就是中文的“小乘”。所以这部经大概是从中文译过去的。但 namo bud o o namo drm o o namo sang 这一行却是梵文，而且像是经过俗语借过去的。为什么梵文的 Buddha 会变成 bud，这我有点说不上来。无论如何，这个 bud 似乎可能就是中文“佛”字的来源。但这部回纥文的佛经译成的时代无论怎样不会早于唐代，与“佛”这个名词成立的时代相差太远，“佛”字绝没有从这个 bud 译过来的可能。我们只能推测，bud这样一个字大概很早很早的时候就流行在从印度传到中亚去的俗语里和古西域语言里。它同焉耆文的pät，龟兹文的pūd和pud，可能有点关系。至于什么样的关系，目前文献不足，只有阙疑了。

除了以上说到的以外，我们还可以找出许多例证，证明最初的中译佛经里面有许多音译和意译的字都是从吐火罗文译过来的。所以，"佛"这一个名词的来源也只有到吐火罗文的pät、pūt和pud里面去找。

写到这里，只说明了"佛"这名词的来源一定是吐火罗文。但问题并没有解决。为什么吐火罗文里面的清音，到了中文里会变成浊音？我们可以怀疑吐火罗文里辅音p的音值。我们知道，吐火罗文的残卷是用Brāhmī字母写的。Brāhmī字母到了中亚在发音上多少有点改变。但只就p说，它仍然是纯粹的清音。它的音值不容我们怀疑。要解决这问题，只有从中文"佛"字下手。我们现在应该抛开高本汉构拟的"佛"字的古音，另外再到古书里去找材料，看看"佛"字的古音还有别的可能没有：

> 《毛诗·周颂·敬之》："佛时仔肩。"《释文》："佛，毛符弗反(b'i̯wət)，郑音弼。"
>
> 《礼记·曲礼》上："献鸟者佛其首。"《释文》佛作拂，云："本又作佛．扶弗反，戾也。"
>
> 《礼记·学记》："其施之也悖，其求之也佛。"《释文》："悖，布内反；佛，本又作拂，扶弗反。"
>
> 〔案《广韵》，佛，符弗切(b'i̯wət)，拂，敷勿切(p'i̯

wət)。〕

上面举的例子都同高本汉所构拟的古音一致。但除了那些例子以外，还有另外一个“佛”：

《仪礼·既夕礼》郑注：“执之以接神，为有所拂拗也”。《释文》：“拂拗，本又作佛仿；上芳味反；下芳丈反。”

《礼记·祭义》郑注：“言想见其仿佛来。”《释文》：“仿，孚往反；佛，孚味反(b'i̯wət)。”

《史记·司马相如传》《子虚赋》：“缥乎忽忽，若神仙之仿佛。”(《汉书》、《文选》改为髣髴)

《汉书·扬雄传》：“犹仿佛其若梦。”注：“仿佛，即髣髴字也。”

《汉书·李寻传》：“察其所言，仿佛一端。”师古曰：“仿读曰髣，佛与髴同。”

《后汉书·仲长统传》：“呼吸精和，求至人之仿佛。”

《淮南子·原道》：“叫呼仿佛，默然自得。”

《文选》潘岳《寡妇赋》：“目仿佛乎平素。”李善引《字林》曰：“仿，相似也；佛，不审也。”

玄应《一切经音文》：“仿佛，声类作髣髴同。芳往敷物二反。”

《玉篇》：“佛，孚勿切。”《万象名义》：“佛，芳未反。”

从上面引的例子看起来，“佛”字有两读。“佛”古韵为脂部字，脂部的入声韵尾收 t，其与入声发生关系之去声，则收 d。“佛”字读音，一读入声，一读去声：（一）扶弗反 (b'i̯wət)；（二）芳味反或孚味反 (b'i̯wət)。现在吐火罗文的 pūd 或 pud 与芳味反或孚味反正相当。然则，以“佛”译 pūd 正取其去声一读，声与韵无不吻合。

把上面写的归纳起来，我们可以得到下面的结论：“浮屠”、“浮图”、“复豆”和“佛”不是一个来源。“浮屠”、“浮图”、“复豆”的来源是一种印度古代方言。“佛”的来源是吐火罗文。这结论看来很简单，但倘若由此推论下去，对佛教入华的过程，我们可以得到一点新启示。

在中国史上，佛教输入中国可以说是一件很有影响的事情。中国过去的历史书里关于这方面的记载虽然很不少，但牴牾的地方也很多（参阅汤用彤《汉魏两晋南北朝佛教史》上，第1—15页），我们读了，很难得到一个明确的概念。自从十九世纪末年二十世纪初年欧洲学者在中亚探险发掘以后，对这方面的研究有了很大的进步，简直可以说是开了一个新纪元。根据他们发掘出来的古代文献器物，他们向许多方面作了新的探讨，范围之大，史无前例。对中国历史和佛教入华的过程，他们也有了很大的贡献。法国学者烈维 (Sylvain Lévi) 发现最早汉译佛经所用的术语多半不是直接由梵文译过来的，而是间接经过一个媒介。他因而推论到佛教最初不是直接由印度传到中国来的，而是间接由西域传来。(参阅 Sylvain Lévi, *Le《Tokharien B》Langue de Koutcha*, *Journal Asiatique* 1913, Sept.-Oct.pp.311—338。此文冯承钧译为中文:《所谓乙种吐火罗语即龟兹国语考》,载《女师大学术季刊》,第一卷,第四期。同期方壮猷《三种古西域语之发见及其考释》,有的地方也取材于此文。)这种记载,中国书里当然也有;但没有说得这样清楚。他这样一说,我们对佛教入华的过程至少得到一个清楚的概念。一直到现在,学者也都承认这说法,没有人说过反对或修正的话。

我们上面说到“佛”这名词不是由梵文译来的,而是间接经过龟兹文的 pūd 或 pud(或焉耆文的 pät)。这当然更可以助成烈维的说法,但比“佛”更古的“浮屠”却没有经过古西域语言的媒介,而是直接由印度方言译过来的。这应该怎样解释呢?烈维的说法似乎有修正的必要了。

根据上面这些事实,我觉得,我们可以作下面的推测:中国同佛教最初发生关系,我们虽然不能确定究竟在什么时候,但一定很早[4](参阅汤用彤《汉魏两晋南北朝佛教史》上,第22页),而且据我的看法,还是直接的;换句话说,就是还没经过西域小国的媒介。我的意思并不是说,佛教从印度飞到中国来的。它可能是先从海道来的,也可能是从陆路来的。即使从陆路经过中亚小国而到中国,这些小国最初还没有什么作用,只是佛教到中国来的过路而已。当时很可能已经有了直接从印度俗语译过来的经典。《四十二章经》大概就是其中之一。“浮屠”这一名词的形成一定就在这时候。这问题我们留到下面再讨论。到了汉末三国时候,西域许多小国的高僧和居士都到中国来传教，像安士高、支谦、支娄迦谶、安玄、支曜、康巨、康孟详等是其中最有名的。到了这时候，西域小国对佛教入华才真正有了影响。这些高僧居士译出的经很多。现在推测起来，他们根据的本子一定不会是梵文原文，而是他们本国的语言。“佛”这一名词的成立一定就在这时期。

现在我们再回到在篇首所提到的《四十二章经》真伪的问题。关于《四十二章经》，汤用彤先生已经论得很精到详明，用不着我再来作蛇足了。我在这里只想提出一点来讨论一下，就是汤先生所推测的《四十二章经》有前后两个译本的问题。汤先生说：

> 现存经本，文辞优美，不似汉译人所能。则疑旧日此经，固有二译。其一汉译，文极朴质，早已亡失。其一吴支谦译，行文优美，因得流传。(《汉魏两晋南北朝佛教史》上，第 36 页)

据我自己的看法，也觉得这个解释很合理。不过其中有一个问题，以前我们没法解决，现在我们最少可以有一个合理的推测了。襄楷上桓帝疏说：

> 浮屠不三宿桑下，不欲久，生恩爱，精之至也。天神遗以好女，浮屠曰：“此但革囊盛血。”遂不盼之。其守一如此。(《后汉书》卷六十下)

《四十二章经》里面也有差不多相同的句子：

> 日中一食．树下一宿，慎不再矣。使人愚蔽者，爱与欲也。(㊅17，722b)
>
> 天神献玉女于佛，欲以试佛意、观佛道。佛言："革囊众秽，尔来何为？以可诳俗，难动六通。去，我不用尔！"(㊅17，723b)

我们一比较，就可以看出来，襄楷所引很可能即出于《四十二章经》。汤用彤先生(《汉魏两晋南北朝佛教史》上，第33—34页)就这样主张。陈援庵先生却怀疑这说法。他说：

> 树下一宿，革囊盛秽，本佛家之常谈。襄楷所引，未必即出于《四十二章经》。

他还引了一个看起来很坚实的证据，就是襄楷上书用"浮屠"两字，而《四十二章经》却用"佛"。这证据，初看起来，当然很有力。汤先生也说：

> 旧日典籍，唯借钞传。"浮屠"等名，或嫌失真，或含贬辞。后世展转相录，渐易旧名为新语。(《汉魏两晋南北朝佛教史》上，第36页)

我们现在既然知道了"浮屠"的来源是印度古代俗语，而"佛"的来源是吐火罗文，对这问题也可以有一个新看法了。我们现在可以大胆地猜想：《四十二章经》有两个译本。第一个译本，就是汉译本，是直接译自印度古代俗语。里面凡是称“佛”，都言“浮屠”。襄楷所引的就是这个译本。但这里有一个问题：中国历史书里，关于佛教入华的记载虽然有不少牴牾的地方，但是《理惑论》里的“于大月支写佛经四十二章”的记载却大概是很可靠的。既然这部《四十二章经》是在大月支写的，而且后来从大月支传到中国来的佛经原文都不是印度梵文或俗语，为什么这书的原文独独会是印度俗语呢？据我的推测，这部书从印度传到大月支，他们还没来得及译成自己的语言，就给中国使者写了来。一百多年以后，从印度来的佛经都已经译成了本国的语言，那些高僧们才把这些译本转译成中文。第二个译本就是支谦的译本，也就是现存的。这译本据猜想应该是译自某一种中亚语言。至于究竟是哪一种，现在还不能说。无论如何，这个译文的原文同第一个译本不同；所以在第一个译本里称“浮屠”，第二个译本里称“佛”，不一定就是改易的。

根据上面的论述，对于“佛”与“浮屠”这两个词，我们可以作以下的推测：“浮屠”这名称从印度译过来以后，大概就为一般人所采用。当时中国史家记载多半都用“浮屠”。其后西域高僧到中国来译经，才把“佛”这个名词带进来。范蔚宗搜集的史料内所以没有“佛”字，就因为这些史料都是外书。“佛”这名词在那时候还只限于由吐火罗文译过来的经典中。以后才渐渐传播开来，为一般佛徒，或与佛教接近的学者所采用。最后终于因为它本身有优越的条件，战胜了“浮屠”，并取而代之。

附记：写此文时，承周燕孙先生帮助我解决了“佛”字古音的问题。我在这里谨向周先生致谢。

1947 年 10 月 9 日

注释：

1 鱼豢《魏略》作“复立”。《世说新语·文学篇》注作“复豆”。《酉阳杂俎》卷二《玉格》作“复立”。参阅汤用彤《汉魏两晋南北朝佛教史》上，第 49 页。

2 参阅 Pelliot, *Meou-Tseu ou les doutes levés*, *T'oung Pao*(《通报》) Vol. XIX，1920，p.430.

3 参阅《释氏要览》中，㊅ 54，284b—c。

4 《魏书·释老志》说：“及开西域，遣张骞使大夏。还，传其旁有身毒国，一名天竺。始闻浮屠之教。”据汤先生的意思，这最后一句，是魏收臆测之辞。因为《后汉书·西域传》说：“至于佛道神化，兴自身毒，而二汉方志，莫有称焉。张骞但著地多暑湿，乘象而战。”据我看，张骞大概没有闻浮屠之教。但在另一方面，我们仔细研究魏收处置史料的方法，我们就可以看出，只要原来史料里用“浮屠”，他就用“浮屠”；原来是“佛”，他也用“佛”，自叙则纯用“佛”。根据这原则，我们再看关于张骞那一段，就觉得里面还有问题。倘若是魏收臆测之辞，他不应该用“浮屠”两字，应该用“佛”。所以我们虽然不能知道他根据的是什么材料，但他一定有所本的。

论梵文本《圣胜慧到彼岸功德宝集偈》

《功德宝集偈》是印度佛典般若部这一大家族的成员之一，是用所谓“混合梵语”写成的。研究印度佛教史，研究般若部，这部佛典是重要经典之一。

在语言变化方面，《功德宝集偈》有许多特点，其中最主要的是语尾 -aṃ 变为 -o 或 -u。根据阿育王碑，这是印度古代西北方言的特点。这一点，我在其他一系列的论文中都做了充分而有说服力的论证。既然此经有此特点，它必然会同印度西北部有某种关连，因此，对般若部的起源问题的研究也必须推翻过去的结论，重新加以考虑。

这牵涉到印度佛教史上最重大的问题：大乘佛教起源问题。过去大家都认为，大乘佛教起源于南印度，几乎已成定论。多年以前我就认为，这个结论值得怀疑。我认为，大乘起源应分为两个阶段：原始大乘和古典大乘。这两个阶段使用的语言不同，内容亦不相同。原始大乘使用的是混合梵语，内容是处于由小乘思想渐渐向大乘过渡的阶段。古典大乘则使用梵语，内容几乎是纯粹的大乘思想。

原始大乘起源地应该是东印度，时间应该上溯到公元前二、三世纪，滥觞于阿育王统治时期。般若部包括许多经，纂成时期不同。从某种意义上来看，般若经可以说是大乘佛教的一个象征，它的起源（包括时间与地点）与传布隐涵着大乘佛教的起源与传布的路线。《大智度论》卷六十七说，般若部源于东方，传至南方，又从南方传至西方，从西方传至北方。

一 般若部的一般情况

1.1　在整个大乘佛教的经典中，般若部经典是一个比较大的家族。它在佛教经典中享有很高的声誉，产生了极大的影响，至今不衰。它的支派比较多，头绪比较复杂，形成的时间不一，形成的地点不同，语言也五花八门。有梵语、混合梵语（或佛教梵语）、汉语、藏语、蒙语、西夏语等语言的本子。估计梵语或混合梵语本是最根本、最原始的本子，其余的本子都是从这个本子中直接或间接产生出来的。

1.2　从种类上来看，属于般若部的经典有下列的二十一种，这仅仅是一个概数，详细数目还不清楚：

1.《八千颂般若波罗蜜多经》(*Aṣṭasāhasrikāprajñāpāramitā*)

2.《圣胜慧到彼岸功德宝集偈》(*Prajñāpāramitāratnaguṇasaṃcayagāthā*) 汉译大藏经中译名为《佛说佛母宝德藏般若波罗蜜经》[1]

3.《十万颂般若波罗蜜多经》

4.《两万五千颂般若波罗蜜多经》

5.《一万八千颂般若波罗蜜多经》

6.《一万颂般若波罗蜜多经》

7.《二千五百颂般若波罗蜜多经》

8.《七百颂般若波罗蜜多经》

9.《五百颂般若波罗蜜多经》

10.《三百颂般若波罗蜜多经》

11.《一百五十颂般若波罗蜜多经》

12.《胜天王般若波罗蜜多经》(*Devarājapravaraparipṛcchā*)

13. *Nāgaśrī*

14. *Svalpākṣarā*

15. *Kauśika*

16. *Hṛdaya*

17.《佛说五十颂圣般若波罗蜜经》

18. *Pañcaviṃśatikāprajñāpāramitāmukha*

19. *Ekākṣarī*

20.《四千颂般若波罗蜜多经》

21. *Pañcapāramitānirdeśa*[2]

1.3 按照 Warder 的分类法，上面的 1 和 2 属于早期大乘 (Early Mahāyāna)，而 3 至 21 则属于般若部较晚的本子 (The Later Versions of the Prajñāpāramitā)。理由大概是根据 Ed. Conze 的研究成果，Conze 详细比较了《圣胜慧到彼岸功德宝集偈》和《八千颂般若波罗蜜多经》的内容，得到的结论是前者的前二章代表了般若波罗蜜多思想的开始阶段，可能回溯到公元前 100 年。[3]

1.4 在般若部的大家族中，《圣胜慧到彼岸功德宝集偈》占有独特的地位。从量上来看它比较短。从语言上来看，它是这个大家族中唯一的一部用所谓佛教梵文或混合梵文写成的经。关于《般若波罗蜜多经》最初使用的文字问题，有种种不同的意见，请参阅下面 (第四章)，这里不谈。总之，研究这一部般若经，把此经的梵文原文同汉译本加以对比研究，尤其是对原文语言特点的探讨，有着极大的意义，它可以帮助从事印度佛教史研究工作的学者们解决一些佛教史上的问题。

1.5　前几年，日本著名的梵文学者汤山明博士 (Dr. Akira Yuyama) 写了一部 *A Grammar of the Prajñā-pāramitā-ratna-guṇa-saṃcaya-gatha*(*Sanskrit Recension A*), Faculty of Asian Studies in Asso-ciation with Australian National University Press, Canberra 1973。他又出版了一部原文精校本：*Prajñā-pāramita-ratna-guṇa-saṃcaya-gāthā*(*Sanskrit Recension A*), Cambridge University press, 1976。此外，他还写了一些与此经有关的论文，[4] 探讨此经的语法特点、格律等等问题。我们可以说，汤山明博士对此经的研究作出了重要的、突出的贡献。一切将要进行的研究工作都必须在他研究的基础上展开。

1.6　1981 年，中国年轻的印度佛教史学者罗炤在北京市房山县云居寺发现了一千多卷藏文经卷。其中一种是藏、汉文合璧形式，是西夏仁宗仁孝 (1140—1193) 时所译、明代正统十二年 (1447) 重刊本《圣胜慧到彼岸功德宝集偈》。[5] 根据原书的《题记》，译者中有一个和尚“梵译”，有“天竺大钵弥怛、五明显密国师、讲经律论、功德司正、嚷乃将沙门、哕也阿难嗦亲执梵本证义。”[6]“证义”这个职位在中国译经史上，在译场中是经常有的，正像在这里一样，多半由印度梵僧担任。罗炤指出，西夏文佛经绝大多数译自汉文《开宝藏》，也有从藏文转译的，一直没有见到过直接译自梵文者，这一部《圣胜慧到彼岸功德宝集偈》是直接自梵文译为西夏文的第一个确证。他写道：“(此经) 每句十一个汉字，在汉译佛典中极为罕见，但西夏文佛典的偈颂则有十一字一句的形式。此经的藏译文也是每句十一个音节。从这些情况判断，此经应首先自梵文译为西夏文，然后又仿照西夏译文的格式译为藏文和汉文。[7]从上面所说的这一些情况来看，这一部般若经的发现具有十分重要的意义，它丰富了中国翻译佛经的历史，它丰富了中国各兄弟民族之间互相学习的历史。

1.7　最近罗炤在西藏访古，调查梵文贝叶经存佚的情况，已经有了惊人的发现，取得了辉煌的成绩。在他检查过的众多的梵文贝叶经中，他发现了两个《圣胜慧到彼岸功德宝集偈》的梵文原本。其中之一的书末题记非常有趣。全书原名是 *Bhagavatyāṃ Prajñāpāramitāratnaguṇasañcaya gāthā*。这本书的抄写人是 Cīna-deś iyabhikṣupuṇyakīrtti，译为汉文是"支那比丘功德称"，他是一个中国和尚。书末题记是 Sarvaikatvena 303 Bhagavatyā ṣṭasāhasri-kāyāḥ parivarttānusāreṇa ratnaguṇasañcayagāthā samantabha-drasūtrāni sūtrataḥ samāpta[8]。这里说明了，这一部经是《八千颂般若波罗蜜多经》的缩写本。这个事实是人所熟知的。[9]至于这个本子究竟怎样？它同已知诸本的关系如何？因为目前还没看到原件，无从臆测，只有留待以后了。

1.8　到此为止，对《圣胜慧到彼岸功德宝集偈》的研究和梵文原本的调查工作已经取得了很好的成绩。但是，研究工作还远远没有结束。汤山明博士表达了一个愿望："我准备在一本将来的著作中，把它同其他中世印度语言作一个对比研究，看看是否有可能找出一个作为《圣胜慧到彼岸功德宝集偈》语言基础的语言，以期对这种文献的来源地问题作出贡献。”[10]从研究的基础和功力来看，最有可能实现这个愿望的还是汤山明自己。但是，我对此经的语法特点之一—— **aṃ>u** 的现象一向特别感到兴趣，在四十多年以前我曾写过一篇文章论述这个现象。[11]那一篇文章曾遭到一些学者反驳。可是我并不认为他们的反驳意见具有多大的说服力，有的甚至十分轻率地下了结论，而且在那篇文章发表后几十年中出版的资料，只能证实我的结论，而不是相反。因此我不能放弃我的看法。现在想不揣冒昧，利用此经中这一方面的语音特点，进行一些分析，重申我的看法，写成这一篇论文，以求教于汤山明博士和其他各国的学者们。如果能对汤山明博士愿望的实现尽上点绵薄之力，那就是我的最大的幸福了。

二 梵汉对比研究

2.1　这个题目颇大，我却只能小做。我不可能，也没有必要把全书都加以对比。我只想选出第一品的前九颂，把梵文原本和两个汉译本并列起来，在梵文下面逐字注上汉字意译，让不懂梵文的读者也能约略看出原文的语序和大体上的含义，看出汉译文哪一个本子省略了什么。我的目的是探讨三个本子之间的关系究竟如何。

2.2　vara-prema-gauravu-prasādu upasthayitvā

最胜　喜　敬　信　安住

prajahitva āvaraṇa-kleśa-malāni śantāḥ/

蠲除　　盖障　　烦恼　垢染　　寂静

śṛṇutā jagārtham abhiprasthita-sūratānāṃ

应谛听　　利生　　　正入　　　　欣妙

prajñāya pāramita yatra caranti śūrāḥ//1//

胜慧　　到彼岸　彼处　所行　勇猛

宋法贤译《佛说佛母宝德藏般若波罗蜜经》：

所有菩萨为世间
灭除盖障烦恼垢
发净信心住寂静
当行智度彼岸行[12]

《圣胜慧到彼岸功德宝集偈》：

以最胜喜敬信现前安住时
蠲除烦恼超出障盖垢染中
正入利生欣妙胜慧到彼岸
于彼诸有勇猛所行应谛听

在这里，值得注意的是，《圣胜慧到彼岸功德宝集偈》（以下简称“云居寺本”）不像其他本子将 prajñā 音译为“般若”，而意译为“胜慧”，将 pāramitā 音译为“波罗蜜（多）”，而意译为“到彼岸”。

2.3 yāvanti nadya pravahant' iha jambudvīpe

只要 江河水 流 此处 瞻部洲

phala-puṣpa-auṣadhi-vanaspati rohayanti/

果 花 药草 丛林 繁茂

bhujagendra-nāgapati nisray' anovatapte

龙王 龙主 安住 无热池

tasyānubhāvạ-sriyaso bhujagādhipasya//2//

彼威神力 龙主的

法贤译本：

诸江河流阎浮提
花果药草皆得润
龙王主住无热池
彼龙威力流江河[13]

云居寺本：

于瞻部洲所流一切江河水
诸有花果药草丛林繁茂者
皆因龙王龙主安住无热池
此即是彼龙主安住无热池
此即是彼龙主威神力所致

在这里，值得注意的是，云居寺本译文为五行，而非四行。

2.4 yāvanti dharma jina-śrāvaka deśayanti

只要 法 胜势弟子声闻 开示

bhāṣanti yukti-sahitāṃs ca udīrayanti/

演说 正理（方便）所相应 说

paramārya-saukhya-kriya tat-phala-prāptitā ca

至圣 安乐 行 果 获得

sarvo ayaṃ puruṣa-karu tathāgatasya//3//

皆此 彼 威神 力 如来的

法贤译本：

亦如佛子声闻等

说法教化（他）方便说

乐最圣行求果报

此诸如来胜威德[14]

云居寺本：

胜势弟子声闻开示种种法

善能演说及与正理所相应

今彼获得至圣安乐之果者

彼亦皆是如来大师威神力

2.5 kiṃ kāraṇaṃ ya jinu bhaṣati dharma-netrī

云 何 佛 说 法 眼

tatrābhiśikṣita nara-rṣabha-śiṣya-bhūtaḥ/

彼 处 学 上 士 弟子 威为

sākṣāt-karitva yatha-śikṣita deśayanti

如 自所证 如 所学 说

buddhānubhāvu na punātma-balānubhāvā//4//

佛 神 力 非 自己 之所能

法贤译本：

云何佛说此法眼

令诸弟子如佛学

自证教他及方便

此亦佛力非自力[15]

云居寺本：

云何如是诸有能说世尊教

于彼上士弟子依之亲己学

如自所证所学之法为他说

是佛神力皆非自己之所能

法贤译本有“法眼”，与梵本同。云居寺本之“世尊教”，似与此相当。从语法方面来看，dharma-netrī 这个字的语尾颇怪。根据法贤译本，“法眼”是业格，那么 dharma-netrī 也应该是业格。但是语尾 -ī 作业格，很难解释。在汤山明的 *A Grammar of the Prajñā-pāramitā-ratna-guṇa-saṃcaya-gathā* 中，我也没能找到满意的解释。netra 在梵文中一般是中性，间有阳性者。中性双数业格语尾是 -e： netre。巴利文中没有双数，但有双数残痕，比如 dve，duve 等[16]。难道这里的 netri(netre>i>ī) 也是双数的残痕吗？

2.6 yasmin na prajñā-vara-pāramitopalabdhi
彼处 无 胜慧 最上 到彼岸 所缘
na ca bodhisattva-upalabdhi na citta bodhe/
无 菩提勇识（菩萨） 所缘 无心 菩提
evaṃ śruṇitva na ca muhyati nāsti trāso
如是 闻已 无 无知 无 惊惧
so bodhisattva carate sugatāna prajñām//5//
菩提勇识 行 善逝 慧行（胜慧）

法贤译本：

最上般若不可知
非心可知非菩提
如是闻已不惊怖

彼菩萨行知佛智[17]

云居寺本：

若于最上胜慧彼岸无所缘
菩提勇识及菩提心无所缘
如是闻已无无知者不惊惧
菩提勇识是行善逝之慧行

在这里，值得注意的是，云居寺本把bodhisattva这个字不像平常那样译为“菩萨”，而译为“菩提勇识”。这是否与西夏文有关？

2.7 na ca rūpa-vedana na saṃjñā na cetanā ca
无 色 受 无 想 无 思
vijñāna-sthānu aṇu-mātra na bhonti tasya/
识处所纤尘(原子) 仅仅 无 是 (有)他的
so sarva-dharma a-sthito a-niketa-cārī
一切 法 不 住 无 住处 行
a-pariggṛhītu labhate sugatāna bodhiṃ//6//
无 实所执 证 善逝 菩提

法贤译本：

色受想行识皆无
不著纤尘无处所
彼若不住一切法
行无受想得菩提[18]

云居寺本：

无色无受亦复无想及行识
于彼无有所着纤尘之处所
即于诸法不住是名无处行
无实所执能证善逝之菩提

有一点值得注意，佛家所谓五阴（蕴）是：色 (rūpa)、受 (vedenā)、想 (saṃjñā)、行 (saṃskāra)、识 (vijñāna)。这里缺少 saṃskāra，而代之以 cetanā，而 cetanā，根据榊亮三郎《翻译名义大集·1927》译为“思”。可是两个汉文译本都译为“行”，不知何故。下面第九颂同。

2.8　yatha śreṇikasya abhutī parivrājakasya
譬如　是　出家
jñānopalambhana hi skandhu-vibhāvanā ca/
智　所　缘　蕴　无实相
yo bodhisattvu parijānati eva dharmān
菩提勇识　了　诸法

na ca nirvṛtiṃ spṛsāti so viharati prajñāṃ//7//
不　　圆寂　　着　　　住于　胜 慧

法贤译本：

菩萨若求出家智
照见五蕴无实相
知此不求于寂静
彼是菩萨之行智[19]

云居寺本：

譬如了解苦行弃入遍行鬘
照见五蕴无所缘故得解脱
菩提勇识若能如是了诸法
不着圆寂彼即是住于胜慧

梵本 śreṇika 这个字两个汉译本都没翻译出来。梵文中有这样一个字，但是含义对此处都不适合。F. Edgerton 说它是一种非佛教徒托钵僧的名称。[20]

2.9　vyuparīkṣate punar ayaṃ katar' eṣa prajñā
照见 推穷　复次　此　是何 此 胜慧
kasyā kuto va imi śunyaku sarva-dharmāḥ/
何所属 从何　此　空　　一切　　法

vyuparīkṣamāṇu na ca līyati nāsti trāso
照 见 不 着 不 恐惧
āsannu so bhavati bodhayi bodhisattvo//8//
达到 是 菩提 菩萨

法贤译本：

复次云何智所得
照见一切法皆空
不着不惊照见时
自觉觉他诸菩萨[21]

云居寺本：

又此胜慧从何是何何所属
如是推穷照见一切法皆空
心无退屈亦复不惊不恐惧
菩提勇识如是不久证菩提

2.10 saci rūpa saṃjñā api vedana cetanā ca
假如 色 想 亦 受 思
vijñāna-skandha caratī a-prajānamāno/
识 蕴 行 不 了
imi skandha śūnya parikalpayi bodhisattvo
此 蕴 空 照见 菩萨

caratī nimitti an-upāda-pade a-sakto//9//

行　　相　　不　　着　　　　　不着

法贤译本：

色受想行及识蕴
是蕴见行而不知
菩萨照见蕴皆空
行无相化不著句[22]

云居寺本：

或由不了计度如是之作意
执是色蕴受想行识依彼修
谓此蕴空如是菩提勇识者
即是着相不能信解无生处

梵文最后一字 asakto，一异读为 asaddho，这与云居寺本之“不能信解”正相适应。

例子就举这样多。常言道，鼎尝一脔，豹窥一斑，表面上看起来虽不全面，实际上全面即在其中了。从这些例子中可以看出：

2.11 ①　两个汉文译本同梵文原本比起来，虽然都不完全一致；但是两者比较起来，云居寺本同梵文要接近得多。梵文有的字，这里几乎都有。从这里可以推测，西夏文译本一定是非常忠实于原文的。

2.12② 从第一品颂的数目来看，也可以得到同样的结论，因为梵文原本有二十八颂，云居寺本同，而法贤译本则有二十九颂，最后一颂梵文原本缺。

2.13③ 法贤译本所根据的梵文原本，同我们现有的梵文本有差别。但是西夏文译本所根据的梵本，同现有的梵本差别极小。

2.14④ 如果没有梵文原文，云居寺本简直是无法理解的。估计西夏文（西藏文）译本也必然是一个字对一个字地翻译的。

2.15⑤ 云居寺本许多译名，比如说“胜慧”、“到彼岸”、“菩提勇识”等等，同通常的汉译名不同。这些问题，如果加以探讨，可能在某一方面丰富中国的翻译史。

2.16⑥ 梵文原文语言混乱，讹误极多。这一点汤山明在他的 *Grammar* p.2 中已经指出来过。在名词、形容词的形态变化中，语尾 -a 几乎是万能的，它能代替梵文的许多语尾。这种情况在 *Gāndhārī Dharmapada* 中已经存在。最值得注意的是语尾 -aṃ 变为 -u 的现象。这个问题将在下面讨论（4.13）。

三 《般若经》起源地的问题

3.1 在这里，我想谈一谈般若部经典起源地的问题。对于这个问题，佛教研究者过去有不同的看法。他们根据的主要是汉译佛经，因为只有中国译经中材料最多，也最翔实可靠。归纳起来，关于《般若经》起源有两种说法：一是起源于印度南方；一是起源于印度北方。南方起源说论据多，似乎是占了上风。

我在下面先给南方起源说引一些论据，次序是按照汉译佛经译出的先后排列的。

3.2 后汉月支国三藏支娄迦谶译《道行般若经》卷四：

如是，舍利弗！怛萨阿竭去后，是般若波罗蜜当在南天竺。其有学已，从南天竺当转至西天竺。其有学已，当从西天竺转至到北天竺。其有学者当学之。[23]

3.3 吴月氏国居士支谦译《大明度经》卷三：

如来去后，是法当在释氏国。彼贤学已，转至会多尼国。在中学已，复到郁单曰国。[24]

3.4 西晋于阗国三藏无罗叉译《放光般若经》卷十：

舍利弗！如来去之后，是般若波罗蜜当在南方。……舍利弗！是般若波罗蜜当转北去。[25]

3.5 后秦龟兹国三藏鸠摩罗什译《小品般若波罗蜜经》卷四：

舍利弗！如来灭后，般若波罗蜜当流布南方，从南方流布西方，从西方流布北方。我法盛时，无有灭相。北方若有乃至书写、受持、供养般若波罗蜜者，是人亦为佛眼所见、所知、所念。[26]

3.6　后秦龟兹国三藏鸠摩罗什译《摩诃般若波罗蜜经》卷十三：

舍利弗！是深般若波罗蜜佛般涅槃后，当至南方国土。……舍利弗！是深般若波罗蜜从南方当转至西方。……舍利弗！是深般若波罗蜜从西方当转至北方。……舍利弗白佛言："世尊！是深般若波罗蜜后时当在北方广行耶？"佛言："如是！如是！舍利弗！是深般若波罗蜜后时在北方当广行。"[27]

3.7　圣者龙树造、后秦龟兹国三藏鸠摩罗什译《大智度论》卷六十七：

〔经〕舍利弗！是深般若波罗蜜佛般涅槃后，当至南方国土。……舍利弗！是深般若波罗蜜从南方当转至西方。……舍利弗！是深般若波罗蜜从西方当转至北方。……舍利弗白佛言："世尊！是深般若波罗蜜后时当在北方广行耶？"佛言："如是！如是！舍利弗！是深般若波罗蜜后时当在北方广行。"[28]

3.8　唐三藏法师玄奘译《大般若波罗蜜多经》卷三百零二：

尔时舍利子白佛言："世尊！甚深般若波罗蜜多

佛灭度后何方兴盛？”佛言：“舍利子！甚深般若波罗蜜多我灭度后从东南方，当渐兴盛。……舍利子！甚深般若波罗蜜多我灭度后至东南方转至南方，渐当兴盛。……复从南方至西南方，当渐兴盛。……从西南方至西北方，当渐兴盛。……从西北方转至北方，当渐兴盛。……复从北方至东北方，当渐兴盛。”……尔时舍利子白佛言：“世尊！甚深般若波罗蜜多佛灭度已后时后分后五百岁于东北方广流布耶？”佛言：“舍利子！如是！如是！甚深般若波罗蜜多我灭度已后时后分后五百岁于东北方当广流布。”[29]

3.9　宋施护译《佛母出生三法藏般若波罗蜜多经》卷十：

复次，舍利子！此般若波罗蜜多相应法门，如来应供正等正觉以威神力加持护念，后末世中先于南方广大流布。从是南方流布西方。复从西方流布北方。如是展转流布诸方。……舍利子！后末世中，此法亦当流布北方。[30]

3.10　引证就到此为止。在分析阐释这些引证之前，先做几点解释。3.3 支谦的“释氏国”，按照通常的解释应该是“释迦族的国家”。“释迦”，梵文是 Śākya，指的是释迦牟尼的家族。但是，日本学者山田龙城却解释为 Śaka 的国家。[31] Śaka，中国书上叫做“塞种”，原是北方民族。山田龙城认为，这个种族此时住在南印度。释迦族住的地方应该是东印度摩揭陀国。支谦的“会多尼”，梵文是 Vartani。通常的说法是 Avaragodānīya，中国旧译是“西牛货洲”，是在西印度。至于“郁单日国”，梵文是 Uttarakuru，中国旧译是“北俱卢洲”，是在北印度。[32]

3.11　我现在把上面八条引证中提到的《般若经》流布的路线列一个表：

3.2　南天竺→西天竺→北天竺

3.3　南天竺→西天竺→北天竺

3.4　南方→北方

3.5　南方→西方→北方

3.6　南方→西方→北方

3.7　南方→西方→北方

3.8　东南方→南方→西南方→西北方→北方→东北方

3.9　南方→西方→北方

3.12　从上面的表来看，八部汉译佛典关于《般若经》流布路线的记述，基本上是一样的。只有 3.8 玄奘译的《大般若波罗蜜多经》稍有不同，是从东南方开始，到东北方止。总的结论是：《般若经》流布的路线是南→西→北。我想先在这里提出自己的一个看法，然后再进一步对路线问题加以论证。我认为，这里讲的虽然只是《般若经》一部经典，它实际上有象征意义，它象征的是新兴的大乘思潮流布的情况。

3.13　我逐渐发现，所有研究这个问题的学者都有一个共同的疏忽，他们都没有注意到一个关键性的问题：《般若经》在南方流布之前是在什么地方呢？难道它就产生在南方吗？我们先仔细玩味一下以上八部经典的口气：

3.2　“怛萨阿竭去后，是般若波罗蜜当在南天竺。”

3.3　“如来去后……”

3.4　“如来去之后……”

3.5　“如来灭后……”

3.6　“佛般涅槃后……”

3.7　“佛般涅槃后……”

3.8　“佛灭度后……”

3.9　“后末世中……”

3.14　这八部经典都讲的是，如来涅槃以后如何如何。那么，如来活着的时候又当如何呢？答案是现成的：就在如来那里。如来是在东天竺，《般若经》首先也就应该在东天竺了，是从东天竺流布到南天竺去的。3.8 玄奘译的《大般若波罗蜜多经》说得十分清楚：“甚深般若波罗蜜多我灭度后至东南方，当渐兴盛。”一个“至”字点明了流布的关键。总而言之，《般若经》流布的起点是在东方，而不是在南方。根据我在上面 3.12 中提出的看法，也可以说，大乘最早的萌芽是在东天竺，而不是在南天竺。由于学者们疏忽了这一点，有的主张大乘起源于南方，因而引起了大乘起源于南方论和北方论之争，我在下面还将谈这个问题。

3.15　我在这里引一个中国佛教学者的看法。吕澂在他所著的《印度佛教史略》[33] 第 47 页写道：

尝由地理上考当时大乘思想分布之状况，以南印

> 度为古来大众部之根据地，而《般若》法性皆空之思想即起于此地，盖为佛教之重智主义，亦可谓为主智的大乘教也，以地方言则印度的大乘教也。印度北方由阿育王以后与希腊、波斯交通，而佛教学者辈出，不无受希腊等宗教思想之影响，故有主张崇拜祷他力往生等思想之大乘教，由其主张可名主情的大乘教，由其地方则可名西域的大乘教也。

吕澂的意思是说，大乘佛教的起源分为两个阶段：首先是重智主义的大乘教，兴起于南方；其次是主情的大乘教，兴起于北方。

3.16　在《印度佛教史略》出版后四十四年，吕澂在另一部著作《印度佛学源流略讲》中[34]又谈到《般若经》的问题。他认为，《般若经》较先出现（第85页）。在经过一番考察以后，在众多的《般若经》中，先简后详（第86页）。《般若》类最早出现的是略本（第87页）。在谈到《般若经》在什么地方编纂的问题时，他引证了上面3.8引证的玄奘的译本，他同意那里面的关于《般若经》流布的路线（第88页）。他在这里提出了一个新看法：混合梵语写成的大乘经典制作地点是东印一带。这本来是我的看法，我多年来一贯这样主张，[35]现在也没有变。

3.17　吕澂把大乘的起源分为两个阶段。我也想把大乘的起源分为两个阶段。但是，我根据的资料完全不同，我的分法也完全不同。我想根据佛经的语言把大乘分为原始的大乘和古典的大乘，前者的语言是混合梵语，后者的是古典梵语。《般若经》的起源与发展大体上也遵循这个规律。在《般若经》这个大家族中，《圣胜慧到彼岸功德宝集偈》是唯一的一部用混合梵语写成的经典，分量比较少，属于简本一类。关于这个问题，我在下面还将详细地加以论证。

四 梵本《圣胜慧到彼岸功德宝集偈》的语法特点

4.1 我在这一章里不想广泛地论证这一部佛典中所有的语法特点。这一件工作日本著名梵文学者汤山明博士已经胜任愉快地、深入细致地完成了。[36]他认为，这部佛典的语言比《大事》(*Mahāvastu*) 还要混乱错讹 (corrupt)。[37]我认为，他这意见是完全正确的。我在这里只想谈三个问题：1.《圣胜慧到彼岸功德宝集偈》[38]中没有东部方言的特点；2.《宝德藏》中有西北部方言的特点；3.在 -am>-o，−u 中 -o 和 -u 是否“相等”(equivalent)？

4.2 在阐述这三个问题以前，我觉得，必须先讨论一个美国梵文学者 Franklin Edgerton 教授提出来的问题：所谓“佛教混合梵语”(Buddhist Hybrid Sanskrit，这是 Edgerton 教授使用的名词)，或者说，作为它的基础的印度中世方言是否是一个“统一的”(unique) 语言？如果我们承认它是一个统一的语言，那就用不着谈什么东部方言或西北方言。Edgerton 教授正是承认它是一个统一的语言的。我们先看他是怎样说的。在探讨了佛教混合梵语的语法之后，他对作为基础的方言的方言关系总结出以下数点：

1. 在相当多的情况下，混合梵语的特征是统一的（也可以译为“独一无二的”），或者实质上 (virtually) 是这样的。

2. 虽然与巴利文有某些共同之处，总起来看，它的形态变化在许多重要的方面与巴利文不同。

3. 它同 Apabhraṃśa 有少数共同之处，从总的性质来看，早于 Apabhraṃśa。它基本上还是属于俗语 (Prakrit) 阶段。

4. 据 Edgerton 所知，没有人把混合梵语与 Apabhraṃśa 等同起来。

5. 作为混合梵语基础的方言确实是同我们已经知道的任何中世印度方言都不完全相同。

4.3　在以上几项中最关键的一点是，Edgerton 主张作为混合梵语基础的方言是“统一的”，或者“独一无二的”。这个说法是完全站不住脚的。连同 Edgerton 观点一致的学者们也都否认这个说法。只要研究过一些用混合梵语写成的佛典，就不难发现，这些佛典的语言只有一点是统一的，那就是，它既与古典梵语不同，又与任何方言俗语不同；此外则是五花八门，纷纭错乱。拿 *Mahāvastu* 与《妙法莲华经》相比，或者同犍陀罗语《法句经》相比，都不一样，说明这些佛典在梵文化之前原文都是不一样的，哪里有什么“独一无二的”方言呢？ Edgerton 等似乎根本不承认，方言俗语，特别是混合梵语，有地区性的差别。俗语有地区性的差别，这是一个大家公认的事实。作为混合梵语基础的某一些方言俗语又怎么会忽然没有了呢？这方面最危险的一点是，Edgerton 既然主张混合梵语的基础方言是统一的或独一无二的，可是事实上摆在他面前的语言资料又确有差别。怎么办呢？为了维护自己的学说，就只好把并非“独一无二的”语言现象来加以歪曲解释，好像要把有棱角的东西上的棱角一一磨平，磨成一个圆圆的东西，模棱两可，然后就大功告成，成为“独一无二的"了。以这个先入之见指引工作，不管工作得多么细致，多么周到，引证的材料多么繁多，其结果必然南辕而北辙。因此，我们必须以最大的怀疑态度来对待 Edgerton 的论证和结论。

在说明了 Edgerton 的混合梵语是统一的语言的说法完全不能成立之后，我现在来谈我提出的三个问题。

（一）《宝德藏》中没有东部方言的特点

4.4　有没有一种东部方言？东部方言的特点是什么？这是一个有争论的问题。在俗语中是没有争论的，争论主要发生在混合梵语上。

德国梵文学者 Heinrich Lüders 教授认为，混合梵文佛典是从古代半摩揭陀语原始佛典中逐步翻译过来的。其中不可避免地保留了一些东部方言的残余形态[39]。他举出了不少的东部方言特点的例子，其中包括以 -a 收尾的阳性名词复数体格的语尾 -āni。我认为，Lüders 的意见是完全正确的。我在 *Die Verwendung des Aorists als Kriterium für Alter und Ursprung buddhistischer Texte*[40] 那篇论文中论证了不定过去时（Aorist）是东部方言的一个特点。在这篇论文中，我还列举了东部方言的六个特点（是在众所周知的三个主要特点以外的，Edgerton，Lamotte 只讲我列举了五个，是不准确的）。我列举的特点中就有 -āni。Lüders 和我的看法遭到了 Edgerton 的反对。Lamotte 追随其后，也提出了同样的反对意见。对于 Edgerton 的反对意见，我在《再论原始佛教的语言问题》[41] 这篇论文中进行了分析，作出了答复，这里不再重复。去年，我又在《三论原始佛教的语言问题》[42]这篇论文中十分详尽地论证了许多有关的问题，论证了确实存在着一部使用东部方言的原始佛典。总之，我经过了几十年的探讨与研究，认为 Edgerton，Lamotte 等的论点是不能接受的，是不正确的。我原来的观点一个也不改变。

4.5　为了给读者提供方便，我在这里把东部方言的六个特点再简略重述一下。

1. 阳性以 -a 收尾的呼格多数语尾是 -āho(u)。

2. 在 eva 这个字前面常常插入一个 y 字，成为 yeva。

3. 主动语态现在时希求语气（祈愿语气）单数第一人称的语尾是 -eham。

4. y>v。

5. 主动语态现在时陈述语气单数第三人称字根 √bhū 的形式是 hoti(梵文 bhavati，巴利文或俗语 bhoti)[43]。

6. 阳性以 -a 收尾的字体格多数的语尾是 -ā，业格多数的语尾是 -ani。在正规的梵语中，前者是 -āḥ，后者是 -ān。[44]

4.6　对上述六个特点，我自己觉得在许多篇文章里已经论证得够详尽了，现在没有必要再在这里完全重复了。但是，为了加深读者的印象起见，我还是选出了第三和第六再来谈上一谈。关于第三，我认为 -eham 是一个完整的语尾，而 Edgerton 则不然。他举了 dadeha 这个字，他把它分解为 dade'hā(aham)。[45] aham 是人称代词的单数第一人称，汉文的“我”字。孤立地来看这个分解，不能说没有道理，甚至可以说是顺理成章的。但是，我曾举出很多例子，证明这个分解是完全错误的；例子都出于 Mahāvastu：

yaṃ nūnāhaṃ kalpānāṃ śatasahasraṃ tiṣṭ
hehaṃ(I.51.7—8)[46]

tasmiṃ samaye aham anuttāraṃ samyaksaṃ-
bodhim

abhisaṃbudhyehaṃ(I.61.5)

yan nūnāhaṃ……āpadyehaṃ(II.73.16—17)

sa khalu ahaṃ bhikṣavaḥ sādhu ca suṣṭhu ca

abhisaṃskāreṇa ucchretvā pāṃśukṛtān gātrāṃ
pāṇinā

parimārjehaṃ(II.126.7—8)

这样的例子还可以举出一些来，为了避免烦琐，就举这样多了。[47]这些例子中都有 -eham 这个语尾，同时还有第一人称单数代名词 aham。按照 Edgerton 的理论，岂不是每一句中都有了两个 aham 吗？世界上哪有这样的语言呢？他的说法之不能成立，是非常显而易见的。

4.7 但是，不要慌，Edgerton 还有拥护者哩。对我提出的前五种特点，其中当然也包括 -eham 在内，他都反对。他的反对声受到比利时梵文学者 Étienne Lamotte 的喝采。Lamotte 写道：

但是，正如 Edgerton 正确地 (justement) 指出的那样，这些现象在摩揭陀语以外也能碰到，它们决不能

(nullement) 证明混合方言源于东方。[48]

Edgerton 的意见真正“正确”吗？我在上面已经作出了答复。有一些现象在东部方言以外确实是能够碰到，我认为，这些只能算是例外。我们都知道，自然现象，比如说物理现象和化学现象，是不能有例外的，而语言则是属于社会现象的范畴的，其演变同自然现象一样是有规律的。但是，这种规律要比自然现象复杂得多，起作用的因素也多得多，难免有个别的例外。每一种例外都有其原因，其中有的甚至是出于偶然性。因此，分析语言演变的现象首先要作量的分析，少数例外不能作定性的根据。hoti 和 bhoti 就是如此；其余的现象也是如此。

4.8　现在谈一谈第六个特点。这个现象是 Lüders 指出来的。[49] 后来我在 Mahāvastu 中发现了大量的这种现象，[50] 我因此认为，Lüders 的意见是完全能站得住脚的。但是，Edgerton 又加以反对。他写道：

> 我认为，这整个理论连对阿育王碑铭来说都是不能接受的，对混合梵语更不用说。正在讨论的语尾只不过是中性复数，由于这里谈到的语尾混乱 (confusion) 而产生出来的。……而且词性的形式上的混乱不限于复数．在单数中也可以发现。[51]

在下面，他一再用“混乱”这个词儿，最后他说：

> Lüders 的困难产生于他的假设：必须假设在这

里是词性变换，这违反了他自己的理论。那不是一种“词性变换”，而是词性的形式上的区分开始“崩溃”(break-down)。

原来如此！按照Edgerton的逻辑，Lüders的词性变换说是不行的，只有他的崩溃说才最“有根”（借用一句天津话）。在他的心目中，混合梵语是一团混乱，没有规律可循。“混乱”得没有办法，最后只好“崩溃”了。世界上哪里有这样一团混乱的语言呢？这样的语言还能够完成传递信息的使命吗？

其实，倘若仔细阅读一下Lüders的文章，他并不完全主张这是词性变换。他写道：

自然，在上面引用的例子中，这一个或那一个真正是词性变换(Geschlechtswechsel)，这并不是不可能的，比如cakkhupatha可能是在cakkhu的影响下变成了中性，或者vananta在vana的影响下这样改换。但是，这种解释只能适用于微不足道的少数例子。在绝大多数的例子中不可能是词性变换；下列事实可以证明：表面上看起来是中性的形式只限于复数；我怀疑能够找到像kāma，gāma，pābbata，pāda，bandhava，samudda等等的字单数体格的语尾是-aṃ的例证。[52]

事情就是如此地清楚！Edgerton似乎并没有认真阅读Lüders的

文章，把词性变换论强加于 Lüders，这种工作方法为我们所不应取。

4.9　我在上面谈了第三和第六个特点，其余的我就不谈了。总之，我认为，Edgerton 的说法是完全站不住脚的。所有这一些东部方言的特点都是清清楚楚的。至于那极少数的例外，那是不可避免的，参阅上面 4.7。可是为什么 Lamotte 又那样肯定地说 Edgerton 是“正确的”呢？其原因颇令人费解，我将研究而且探索。

4.10　把上面讲的归纳起来，我们可以这样说：一部使用东部方言的原始佛教经典确实是存在的。我说是“一部”当然决不会像后来的大藏经那样系统而完整。最初可能像中国的《论语》那样，弟子们回忆释迦牟尼的一些话，记录下来，形成一本佛典。随着时间的推移，弟子和弟子的弟子们逐渐增添上一些新东西，经典数目逐渐多了起来。但是，无论如何也决不会成为一部包罗万象的真正的经典。有的学者竟拿这个理由来反对所谓“原始佛典”(Urkanon)，这不是实事求是的做法。这样一部原始经典的语言最初是东部方言：古代半摩揭陀语，这样推测是顺理成章的。以后随着佛教的发展与传布，这部经典逐渐梵文化起来。但是，东部方言的一些语法特点在梵文化的过程中保留了下来。各种经典梵文化的程度有深有浅(时间愈晚，梵文化的程度愈深)，保留的东部方言的特点也有多有少。也并不是所有的混合梵文佛典都是从东部方言经过梵文化而形成的。有的佛典有这种东部方言的残余，有的就没有。说明它们的来源不同。《宝德藏》属于后者。我上面举出的几种东部方言的特点，《宝德藏》都没有。因此，它的原生地不可能是东天竺，它的原本不可能是用东部方言写成的佛典。关于原始佛典问题，是有争论的。我在《三论原始佛教的语言问题》中已有详细论证，请参阅。[53]

4.11　有一个问题我还没有能够解决。从前我国西藏学者 Buston 在他所著的《佛教史》中对《宝德藏》有一个说法。我在上面已经谈到，这一部佛典中没有东部方言的痕迹。但是 Buston 却说：

> 谈到《宝德藏》，我们在它的一部注疏中读到：它后来被使用摩揭陀方言来宣讲，以便给四众以满足。[54]

这增加了问题的复杂性。什么叫“后来”(subsequently)呢？为什么用东部方言摩揭陀语来宣讲呢？这样为什么就会给四众以满足呢？这些问题我目前都无法解答。但是，我认为，这是一个极为重要的问题，我将继续探讨。

4.12　Edgerton 在 *Grammar*§1.30 中引用了林藜光的论点：原始佛教多中心、多语言论，并且表示赞同。林的学说我以前曾作过评论，[55] 请参阅。我认为，这个学说是无法讲通的，这里不再重复了。

（二）《宝德藏》中有西北部方言的特点

4.13　我在这里讲的西北部方言的特点指的就是 -aṃ>-o

或 -u。对于这个问题是有争论的。真正明确地提出 -aṃ>-o 或 -u 是印度古代西北部方言的特点的，是我在 1944 年发表的一篇论文：*Die Umwandlung der Endung -aṃ in -o und -u im Mittelindischen*。[56] 在那以后，我曾多次论证这个问题。[57] 我自己认为，我的论据是充分的，是可靠的。但是，有一些学者却提出反对意见。Bechert 先是赞成，[58] 后又反对。[59] 也或许是，先是反对，后又赞成。因为按照出版年代，反对在先，赞成在后。至于论文写成的年代，则无法确知。这是一个我以前没有发现的问题。[60] 不管怎样，他提出在 Gāndhārī 方言中没有这个变化，是不符合事实的。

4.14　Lamotte 论述了西北部俗语（Le prākrit du Nord-Ouest）。他讲到阿育王把佛教传播到了克什米尔—犍陀罗。他讲到这地区的方言——中世西北部俗语或犍陀罗语 (Gāndhārī)。他讲到使用这种方言的碑铭和佛典，共有五项之多。他最后又讲到西北部方言的语言特点。我认为，这些特点大都是无关重要的。他唯独没有讲到最显而易见的特点—— -aṃ>-o 和 -u。他显然是根本不承认，这是一个特点。[61] 我的那一篇论文他是读到过的。他在后面 [62] 讲到了它，但是对我的主要论证不置一词。Edgerton 是反对我的论点的，参阅下面（三）。

4.15　在汤山明的《宝德藏》原文精校本中，有大量的 -aṃ>-u 的现象，极其个别的是 >-o。我在下面举一些例子。我只举前五章中的例子，对于说明问题，这已经足够了。大写的数字标明章数，小写的数字标明颂数，abcd 标明行数：

			原文	等于
I	1	a	gauravu	gauravam
I	1	a	prasādu	prasādam
I	6	b	sthānu	sthānam
I	11	c	ahu	aham
I	16	a	ayu	ayam
		d	ayu	ayam
I	17	b	agru	agram
			ayu	ayam
I	18	b	uttamu	uttamam
		c	śaṭhu	śaṭham
I	19	c	nirvāṇu	nirvāṇam
I	21	a	ayu	ayam
		c	ayu	ayam
			yānu	yānam
I	22	b	nirvāṇu	nirvāṇam
I	24	b	anupādu	anupādam
I	26	c	-upādu	-upādam
I	27	a	dharma-nāmu	dharma-nāmam
		c	jñānu	jñānam
		d	arthu	artham
		d	ayu	ayam
II	3	d	sthānu	sthānam

II	5	c	nirvāṇu	nirvāṇam
II	11	c	etu	etāṃ(《语法》, §26.29)
II	13	c	ahu	aham
III	1	d	otāru	otāram
III	2	b	-mayu	-mayam
III	5	a	ayu	ayam
IV	1	d	ahu	aham
IV	5	a	dānu	dānam
V	3	d	pustaku	pustakam
V	6	a	maṇḍalu	maṇḍalam

4.16　例子就举这样多。这只是前五章中的例子，数量已经很可观了。这些都是-aṃ>-u的。-aṃ>-o的例子，汤山明在《语法》§8.20—1中举了两个：pramāṇo XXVI 1c；bodhi-yāno I 21a。汤山明对这个现象是怎样解释呢？他好像也不认为，这是西北部方言的特点。他对此没有系统的阐述。我的那一篇文章，我想，他是看到过的。但是，同Lamotte一样，不置一词。同他的谈话中，他好像是不同意我的论点。在《语法》§1.5中，他讲到他想通过同其他印度中世语言的比较，找到一个作为《宝德藏》语言基础的方言，从而确定这部经典的来源地。以他的学术造诣之深，方法之精密，他是胜任愉快的。但是我认为是西北部方言明确的特点的，他却不接受，殊为费解。

4.17　我们现在看一看，汤山明在他的《语法》中是怎样处理这个问题的。他倾向于“词性变换”（change of gender）。

从 §6.2 到 §6.39，他举了大量的词性变换的例子。但是有时候他似乎又有点举棋不定，比如 §8.21 他说："非常可能地是词性变换"（most probably with change of gender）。"在这一点上，他有点像 Edgerton。我的印象是，对 Edgerton 的说法，他基本上都是同意的。在佛教混合梵语中，词性变换非不可能。在《宝德藏》中也是如此。但是决不可能漫无边际，或者混乱一团。专就我们讨论的 -aṃ>-u(-o) 而论，这是一个音变现象。这样的现象的根源应该是统一的。我们不应该使用多种解释来对待同一个音变现象。名词和形容词可能有词性变换。难道代名词也能有词性变换吗？第一人称代名词 aham 变成 ahu，指示代名词 ayam 变成 ayu，imam 变成 imu，这里怎么能谈到词性变换呢？非人称副词 śakyam 变为 śakyu，复数属格 -ānām 变为 -ānu，更难谈什么词性变换了。同一个音变现象，我们不能在一个地方解释为词性变换，而在另一个地方则无法解释。勉强这样去做，就难免牵强附会、捉襟见肘。我感觉到，不承认 -aṃ>-u(-o) 是西北部方言特点的学者们，哪一个也没有拿出真正充分理由来为自己的说法辩护，我颇认为遗憾。

我在这里再举两部以前没有举过的著作，来证明我的看法。Sukumar Sen 的 *A Comparative Grammar of Middle Indo-Aryan*，第 77 页说，在 Avahaṭṭha 中，-aṃ 变成了 -u；第 81 页，他列举了一些 -aṃ>-u 的例子，他一方面说"体格有时候会扩展到业格"，意思是说是格变；但是他接着又说"以 -u 收尾的字可能是真正的业格"，意思是说是音变，接着他说，在犍陀罗语中和 Apabhraṃśa-Avahaṭṭha 中的 -am>-um 就是这样。M.A.Mehendale 的 *Historical Grammar of Inscriptional Prakrits* 在第七章：形态变化中举出了在西北方言中名词和形容词阳性单数业格和中性单数体格和业格的语尾是 -o 的情况（第 238 页）。古代印度方言的实际情况就是这样。有人硬是不承认 -aṃ>-u 的音变现象，理由究竟何在呢？

4.18 至于 Edgerton，他同其他学者还有点不同。上面 §4.2 中，我已经谈到，Edgerton 主张佛教混合梵语是一种统一的语言。既然语言是统一的，那就不允许还有什么地区的特点。因此，-aṃ>-u(-o) 的现象必须想方设法把它的特点解释掉。否则他的学说的整个架子就会塌落。对他来说，这是非常危险的，绝对不允许发生的。我那篇论文的主要依据是阿育王碑，这在文章中说得一清二楚。然而在 Edg.*Grammar*§1.97 中，他却说我追随 Jacobi，而 Jacobi 的 -aṃ>-u 的现象不存在于东部 Apabhraṃśa 的主张已经不能成立（untenable）了，于是季羡林也就不行了。其实我只举了 Jacobi 的说法作为例子之一；即使他的说法不能成立，也无损于我的说法，也决不会影响 -aṃ>-u(-o) 是西北部方言特点的这一个论断。

4.19 总之，我在四十年前提出的 -aṃ>-u(-o) 是西北部方言特点的看法，尽管遭到了一些学者的反对，我今天不但不想放弃，而且更加坚持。因为，一直到今天，反对的学者没有哪一个提出了坚实可靠的证据来说服我，而且在这一段时间内出现的新书证明了我的看法并没有错。Brough 的 *Gāndhārī Dharmapada* 中有大量的 -aṃ>-o 和 -u 的例子。我在下面还要讲到这一部书。

（三）在 -aṃ>-o，-u 中 -o 和 -u 是否相等(equivalent)？

4.20　说老实话，当年我写那一篇论文的时候，我根本没有想到这个问题，没有想到这能成为问题。我认为 -o 与 -u 等同，是很自然的。但是，Edgerton 却提出了异议。有人提出异议，总是一件好事情，它能促使我进一步考虑。我在下面就谈一谈我考虑的结果。

4.21　Edgerton 在 *Grammar*§1.97 中先引用了我在 1944 年发表的那一篇论文，然后写道：

> 他（指季羡林——羡林注）认为 o u 是等同的。这对佛教混合梵语是讲不通的（他认为，在这里 o 几乎完全消逝了，p.133，意思是说，它曾存在过），这对阿育王碑也讲不通 (Shahbazgarhi 在这里只有 o，而没有 u)。……可是，他相信，u 代替 aṃ 是西北部中世方言的一个特点。他追随 Jacobi 的假设，说它 (aṃ>u) 不存在于东部 Apabhraṃśa 中，这假设今天已经不能成立了。

他在下面又讲到，aṃ>u 在佛教混合梵语经典中绝大多数的韵文部分里是常见的。他还在他的 *Grammar* 中很多地方都谈到与此相关的问题。参阅 §1.96；§3.58；§8.30；§8.86。地方虽多，但支离破碎，让人捉不住他的中心思想，有时候还自相矛盾。

4.22　要想从 Edgerton 的混乱的思路中理出一个头绪来，

是非常困难的。虽然如此，我仍然不能不做这一件“艰巨的”工作，否则要评论他的论点，就有无从下手之感。我在下面分五大项来谈这个问题。

4.23(1) 我仔细研究了Edgerton提出的论点，其中之一是：阿育王Shahbazgarhi碑铭中只有o，没有u；因此他就断言，我把o和u等同起来，是讲不通的；而他也就断言，o和u不能等同。我觉得，这种理由非常滑稽可笑。阿育王碑只有o，如何同u来等同呢？我把o和u等同起来，不是专看某一个时期，而是从整个历史发展来看的。我在下面列一个表：

阿育王碑	o	
佉卢文碑	o	
佉卢文《法句经》	o	u
佉卢文Niya俗语	o	u
佛教混合梵语	u(极个别的o)	

这个表基本上是按年代排列的。由o到u的发展，脉络分明：最早是-aṃ>o，中间o u并存，最后是u。按照这个顺序，《宝德藏》应该属于最后一类。

4.24(2) Edgerton认为，aṃ>u在佛教混合梵语经典中绝大部分的诗歌中是常见的，是受到韵律的制约(m.c.)而形成的。*Grammar*§1.97，他提出这个看法。§3.58，他说：“这个语音变化似乎限于诗歌，是由于韵律的缘故。”§8.30，他又重申这一层意思。这个说法是讲不通的。阿育王碑并非韵文，可是也有这个现象。这是一个正常的音变。用不着作其他的解释。即使我们退一步承认它是受韵律的制约而产生的，aṃ能够变为o

或 u 这一个事实终归是必须承认的。

4.25(3) Edgerton 强调，o 与 u 不同。他在 *Grammar*§1.96 中说："u 不是 o 的缩小 (reduction)，也与 o 没有任何联系。"从语音变化来讲，o 是 u 的 guṇa(二合元音)，二者只有量的不同，而没有质的不同。怎么能说没有任何联系呢？ Edgerton 一定要这样来解释：以 -a 收尾的字阳性单数的体格的语尾是 -aḥ，在某一些字母前变为 -o，由于变格，体格变成业格，业格的正规语尾是 -aṃ，于是 o 就顶替了 -aṃ；又由于变性，中性变成阳性，中性单数体格和业格的语尾是 -aṃ，o 在这里又顶替了 -aṃ。o 的来源就是如此地复杂。[63] 中国俗语说："天下本无事，庸人自扰之。"只需承认一个音变——aṃ>o，这个问题就简洁明了地解决了。Edgerton 却非把问题弄得这样混乱复杂不行，称之为庸人自扰，难道还算是过分吗？

4.26　此外，我们还有证据，证明 aṃ>o 和 aṃ>u 是完全可以等同的。在 John Brough 校订的《犍陀罗语法句经》[64] 中，以 -a 收尾的字干有这种音变现象：-o，-u，-a 并存。Brough 作过一个统计，列了一个表：

	-o	-u	-a
阳性单数体格	118	98	19
阳性单数业格	4	35	107
中性单数体格	6	23	71
中性单数业格	4	45	84[65]

除了第一种以外，其他三种的语尾都应该是 -aṃ；但在这里代替 -aṃ 的共有三种情况：-o，-u，-a。-o 与 -u 是同时出现

在同一部佛典中的，怎么能说 -o 与 -u 不能等同呢？甚至在同一颂中，-o 和 -u 也并肩存在。《犍陀罗语法句经》64：

巴利文 dhammārāmo dhāmma-rato
dhammaṃ anuvicintayaṃ
dhammaṃ anussaraṃ bhikkhu
sad-dhammā na parihāyati

犍陀罗 dhamaramu dhama-radu
dhamu aṇuvicida'o
dhamu aṇusvaro bhikhu
sadharma na parihayadi

犍陀罗语的 dhamu 相当于巴利文的 dhammaṃ。anuvicintayaṃ 和 anussaraṃ 都是现在分词阳性单数体格，在犍陀罗语中变成了 aṇuvicida'o 和 aṇusvaro。-aṃ 在西北部方言中既变成 -o，也变成 -u，在同一颂中都是如此，o 与 u 之不同究竟何在呢？Edgerton 显然不能自圆其说。

4.27(4) Edgerton 强调形态混乱（Morphological confusion），但又自相矛盾。关于“混乱”的问题，上面 4.8 已经谈过一些。现在再从另一个角度来谈一谈。Edgerton 在 §8.36 中写道：

> 阳性单数体格的语尾 -o 似乎也出现于业格和中性单数体格和业格。

在 §1.96 中他写道：

> 在佛教混合梵语中，我们仅在极少数的以 -a 收尾的语干的阳性单数业格或中性单数体格和业格中找到 o 代替 aṃ 的现象，这显然是由于形态混乱的缘故（体格代替业格，阳性代替中性）。因此，这种情况似乎和尼雅同和阗文献的西北部俗语以及俗语《法句经》（*Dutreuil de Rhins* 残卷）十分不同，在这里，一般说来，o 和 u 代替语尾 aṃ 似乎都出现了。

我觉得非常奇怪，在佛教混合梵语中是“形态混乱”，到了这里怎么竟“十分不同”了呢？为什么“十分不同”，Edgerton 没有解释，实际上是不了了之。其实，只要承认 -aṃ 既变成 -o，也变成 -u 这个极其简单的事实，这些困难都可以迎刃而解。然而 Edgerton 先生却偏偏不肯承认，以致弄得左右支绌，窘态毕露了。

4.28(5) 同一个音变现象，却要多种解释。除了上面讲的那一些情况以外，-aṃ>u 的现象还见于其他语法形式中。Edgerton 在 *Grammar*§3.5；§8.125；§20.7；§20.38；§21.40 等处提到了 -ānām>ānu；teṣām>teṣu；aham>ahu；vayam>vayu；ayam>ayu 等现象。在这里，他那一套“形态混乱”的法宝完全失去用武之地了。在 §8.30，他被迫写道：

> 因此，我们大概必须同 Pischei 351 和季羡林，

§1.97 一样，承认这是-aṃ.，-aṃ 的一个语音发展。显然，
这只是由于韵律的限制 m.c.

好了，绕了好多弯子，Edgerton 终于承认了。但是，他在这里仍然加上了一个“韵律限制”的尾巴（这一条尾巴也是站不住的，参阅上面 4.24)，而且并不想改正自己那些自相矛盾的说法。[66]

五《宝德藏》的起源地问题

5.1 根据我上面的论述，读者或许已经相信了，-aṃ>-o，-u 是西北部方言最突出的特点。既然《宝德藏》中有大量这样的音变现象，同时又没有东部方言的特点，那么，我们就可以推测，这一部佛典的最原始的形态，不像有一些佛典那样，源于东天竺，而是源于天竺西北部。我在上面第三章中曾说到，《般若经》流布的起点是释迦牟尼所在的地方——东印度。因此，《宝德藏》在般若部大家族中不是最早的成员。这个问题十分复杂。就我们目前所能掌握的资料来看，我自己现在还不具备解决这个问题的能力。我今后将继续探讨。

六《宝德藏》的产生时间问题

6.1 根据我现在掌握的资料，对于《宝德藏》产生的时间，有两种截然不同的看法：一个认为最早，一个认为最晚。我现在先谈一谈主张产生早的学者们的意见，大体上按照论文或者专著发表时间的先后来谈。第一位是 Edward Conze。他详细对

比了《宝德藏》与 *Aṣṭasāhasrikāprajñāpāramitā*(《八千颂般若波罗蜜多经》)。他的结论是:《宝德藏》的前两章代表般若部最初的思想,可能产生于公元前 100 年。[67]

6.2 第二位是汤山明。他在很多论文中都强调《宝德藏》的语言是处在“最早的发展阶段”(at its earliest stage)的佛教梵语。在 *Some Glossarial Notes on the Prajñā-pāramitā-ratna-guṇa-saṃcaya-gāthā*, Proceedings and Papers of the Fourteenth Congress of the Australian Universities Language and Literature Association Held 19—26 January 1972 at the University of Otago, Dunedin, New Zealand, ed.by K.I.D.Maslen (Dunedin 1972) pp.30—37,他写道:

> 《般若波罗蜜多宝德藏伽陀》是处在最早发展阶段的佛教梵语文学的一个美妙的典型。

在 *Some Grammatical Peculiarities in the Prajñā-pāramitā-ratna-guṇa-saṃcaya-gāthā*, Proceedings of the 28 International Congress of Orientalists, Canberra, 6—12 January 1971, p.95,他写道:

> 在般若部中,《宝德藏》好像是唯一的一部已知的用处在最早发展阶段上的所谓佛教梵语写成的经典。

在 *The First Two Chapters of the Prajñā-pāramitā-ratna-*

guṇa-saṃcaya-gāthā(Rgs), *Prajñāpāramitā and Related Systems Studies in Honor of Edward Conze*, Berkeley Buddhist Studies Series, I, 1977, p.203，他引用了 Conze 的意见（参阅上面 6.2）。

6.3　第三位是 Lal Mani Joshi。他在他所著的 *Studies in the Buddhistic Culture of India*, *Motilal Banarsidass*, 2nd. revised ed. Delhi 1977，p.3 写道：

> 大乘的基本教义概念在般若部经典中有详尽的叙述。大乘经典的这一部类中最早的是《八千颂般若波罗蜜多经》，人们认为这一部经典产生于公元前一世纪。

他在这里的依据是 N.Dutt, *Aspects of Mahāyāna Buddhism and its Relation to Hīnayāna*, London, Luzac & co., 1930; Ed.Conze, *The Oldest Prajñā-pāramitā*, *The Middle Way*, Vol.XXXII, No.4, 1957。他又接着写道：

> 根据这一部经典的说法，般若波罗蜜多学说（也就是大乘）出现于南方，流布到东方，繁荣于北方。这种说法，从历史上来看，似乎是正确的，其他资料也支持这种说法。西藏传说认为，势罗部（śaila）是大众部的支部，根据玄奘的记载，他们有一部独立的经藏，叫做《禁咒藏》（*Dhāraṇī-Piṭaka*）。

《大唐西域记》卷十，驮那羯磔迦国说：

> 城东据山有弗婆势罗唐言东山(Pūrva Śaila)僧伽蓝，城西据山有阿伐罗势罗唐言西山(Avara Śaila)。

同书，卷九，摩揭陀国下讲到第一结集时说：

> 于是凡、圣咸会，贤、智毕萃，复集《素呾缆藏》、《毗奈耶藏》、《阿毗达磨藏》、《杂集藏》、《禁咒藏》，别为五藏。而此结集，凡、圣同会，因而谓之大众部。

这就是 Lal Mani Joshi 的根据。[68]

6.4　第四位是吕澂。他在《印度佛学源流略讲》(上海人民出版社，1979 年) 第 85—86 页讲到《般若经》，他认为《法华》、《华严》的主要思想都建立在般若的基础上，理应先有《般若经》。《般若经》一出现，就采取“方广”的形式，从而证明了般若类是最早出现的大乘经。般若诸经，有详有略。在第 86 页上，他写道：

> 既然有详有略，就有两种可能：一个可能由详到略，而详本在先；一个可能由略发展到详，而略本较早。按实际情况分析，先略后详，先有小本而后发展为大本，还是合理一些。

下面，他讲了八个理由：第一，开始的分量不能与部派公认的诸经分量相差太多。第二，部派诸经全凭口传，大乘一上来就有文字记录。开始不可能太详、太大。第三，从中国翻译史来看，翻译的般若部是先简后详。根据以上说的理由，简本的《宝德藏》似应早出。

6.5　第五位是 A. K. Warder。他在 *Indian Buddhism*, *Motilal Banarsidass*, 1st. ed. Delhi 1970，第 546—549 页按年代顺序把大乘经典列了一个表。在“早期大乘”(The Early Mahāyāna)这个标题下列上了《大宝积经》等等，其中有《八千颂般若波罗蜜多经》和《宝德藏》。在“般若波罗蜜多经较晚的本子”(The Later Versions of the Prajñāpāramitā)这个标题下，他开列了：《十万颂》、《二万五千颂》、《一万八千颂》、《一万颂》、《二千五百颂》、《七百颂》、《五百颂》、《三百颂》、《一百五十颂》、《胜天王般若波罗蜜经》、*Nāgaśrī*(在《大般若波罗蜜多经》中)、《佛说圣佛母小字般若波罗蜜多经》、《佛说帝释般若波罗蜜多心经》、《般若波罗蜜多心经》、《五十颂》、*Pañcaviṃśatikāprajñāpāramitāmukha*、*Ekākṣarī*、《四千颂》、*Pañcapāramitānirdeśa* 等般若部经典。他说，还有一些短小的经典，多数只见于西藏文中。在“晚期大乘”(The Later Mahāyāna)这个标题下，他列了《法华经》等等。Warder 把《宝德藏》排在《八千颂》后面，无疑是完全正确的。汤山明的精校本[69]最后的题署是 śatasāhasrikāyā bhagavatyā<ḥ>prajñā-pāramitāyāḥ saṃcaya-gāthā-pari-vartaś caturaśītitamaḥ samāptaḥ(《十万颂圣般若波罗蜜多经》第84章《集偈章》终)。但是，我国西藏所藏贝叶经中有《宝德藏》的原本。根据罗炤同志的来信，其中之一的正文结尾处的题署明确说明，《宝德藏》是《八千颂》的缩写本(anusāreṇa)(请参阅上面1.7)。汤山明的精校本最后也有题署，但与此处不同。请参阅精校本第XVI页，第XXIV页，第131页。总之，根据上面谈到的这种情况，Warder把《宝德藏》排在《八千颂》后面，是很恰当的。

6.6　Warder在同一部书中，第365页，写道：

> 根据一个西藏记录的传说，弗婆势罗和阿伐罗势罗学派(参阅上面6.3引用的《大唐西域记》)有一部《般若波罗蜜多经》(用俗语写成，现存的本子或多或少是用梵文写成的，较古的本子可能是“梵文化的”，较晚的本子用梵文写成；最少梵文化的是唯一的一部用诗歌组成的——《宝德藏》，它与《八千颂》关系密切，可能保存了部分的古代势罗本，虽然后来窜入了一些东西)。

Warder在这里引用了Lamotte的看法(*Sur la Formation du Mahāyānā*, Asiatica[Weller], 387)。我认为，Warder的意见值得参考。

6.7　以上五家都主张，在般若部大家族中，《宝德藏》是早期经典。但是，也有不同的意见。罗炤认为：“《圣胜慧到彼岸功德宝集偈》当属般若部晚期经典，在《大般若经》中找不到与其形式相同的部分。”[70] 据罗炤告诉我，写这一篇文章时，他还没有看到我上面引用的那一些资料。他之所以认为《宝德藏》晚出，是因为此经在中国译出较晚，而且在玄奘搜集并编纂《大般若经》时，他搜集得相当齐全，但却没有《宝德藏》。罗炤的意见我认为是值得重视的。我虽然主张《宝德藏》早出，但是对罗炤提出的意见，我还无法解答。学术上不能少数服从多数，看来这个问题还要继续探索下去。

七 《宝德藏》的起源与原始大乘的起源问题

7.1 限于目前我能掌握的资料，我在这里只能简单地谈一下这个问题。

大乘佛教的起源问题争论很多。有关这方面的文章也已很多。我自己多年以来就始终在考虑这个问题，已经积累了不少的资料，早想写成一篇文章。但是，我总觉得，自己的看法同别人不同，怕别人认为是奇谈怪论。我也曾考虑放弃自己的看法。可是别人的论点对我也根本没有说服力。我决心仍然保留自己的看法。我在这里结合《宝德藏》把我的看法讲一个大体的轮廓。我认为，早期的大乘佛教可以区分为两个发展阶段：原始大乘和古典大乘[71]。所谓原始大乘，是指刚刚萌芽的大乘。已经有了个别的佛典，都使用俗语，但逐渐梵文化起来。所谓古典大乘，是指比较成熟的大乘，佛典的数目增多了，使用的基本上是梵文。这是大乘发展的两个阶段。吕澂在地理上考察当时大乘思想分布的情况，认为南印度是古来大众部的根据地，般若法性皆空之思想即源于此地，这是佛教的重智主义，可称之为主智的大乘教，或印度的大乘教。印度北方自阿育王后，受希腊宗教影响，主张崇拜祈祷、他力往生。这可以称之为主情的大乘教，或西域的大乘教。[72]情况恐非如此，下面还将谈到。

7.2　宗教是历史和社会现象，它是在人类社会一定的发展阶段上产生的，在一定的时期也将消亡。它随着社会的发展而发展，顺应社会需要的改变而改变。世界上众多宗教的发展趋势或规律是：它让信徒们用越来越少的个人精神上和身体上的努力，得到越来越广泛的宗教满足；满足宗教需要而又不影响生产力的发展。顺乎这个规律则昌；反之则亡。佛教小乘产生于北印度小国林立的时代。它强调个人苦修，以求得解脱。它对个人精神上和身体上的要求都很高。这种做法是能满足那个时代的需要的。但是，随着时间的推移，新的情况出现了：北印度形成了孔雀王朝的大帝国。时代环境的变化必然反映到佛教上来，它必须减少个人的努力，以顺应时代的要求，必须在形式和内容上都加以改革，以适应生产力的发展。大乘佛教最主要的特点，我认为，就是否定个人苦修，提倡虔心归依，只需拜佛念经，即可获得解脱，甚至还能成佛作祖。这种倾向发展到了极端，就成了“放下屠刀，立地成佛”，天国的入门券便宜到无以复加了，天国人人有份了。这样的意识形态正是大帝国所要求的。大乘产生不是完全由于外来影响，首先是出于内部需要。由小乘到大乘的转变是渐进的，有一个从量变到质变的过程。因此，我想，原始大乘的萌芽应该说是在孔雀王朝时期，萌芽的地方应该说是东天竺。一般学者都主张，大乘源于迦腻色迦时期，地点是印度西北部。这个说法不能说是错误的；但这是我称之为“古典大乘”的思想，与原始大乘应该区分开来。在这里，大乘之所以能繁荣昌盛，其原因是：已有东部摩揭陀国的发展基础，又受到了外国，比如说希腊和波斯等国宗教思想的影响，同时还能满足迦腻色迦大帝国的需要。主情的大乘教应该在前，地点也不限于印度西北部；主智的大乘教不限于南印度，而且主智中也有主情。二者在内容上只有轻重之分，而没有根本的差别；时间上有先后之分，而不是截然对立。

7.3　我已经在几篇论文中谈到，我同意 H. Lüders 的意见，在一些佛典中有东部古代半摩揭陀语的残余 (Māgadhismus)。《妙法莲华经》就是其中之一。我认为，《法华经》的产生地是摩揭陀，时间是公元前二世纪左右。Warder 把这一部经排在晚期大乘佛典中，值得怀疑。我在上面 4.4—4.10 中已经比较详尽地分析了 Edgerton 等反对佛经中有东部方言特点的说法，他们的论点无论如何也难以使人心服。从语言特点方面来看，《法华经》应该属于原始佛教这一范畴。

7.4　般若部同原始大乘有什么关系呢？般若部中唯一的一部用佛教混合梵文写成的《宝德藏》中没有东部方言的特点，这一点我在上面第四章中已经详细谈过了。它在语言方面最惹人注目的特点是西北部方言 -aṃ>-u(-o)。这一件简单的事实告诉我们，《宝德藏》必然同西北部有某种联系。只要 -aṃ>-u(-o) 是西北部方言的特点这个说法驳不倒，我这一番结论也就无法驳倒。

大乘与印度北部和西北部有密切的联系，这一点过去已经有很多学者讨论过了。上面7.2中我谈到迦腻色迦与大乘的关系，也证明了这一点。上面3.1—3.14我谈了般若部流布的情况。八部汉译佛典几乎都承认，般若部最后流传到了北天竺，从中也可以看出，大乘与北印度的密切关系是无可怀疑的。

7.5　般若部同东方有没有关系呢？现有的般若经，除了《宝德藏》以外，都是用梵文写成的。利用语言特点来确定地域的办法在这里无法应用。从上面3.11所归纳的《般若经》的流布路线来看，也看不出它与东方的关系。在引用的八部佛典中，有七部的路线是南方→西方→北方。只有3.8是东南方→南方→西南方→西北方→北方→东北方，这里有东南方和东北方，似乎与东方有点瓜葛，但也难以十分肯定。实际上，般若部与东方是有联系的。大乘经典都自称是如来亲口所说，这种例子不胜枚举。我只举一个龙树菩萨的说法。龙树自己出生于南印度[73]。但是，他并不相信，大乘起源于南印度。在《大智度论》卷四，[74]他说："佛法有二种：一秘密，二现(显)示。"所谓"秘密"，指的是大乘。所谓"显示"，指的是小乘。两种都是如来所说，但是有先有后，完全根据信徒的觉悟水平而定。总之，龙树的意思是说，大乘同小乘一样，也来源于东天竺。我们知道，在事实上，这是绝对不可能的，为了提高大乘的身价，不得不尔。[75]我之所谓"绝对不可能"，是指如来同时说小乘和大乘。但是，大乘思想萌芽于东印度，则恐怕是一个历史事实。仍然引龙树的说法。在《大智度论》卷六十七，他说：

> 是深般若波罗蜜，佛灭度后当至南方国土者[76]，佛出东方，于中说般若波罗蜜，破魔及魔民外道，度无量众生，然后于拘夷那竭双树下灭度。后般若波罗蜜从东方至南方，如日月五星二十八宿，常从东方至南方，从南方至西方，从西方至北方，围绕须弥山。[77]

我上面曾说到，般若波罗蜜在这里是大乘的象征。龙树隐约道破了大乘思想起源和流布的情况。[78]

7.6 般若部与印度东部有联系，这一点已无可置疑。大乘佛教典型的（就其与小乘佛教有区别而言）思想，般若部中也可以找到。我指的是虔诚拜祷、他力往生的学说。这种思想我在上面 7.2 中已经谈到，这里再补充几点：

《道行般若经》卷四《叹品》第七：

> 说法时得功德，不可复计。[79]

同上书，卷一：

> 皆持佛威神。[80]

《摩诃般若钞经》卷一：

> 佛弟子所说法所成法皆承佛威神。[81]

同上书，卷二：

若（有）书般若波罗蜜持经卷自归作礼承事，供养名花、好香、捣香、杂香、泽香、烧香、缯綵、华盖、幢幡，复书经卷，分与他人令供养之，其福甚大。[82]

《小品般若波罗蜜经》卷三：

不如善男子善女人以般若波罗蜜经卷与他人，令得书写、读诵，其福甚多。[83]

《大般若波罗蜜多经》第五百三十八：

世尊弟子敢有宣说显了开示，皆承如来威神之力(buddhānu-bhavena)。[84]

这种例子多得不胜枚举。我们现在研究的《宝德藏》中也有类似的说法。参阅上面2.4："此诸如来胜威德"，"彼亦皆是如来大师威神力"。以上引用的这些《般若经》里面讲的是，诵读佛经，书写佛经可以积福，以香花等供佛可以积德；强调要仗恃佛的威神力，而不是个人苦修。这些举动对信徒在身体和精神两个方面的要求都非常低。只要虔信，即可获福，实在是再简单不过了。龙树说，大乘"广大"，"益一切"。什么是"广大"呢？广大就是气派大，格局大，一讲就是"益一切"，普渡众生。相比之下，小乘只讲个人苦修，气派和格局都太渺小了。小乘这种做法实际上是与社会对立。这种信仰笼络不了很多人。一个大帝国决不欣赏和提倡这样的信仰，这是很容易理解的。上面 7.1 我 引了吕澂的说法，他认为般若部是重智主义。但是我举的这些例子是典型“主情的”的信仰。足见吕澂的说法（可能来自日本的什么人）是不完全正确的。

7.7　最后，我想谈一谈关于大乘起源的两种说法：南方起源说与北方起源说。上面我已经说过，大乘南方起源说几乎为所有的学者所承认。因此，我在这里不再细谈。我只着重介绍一下北方起源说，主张这个学说的是 Lamotte。他的主要论点基本上都写在 *Sur la Formation du Māhāyana* 中，请参阅。我在这里只引用他的几个论点。他引用了萨陀波伦（Sadāprarudita）菩萨的故事，这个故事见于许多《般若经》中，比如《道行般若经》卷九[85]；《大明度经》卷六[86]；《小品般若波罗蜜经》卷十[87]；《佛说佛母出生三法藏般若波罗蜜多经》卷二十五[88]；《放光般若经》卷二十[89]；《摩诃般若波罗蜜经》卷二十七[90]；《大般若波罗蜜多经》卷三百九十九[91]；*Aṣṭasāhasrika*, ed. Mitra, p. 507 等等。故事的内容大体上是这样的：萨陀波伦（在《大般若波罗蜜多经》中作“常啼”，意译）菩萨想学习般若波罗蜜多，他得到无量三昧门。佛告诉他，法上（Dharmodgata）菩萨世世常以阿耨多罗三耶三菩提教授他，让他感恩戴德。萨陀波伦从三昧起，他想卖身供养般若波罗蜜多和老师。他最后在香氏（Gandhavatī）找到了般若波罗蜜多。Gandhavatī，据古事记说是在印度西北部。这个故事明确暗示般若部与西北部的密切关系。Lamotte 又引用了西藏佛教史家多罗那它（Tāranātha）的记载，说文殊菩萨化身为一比丘，来到欧提毗舍国（Oḍiviśa）月护王（Candrarakṣita，Candragupta）那里，留下了一部《八千颂般若波罗蜜多经》。Lamotte 引用了 *Mañjuśrīmūlakalpa* LIII，V.574：

Mahāyānāgradharmaṃ tu buddhānāṃ jananīs
tathā Prajñāparamitā loke tasmiṃ deśe pratiṣṭhitā
大乘最妙法 诸佛[92]之生母
般若波罗蜜 在此地生出

“此地”，指印度西北部。Lamotte 还引用了《大悲经》（*Mahāka-ruṇāpuṇḍarīka*）。世尊告诉阿难说：“汝莫忧悲！我之梵行当广流布，各能增益诸天人众。”流布的路线是：1.摩偷罗城（即《大唐西域记》卷四之秣兔罗国）优楼蔓荼山；2.波离弗城（即华氏城）；3.鸯伽国（Aṅga）；4.金钵悉陀城（Suvarṇadroṇa）；5.娑鸡多城（即阿踰陀城）；6.北天竺国罽宾川；7.北天竺乾陀罗国（Gandhāra）；8.北天竺国得叉尸罗（即《大唐西域记》卷三之罽叉始罗国）；9.北天竺国富迦罗跋帝（Puṣkaravatī）；10.北天竺国；11.边国舍摩（Śāmaprāntadeśa）；12.北天竺国兴渠末但那城（Hiṅgumardana），总共十二处。Lamotte 说十一处，是错误的。在这十二处大乘堡垒中有七处 (5 至 12) 是在贵霜王朝领土的印度西北部，可见大乘与西北部关系之密切。Lamotte 总的意见是：

> 贵霜时期，特别是在迦腻色迦统治时期，大乘自发地(spontanément)出现在印度许多地区，特别是在西北地区和和阗地区，在那里取得了惊人的胜利。[93]

大乘的兴起自然有其社会根源，是政治和经济的发展所促成的，哪里有什么“自发地”呢？总之，Lamotte 列举了大量例证，在反对 de la Vallée Poussin 和 Tucci 等的大乘南方起源论方面，他有正确的一面。但并不完全正确。de Jong 就说过：完全接受他的观点是困难的。[94] 他只能证明，大乘确实与北部和西北部有密切的关系。至于大乘真正的起源地[95]，南方不是，北方和西北方也不是，它同小乘一样，萌芽于东天竺摩揭陀国一带地区，只是时代环境完全不同，因而表现形式和内容也不相同。此地是孔雀王朝大帝国统治的中心，是发号施令的地方，是政治、经济、宗教、文化的中枢地区。般若部源于东天竺，大乘（原始大乘）也源于东天竺。这就是我的结论。

1986 年 5 月

注释：

1 《大正新修大藏经》（下面缩写为㊅），229 号。

2 材料来源： A. K. Warder, *Indian Buddhism*, Delhi, Varanasi, Patna 1970, p.547—548.

3 Ed. Conze, *The Development of the Prajñāparamitā Thought*, *Buddhism and Culture*(D. T. Suzuki Volume, Kyoto-Tokyo 1960, p.24—45).

4 见精校本 p.213—214。

5 罗炤：《藏汉合璧〈圣胜慧到彼岸功德宝集偈〉考略》，《世界宗教研究》，1983 年，第 4 期，p.4—36。

6 同上引文，第 5 页。

7 同上引文，第 7 页。

8 见 1984 年 10 月 21 日罗炤给季羡林的信。

9 *History of Buddhism*, by Bu-ston, transl by E. Obermiller, Heidelberg 1932, II.Part, p.49.

10 *Grammar* 1.5 (p.3).

11 *Die Umwandlung der Endung -aṃ in -o und -u im Mittelindischen*, *Nachrichten der Akademie der Wissenschaften in Göttingen*, Phil-Hist.Klasse, 1944, Nr.6, 见《印度古代语言论集》，北京 1982 年版，第 188—222 页。

12 ㊅ 8，676c。

13 同上。

14、15、17、18、19、21、22 ㊅ 8，677a。

16 W. Geiger, *Pāli*, *Literatur und Sprache*, §77.1.

20 *The Prajñā-pāramitā-ratna-guṇa-saṃcaya-gathā*, *Indo-Iranian Journal*, vol.V, 1961, Nr, 1, P.11.

23 ㊅ 8，446a—b。

24 ㊅ 8，490a。

25 ㊅ 8，72a。

26 ㊅ 8，555a—b。

27 ㊅ 8，317b—c。

28 ㊀25，530c—531a。

29 ㊀6，538b—539b。

30 ㊀8，623b。

31 山田龙城：《大乘佛教成立论序说》，第 173—174 页。

32 参阅 J. W. de Jong，*Buddhist Studies*，Berkeley，California，1979.p.385—387.

33 商务印书馆 1935 年版。

34 中华书局 1979 年版。

35 请参阅拙作《印度古代语言论集》，第 228—334 页。

36 *A Grammar of the Prajñā-pāramitā-ratna-guṇa-saṃcaya-gāthā*（*Sanskrit Recension A*），Faculty of Asian Studies in association with Australian National University Press，Canberra 1973. 下面引用时略为《语法》。

37 《语法》I，3。

38 下面略称《宝德藏》。

39 Lüders 在很多地方讲到这个问题，比如说 *Philologica lndica*，Göttingen，1940，s.280 ff.；*Beobachtungen über die Sprache des buddhistischen Urkanons*，Akademie Verlag，Berlin 1954。

40 见《印度古代语言论集》，第 228—333 页。

41 同上书，第 412 页。

42 见《季羡林学术论著自选集》，第 362 页。

43 我已经多次谈到这个问题，参阅《印度古代语言论集》，第 272-277 页，第 428—431 页。

44 同上书，第 279—294 页，第 432—435 页。

45 Franklin Edgerton, *Buddhist Hybrid Sanskrit Grammar and Dictionary*, New Haven, Yale University Press, 1953(以下引用 *Grammar* 时，略称 Edg.*Grammar*), p.3, §1.27.

46 Senart 校刊本。

47 参阅《再论原始佛教的语言问题》(见《印度古代语言论集》，第 412 页)。

48 Étinne Lamotte, *Histoire du Bouddhisme Indien des Origines à l' Ére Śaka*, Louvain-la-Neuve, 1976, p.644.

49 *Philologica Indica*, p.280 ff.

50 参阅《印度古代语言论集》，第 279—294 页。

51 Edg. *Grammar*, p.39, §6.4.

52 *Philologica lndica*, S, 291.

53 见《三论原始佛教的语言问题》(《季羡林学术论著自选集》，第 362 页)。

54 Bu-ston, *History of Buddhism*, translated by E. Obermiller, II Part, Heidelberg, 1932, p.51.

55 见《再论原始佛教的语言问题》(《印度古代语言论集》，第 412 页)。

56 同上书，第 188—222 页。

57 参阅蒋忠新西藏藏本贝叶经《妙法莲华经》拉丁字母转写本《序言》，中国社科出版社 1988 年版。

58 *Notes on the Formation of Buddhist Sects and the Origins of Mahāyāna*, 见 *German Scholars on India*, vol.1, Varanasi(India), 1973, p.12.

59 *Über die“Marburger Fragmente”des Saddharmapuṇḍdarīka*，《哥廷根科学院集刊·语言学历史学类》，1972 年，第一号，第 79 页。

60 参阅《中世印度雅利安语二题》（见《季羡林学术论著自选集》，第 343 页）。

61 *Histoire du Bouddhisme*，p. 626—632.

62 同上书，p.643。

63 参阅 Edg. *Grammar*，§8.30；§8.36 等等。

64 John Brough，*The Gāndhārī Dharmapada*，London，Oxford University Press，1962.

65 同上书，p.113。

66 参阅 Edg. *Grammar*，§1.96，在这里 Edgerton 承认了是语音变化，但也没有忘记 m.c. 这一条尾巴。

67 Ed. Conze，*The Composition of Aṣṭa*，BSOAS XIV，London 1952，pp.251—262=Conze，*Thirty Years of Buddhist Studies*，Oxford 1967，pp.168—184；Ed. Conze，*The Development of the Prajñāpāramitā Thought*，*Buddhism and Culture*(D.T.Suzuki Volume)Kyoto-Tokyo，1960，pp.24—45=Conze，*Thirty Years of Buddhist Studies*，pp，123—147.

68 Lal Mani Joshi 在他那一部书中，第 166 页，谈到 Haribhadra 给 *Sañcaya* 写了一部注释，叫 *Subodhinī*。他认为，*Sañcaya* 可能就是《宝德藏》。

69 *Prajñā-pāramitā-ratna-guṇa-saṃcaya-gāthā*，ed. by Akira Yuyama，Cambridge University Press，1976.

70 《藏汉合璧〈圣胜慧到彼岸功德宝集偈〉考略》，《世界宗教研究》，1983年第四期，第14页。Winternitz，*Geschichte der indischen Literatur*，II.Bd.S.247—250，早出晚出两种说法都提到了。

71 参阅上面3.17。

72 《印度佛教史略》，商务印书馆1924年版，第47页。

73 见《龙树菩萨传》，㊅50，184c。

74 ㊅25，84—85。

75 龙树在这里讲到大小乘的区别，很有意思。他说："欲辨二乘义故：佛乘及声闻乘。声闻乘狭小，佛乘广大。声闻乘自利自为，佛乘益一切。复次，声闻乘多说众生空。佛乘说众生空、法空。"

76 参阅我在上面3.14和3.15提出的看法。龙树在这里所说的意见，证明我的看法是完全正确的。

77 ㊅25，531 b.Haribhadra认为：《宝德藏》，根据Buston的说法，使用的是中印度或摩揭陀方言。

78 参阅Lamotte，*Sur la Formation du Mahāyāna*，p.386。

79 ㊅8，443c。

80 ㊅8，425c。

81 ㊅8，508c。

82 ㊅8，518b。参阅8，516b。

83 ㊅8，546b。

84 ㊅7，763b。

85 ㊅8，473a。

86 ㊅8，505b。

87 ㊅8，583b。

88　㊅8，673a。

89　㊅8，144c。

90　㊅8，420c。

91　㊅6，1066a。

92　Lamotte 译为 du Buddha，单数，误。

93　*Sur la Formation du Mahāyāna*，p.389.

94　*Buddhist Studies*，p.346.

95　参阅汤山明，精校本《宝德藏》。

再谈“浮屠”与“佛”

1947年，我写过一篇文章：《浮屠与佛》[1]，主要是论证中国最古佛典翻译中的“佛”字，不是直接从梵文Buddha，而是间接通过吐火罗文A(焉耆文)pät和B(龟兹文)的pud、pūd译过来的。一个字的音译，看来是小事一端，无关宏旨，实则与佛教传入中国的途径和时间有关，决不可等闲视之。文章中有一个问题颇感棘手，这就是，吐火罗文的pät、pud和pūd都是清音，而“佛”字的古音则是浊音。由于周燕孙（祖谟）先生的帮助，这个问题算是勉强解决了。从那以后，虽然有时仍然有点耿耿于怀，但是没有认真再考虑这个问题。

最近几年读书时读到一些与此问题有关的新材料或者对旧材料的新解释，觉得有必要对那篇文章加以补充和扩大，于是写了这一篇文章。这篇文章分为两部分：一、“佛”字对音的来源；二、从“浮屠”与“佛”的关系推测佛教传入中国的途径和时间。

一 “佛”字对音的来源

正如我在上面讲到的，1947年那篇文章遗留下来的关键问题是清音与浊音的对应问题。原来我认定了对音的来源是清音。周燕孙先生的解释也是从这个角度上下手的。但是，时隔四十年，现在看到了一些以前不可能看到的新材料，我们大可以不必这样胶柱鼓瑟、刻舟求剑地去解决问题了。“佛”字的对音来源有极大可能就是浊音。

本来在回鹘文中“佛”字就作but，是浊音，这我在那篇论文中已经讲过。可是我当时认为“佛”字是译自吐火罗文，对回鹘文没有多加考虑。这至少是一个疏忽。许多佛教国家的和尚天天必念的三归命，在回鹘文中是：

归命佛（南无佛）　namo　but

归命法（南无法）　namo　drm

归命僧（南无僧）　namo　saŋ

在这里，梵文buddha变成了but。回鹘文中还有一个与梵文buddha相当的字：bur。梵文中的devātideva(天中天)在回鹘文中变成了tŋri tŋrisi burxan[2]。burxan这个词儿由两个词儿组成，一bur，一xan。bur就是buddha。这个词儿约相当于吐火罗文A的ptāñkät(käṣṣi)和pättāñkät(käṣṣi)，B的pudñäkte或(käṣṣi)pudñäkte。

这个bur是怎样来的呢？根据A. von Gabain的意见，它是由but演变过来的。她认为，在中国北方的某一个方言中，-t读若-r，中国人把tatar音译为“达怛”（古音以-t收尾），也属于这个范畴。[3]

H. W. Bailey对这个问题也发表了自己的意见。他说：

> 但是“佛”(Buddha)也用另一种形式从中国传入中亚。西藏文hbur表示出八世纪顷汉文“佛”字的读音，参阅JRAS.(《英国皇家亚洲学会会刊》)，1927年，页296。

> 这个 -r 代表从尾音 -t 发展过来的汉文尾音辅音。粟特文复合词 pwrsnk* bursang“佛陀僧伽”中有这个词儿。这个词儿从粟特文变成了回鹘文 bursang，以同样的形式传入蒙古文。回鹘文（在蒙古文中作为外来语也一样）burxan 的第一部分，可能就是这同一个 bur-“佛”（参阅 Mironov，《龟兹研究》，页 74）。于是回鹘文 tängri burxan 意思就是“天可汗佛”，但是这个含义不总是被充分认识的，以致摩尼教回鹘文典籍中 burxan zrušč 意思是“Burxan 琐罗亚斯德”。在另一方面，日文借用了带 -t 的字，Butu（Butsu）。[4]

他对 t>r 的解释同 A. von Gabain 稍有不同。但是，这是从中国传入中亚的，证据似还不够充分。

上面我谈了回鹘文中梵文 Buddha 变为 but 然后又由 but 变为 bur 的情况，其间也涉及一些其他中亚新疆的古代语言。我现在专门来谈 buddha 在一些语言中变化的情况。我先列一个表：

大夏文	buddha 变成了 bodo，boddo，boudo
拜火教经典的中古波斯文（巴列维文）	buddha 变为 bwt
摩尼教安息文	buddha 变为 bwt/but/
摩尼教粟特文	buddha 变为 bwty pwtyy
佛教粟特文	buddha 变为 pwt
达利文	buddha 变为 bot[5]

从上列这个表中，我们一眼就可以看出来，这些文字大别可以分为两类：一类是大夏文，在这里，原来的梵文元音 u 变

成了 o 或 ou，此外则基本上保留了原形。一类是其他属于伊朗语族的文字，在这里变化较大。与梵文原字相比，差别很明显：由原字的两个音节变为一个闭音节，原字的尾元音 -a(巴利文是 -o，梵文体格单数也是 -o) 丢掉了。惟一有点问题的是，摩尼教粟特文语尾上有 -y 或 -yy，可能代表一个半元音。即使是这样，也并不影响大局，-y 无论如何也不能同梵文 -u 相对应，它可能仍然是一个音节。至于在 1947 年那一篇论文中最让我伤脑筋的清音浊音问题，在这里已不再存在了。这里绝大部分都是浊音，只有摩尼教粟特文和佛教粟特文是清音。但是，根据 H. W. Bailey 的解释，这也不是问题。他说：

> 在粟特文中，印度伊朗语族的浊辅音 bdg 在字头上变成摩擦音 βδγ，在含有 bdg 的外来词中。它们都须写成 ptk。因此，pwty 这个拼法就等于 But-。在新波斯文中，but بت 与这个形式正相当，意思是“偶像”。但是“佛”的含义在新波斯文许多章节中仍很明显。[6]

这样一来，清音浊音问题中残留的那一点点疑惑也扫除净尽了。

Bailey 还指出来，Bundhišn[7] 中有 but 这个字，它是企图用来代表 Avesta 中的 Būiti 这个字的 (Vīdēvdāt，19，1，2，43，此章约写于公元前二世纪中叶)。新波斯文证明有 *Buti 这样一个字的，这个字与粟特文的 pwty 完全相应。学者们认为，这就是 Buddha“佛”。[8]

根据上面的叙述，1947 年论文中遗留下来的问题全部彻底解决了。再同“佛”与“浮屠”这两个词的关系联系起来考察，我们可以发现，第一类大夏文中与梵文 Buddha 对应的字，有两个音节，是汉文音译“浮屠”二字的来源，辅音和元音都毫无问题。第二类其他伊朗语族的文字中，与 Buddha 对应的字只有一个音节[9]，是汉文音译“佛”字的来源。难道这还不够明确吗？这个极其简单的现象却有极其深刻的意义。下面二中再详细阐述。

我在这里再谈一谈吐火罗文的问题。德国学者 Franz Bernhard 写过一篇文章：《犍陀罗文与佛教在中亚的传播》[10]，主要是论证，佛教向中亚和中国传播时，犍陀罗文起了极其重要的桥梁作用。他举出“弥勒”这一个汉语音译词儿来作例子。他认为。“弥勒”这个词儿是通过犍陀罗文 Metraǵa 译为汉文的。他在这里顺便提到“佛”字，并且引用了我的那篇 1947 年的论文:《浮屠与佛》。他说：

> 没有提供一个详尽的论证，我想指出，人们可以看到，汉文“佛”字音译了一个古吐火罗文 *but-(可以和西吐火罗文 pudñäkte 中的 pud- 与东吐火罗文 ptāñkät 相比)。——由此可见，“佛陀”是一个次要的(晚出的)形式。

证之以我在上面的论述，Bernhard 的构拟是完全可以站得住脚的。这也从正面证明了，我对“佛”字来源的想法是完全正确的。[11]

二　从“浮屠”与“佛”的关系推测佛教传入中国的途径和时间

关于佛教传入中国的问题，我在1947年的论文中曾作过推测：

> 中国同佛教最初发生关系，我们虽然不能确定究竟在什么时候，但一定很早……，而且据我的看法，还是直接的；换句话说，就是还没有经过西域小国的媒介。……即使从陆路经过中亚小国而到中国，这些小国最初还没有什么作用，只是佛教到中国来的过路而已。当时很可能已经有了直接从印度俗语译过来的经典。《四十二章经》大概就是其中之一。“浮屠”这一名词的形式一定就在这个时候。……到了汉末三国时候，西域许多小国的高僧和居士都到中国来传教，像安士高、支谦、支娄迦谶、安玄、支曜、康巨、康孟祥等是其中最有名的。到了这时候，西域小国对佛教入华才真正有了影响。这些高僧居士译出的经很多。现在推测起来，他们根据的本子一定不会是梵文原文，而是他们本国的语言。“佛”这一名词的成立一定就在这时期。[12]

我当年作这些推测的时候，自己心里把握不太大，觉得颇多浪漫主义。我说的话似乎超过了我当时所掌握的资料。时至今日，新材料大量出现，再回头看我这些推测，除了一些地方需要改正外——比如我所说的直接发生关系，现在看来就不妥——

大部分意见是站得住脚的，我颇感自慰。但是，时间毕竟已经过去了四十三年。现在根据新材料作一些补充与修正，看来正是时候了。

总起来看，我在上面一《“佛”字对音的来源》中得出来的结论：大夏文基本上保留梵文 Buddha 的原形，有两个音节，正与汉译“浮屠”相当。伊朗语族其他文字，只留下一个音节，正与汉译“佛”字相当。“浮屠”出现在前，“佛”字在后。这与我的推测是完全相符的。

我现在想进一步来探讨这个问题。有这样一些问题需要回答：大夏语与《四十二章经》是什么关系？犍陀罗文与《四十二章经》是什么关系？伊朗语族诸语言与《四十二章经》是什么关系？看来《四十二章经》是一部关键性的书，我在下面就围绕着这一部书分成以下几个问题来讨论：

（一）《四十二章经》与大月支

（二）《四十二章经》原本语言

（三）支谦等译经的语言问题

（四）几点想法

（一）《四十二章经》与大月支

《四十二章经》的真伪过去是有争论的。梁启超认为是伪，汤用彤认为是真，现在学术界接受的一般是后者的意见。汤先生经过了细致的考证得到了这样几点结论：1.《四十二章经》出世甚早，东汉桓帝以前已经译出[13]。2. 前后共有两个译本[14]。

《四十二章经》与汉明帝永平求法传说有关。东汉末牟子作《理惑论》，首先叙述了这件事，以后记录者还很多[15]。据汤先生意见，佛法入华当在永平之前。但是他说："求法故事，虽有疑问，但历史上事实常附有可疑传说，传说固妄，然事实不必即须根本推翻"[16]。他的意思是说，永平求法还是有可信的成分的，是能够成立的。

《四十二章经》又与大月支有联系。牟子《理惑论》和以后的许多典籍都明确记载着，这一部经是在大月支取得的。《理惑论》说："于是上悟，遣使者张骞、羽林郎中秦景、博士弟子王遵等十二人，于大月支写佛经四十二章。"至于此经究竟是在何地译出，许多典籍记载中有明显矛盾意见：一主张在大月支译出，一主张在国内翻译。看来在大月支译出说，根据似确凿可靠。[17]

大月支是一个什么样的民族呢？它是游牧民族，行踪飘忽不定。《前汉书》九六上，《西域传》说：

> （大月氏）本居敦煌、祁连间。至冒顿单于攻破月氏，而老上单于杀月氏，以其头为饮器。月氏乃远去，过大宛，西击大夏而臣之。

这件事情发生的时间，约在西汉文帝至武帝时。

这样一来，《四十二章经》又与大夏发生了关系。因为，"于大月支写佛经四十二章"时，大月支已经到了大夏。大夏君主原属希腊遗民，佛法大概在汉初已在这里流行。汉武帝时，张骞曾奉使到这里来过。《三国志》裴注引鱼豢《魏略·西戎传》说：

> 罽宾国、大夏国、高附国、天竺国，皆并属大月氏。临儿国，《浮屠经》云其国王生浮屠。浮屠，太子也。父曰屑头邪，母曰莫邪。……此国在天竺城中。天竺又有神人名沙律。昔汉哀帝元寿元年(B.C.2)，博士弟子景卢，受大月氏王使伊存口授《浮屠经》。[18]

这一段话说明了大月氏与大夏的关系，大月氏与印度的关系，大月氏与佛教的关系。至于大月氏王使伊存口授浮屠经，是在大月氏呢，还是在中国？有两种可能，有两种意见。不管怎样，大月氏在公元前已流行佛教，这比《四十二章经》又要早了。

我在这里附带谈一个问题。《理惑论》说，明帝派人到大月氏写《四十二章经》，其中竟有张骞。这在时间上是绝对不可能的。但是我认为，其中透露了一个耐人寻味的信息：这时大月氏是在大夏，因为张骞奉使大夏的故事，当时街谈巷议中必广泛流传，一想到大夏，就想到张骞了。

（二）《四十二章经》原本语言

把与《四十二章经》有关的问题都交待清楚以后，现在应该探讨此经的语言问题了。在1947年的论文中，我说它是从中亚一种俗语译过来的，这种想法是对头的。但是，我当时不可能说出一种具体的语言。

最近林梅村提出了一个新见解：《四十二章经》是从犍陀罗文《法句经》译过来的。他正在撰写论文，他的详细论点我毫无所知。但是，我觉得，在中国佛教史上，这是一个比较重要的问题，值得探讨。它还牵涉到《四十二章经》原本语言究竟是什么，我就在这里先谈一谈我对于这个问题的一些想法，供林梅村先生以及其他学者参考。一得之愚或者尚有些许可取之处吧。

从表面上看起来，《四十二章经》与《法句经》不完全一样。但是从内容上来看，则二者实有许多相通之处。三国时失名之《法句经序》说："是后五部沙门，各自抄采经中四句六句之偈，比次其义，条别为品，于十二部经靡不斟酌，无所适名，故曰《法句》。"《法句经》是这样，《四十二章经》也是这样。所谓《四十二章经》，原来并没有"经"字，足征它不是一部完整的"经"。所以，汤用彤先生说："且《四十二章经》乃撮取群经而成，其中各章，颇有见于巴利文各经，及中国佛典者，但常较为简略耳。"[19]两经的性质既然完全相同，即使表面上有差异，《四十二章经》译自《法句经》是完全可能的。

但是，是否就是从现存的犍陀罗文《法句经》译的呢？还是一个有待于进一步探讨的问题。

根据林梅村最近的研究结果：

> 这就从语言学上证明，这部犍陀罗语《法句经》确实出于于阗故地，抄写者无疑是位于阗人，因而把自己的土著语言羼入其中。[20]

可是，我在上面已经明确无误地说明了《四十二章经》是在大月支，也就是大夏抄译的。现存的犍陀罗文《法句经》既然抄在于阗，因而它就不可能是《四十二章经》的来源。道理是非常明显的。

在大夏的那一本《法句经》或《四十二章经》是什么样子呢？说实话，我自己并不很清楚。我现在只能作一些猜测。大月支到了大夏以后，由于环境关系，接受了佛教。估计会有一些佛经翻译。《法句经》或《四十二章经》等，包含着小乘教义的最基本的内容，简直像一种“佛学入门”，对皈依者用处极大。可能首先在翻译之列，用的语言当然是大夏文。对于这种语言，我们过去毫无所知。近年以来，新材料发现越来越多，于是逐渐发现、认识了不少的词汇。上面注5举的那一部字典就是词汇的汇集，bodo，boddo，boudo等字就见于其中。但是成本的佛经译文还没有发现。我相信，将来地不爱宝，有朝一日，总会发现的。中国使者到了大夏，翻译了《四十二章经》，原本一定就是这一本大夏文的佛经。译文就是本经两个译本的第一个。我推测，现存本经中的那许多“佛言”，一定会是“浮屠言”，“浮屠”正与bodo，boddo，boudo相当。用“佛言”的现存的本子一定就是第二个译本。这个本子的原始语言是中亚或新疆的某一种语言，其中梵文Buddha变为but或者类似的形式，汉译是“佛”字。

我在这里想补充几句，谈一谈犍陀罗文《法句经》的来源问题。它的来源并不排除是大夏文本，但是可能性微乎其微。梵文本的《法句经》曾在新疆发现，足征《法句经》在新疆是流行的。这个犍陀罗文的《法句经》同梵文本有某种联系，是完全可能的。

犍陀罗文不可能是《四十二章经》第二个译本的母本。因为在后者中用的是“佛”字，而在犍陀罗文本中则是 budhu，这个字也可以译为“浮屠”。

（三）支谦等译经的语言问题

《四十二章经》的语言既已确定，连带提出来的是支谦、安世高等后汉、三国时期的译经大师的译经语言问题。对于这个问题过去几乎完全没有注意到。实则是一个很有意义的问题，不讨论是不行的。

我现在就以梁《高僧传》第一卷为基础来探讨一下这个问题。在这一卷中后汉、三国时期的译经大师几乎包罗无遗。至于摄摩腾和竺法兰等人物，神话色彩颇浓，我在这里不谈。

先将资料条列如下：

《安清（世高）传》：

> 至止未久，即通习华言。于是宣译众经，改胡为汉。[21]
>
> 〔羡林按：“胡”字，元明刻经改为“梵”字，下同。〕

《支娄迦谶（支谶）传》：

> 汉灵帝时游于雒阳。以光和、中平之间传译梵文。
>
> 时有天竺沙门竺佛朔，亦以汉灵之时，赍《道行经》，来适雒阳，即转梵为汉。
>
> （安）玄与沙门严佛调共出《法镜经》，玄口译梵文，

佛调笔受。

先是沙门昙果于迦维罗卫国得梵本，孟详共竺大力译为汉文。[22]

《康僧会传》附《支谦传》：

遍学异书，通六国语。……谦以大教虽行，而经多梵文，未尽翻译，已妙善方言，乃收集众本，译为汉语。[23]

《维祇难传》：

以吴黄武三年，与同伴竺律炎，来至武昌，赍《昙钵经》梵本。[24]

《竺昙摩罗刹传》：

其先月支人，本姓支氏。……外国异言三十六种，书亦如之，护皆遍学。……遂大赍梵经，还归中夏。[25]

附《聂承远传》：

承远有子道真，亦善梵学。[26]

《僧伽跋澄传》：

（赵正）请译梵文。……外国沙门昙摩难提笔受为梵文。[27]

《僧伽提婆传》：

提婆乃于般若台手执梵文，口宣晋语。……更请提婆重译《中阿含》等。罽宾沙门僧伽罗叉执梵本，提婆翻为晋言。[28]

《竺佛念传》：

于是澄执梵文，念译为晋。[29]

《昙摩耶舍传》：

以伪秦弘始九年，初书梵书文。……耶舍有弟子法度，善梵汉之言。[30]

《高僧传》卷一中有关梵文的记载就是这样。“梵”原作“胡”。“梵”指的是梵文，这是清楚的。但“胡”指的是什么呢？弄不清楚。“胡”原意是北狄之通称，扩大一点，就是夷狄之人，多少含有贬义。在《高僧传》中，“胡”字可能有两层意思：

一指梵文，一指中亚夷狄之文。统观上引材料，有的可能是指梵文，比如昙果、维祇难等传中所说。但是绝大部分指的都是中亚民族语言。支谦等人译经的原本都不是梵文。上引文中《支谦传》的“梵文”，也只能作如是解。下面说他“妙善方言”，可能指他通中亚民族语言。这一点从他们译经时使用的汉语音译中可以明确无误地看出来。比如汉译“弥勒”一词，不是来自梵文 Maitreya，而是来自吐火罗文 Metrak。可是康僧会译《六度集经》、《旧杂譬喻经》，失译人名在后汉录译《大方便佛报恩经》，支谦译《佛说月明菩萨经》、《撰集百缘经》、《大明度经》、《佛说八吉祥神咒经》，康孟详译《佛说兴起行经》，支娄迦谶译《杂譬喻经》、《道行般若经》等等，用的都是“弥勒”。由此可见，支谦等译经所根据的原本，不是梵文，而是中亚和新疆一带的吐火罗文和伊朗语族的语言。

（四）几点想法

现在把上面讨论的问题归纳一下，提出几点想法。

1　1947 年文章中提出的佛教“直接”传入中国论，现在看来，不能成立了。我设想的佛教传入两阶段说仍然维持。我用公式来表达：

(1) 印度→大夏（大月支）→中国

buddha → bodo，boddo，boudo →浮屠

(2) 印度→中亚新疆小国→中国

buddha → but →佛

这两个阶段都不是“直接的”。

2　我这篇不算太长的论文解决了中国佛教史上两个大问题：佛教是什么时候传入中国的？通过什么渠道？但兹事体大，还要进一步研究。这有待于志同道合者的共同努力。[31]

1989年11月2日写毕

附记：在写作过程中，提供资料，帮助借书，我的两位小友荣新江和钱文忠出了力，附此致谢。

注释：

1　原刊《中央研究院历史语言研究所集刊》，第二十本《本院成立第二十周年专号》，上册，第93—105页，1948年。英译文见印度 *Sino-Indian Studies*，III.1，2，Calcutta 1947，p.1ff。后收入《中印文化关系史论文集》，第323—336页。英译文收入《印度古代语言论集》，第334—347页：*On the Oldest Chinese Transliteration of the Name of Buddha*。

2　A. von Gabain, *Buddhistische Türkenmission*，见 *Asiatica*, *Festschrift Friedrich Weller*, 1954, Otto Harrassowitz, Leipzig, p.171.

3　同上书，第171页。

4　Opera Minora, *Articles on Iranian Studies*, ed. by M.Nawabi, Shiraz Iran, 1981, p.104.

5　G. Djelani Davary, *Baktrisch*, *ein Wörterbuch auf Grund der Inschriften*, *Handschriften*, *Münzen und Siegelsteine*, Heidelberg 1982.

6 Opera Minora，第 103 页。

7 上引书，同页。

8 上引书，第 106—107 页。

9 Bailey 在上引书第 107 页注 2 中指出，Avesta Būiti 最后的 -i 可能来源于东伊朗语言。这个 -i 就是我上面讲到的半元音 -y。

10 *Gāndhārī and the Buddhist Mission in Central Asia*，*Añjali. Papers on Indology and Buddhism*，0. H. de A. Wijesekera Felicitation Volume，ed. by J. Tilakasiri，Pe-radeniya 1970，pp.55—62。

11 “佛”字有没有可能来源于伊朗语族的某一种语言？我认为，这个可能是存在的。这有待于深入的探讨。我在这里还想补充几句。在同属于伊朗语族的于阗塞文中，“佛”字是 balysa-。显然与同族的其他文字不同。见 H. W. Bailey，*Dictionary of Khotan Saka*，Cambridge University Press，1978。

12 《中印文化关系史论文集》，第 333—334 贞。

13 《汉魏两晋南北朝佛教史》，商务印书馆 1938 年版，上，第 32—33 页。

14 同上书、卷，第 36—38 页。汤先生非常慎重，他写道：“以上推论，似涉武断。但合汉晋所引本经考之，则有二古本，实无可疑。”

15 参阅同上书、卷，第 16 页。

16 同上书、卷，第 24 页。

17 汤用彤先生主此说。参阅同上书、卷，第 31 页：“牟子所传，虽有疑义，但决非全诬。若据其所言。斯经译于月氏，送至中夏也。”

18 关于这一段话人名和地名等问题的考证，参阅汤用彤，同上书、卷，第 50—51 页。

19 上引书，第 41 页。

20 《犍陀罗语〈法句经〉残卷初步研究》，第 257 页，见《出土文献研究》，第二辑。

21 《大正新修大藏经》，50，323b。

22 同上书、卷，324b—c。

23 同上书、卷，325a。参阅隋费长房：《历代三宝记》，《大正藏》，49，58c。

24 《大正藏》，50，326b。

25 同上书、卷，326c。以下诸人晚于三国。

26 同上书、卷，327a。

27 同上书、卷，328b。下面还有两处提到梵文。

28 同上书、卷，329a。

29 同上书、卷，329b。

30 同上书、卷，329c。

31 J. Fussman, *Language and Culture among the Kushans*, 见 International Association for the Study of the Cultures of Central Asia 的 *Information Bulletin*, Issue 15, Moscow 1989，第 57—66 页，其中谈到大夏语，可以参阅。

梅呾利耶与弥勒

弥勒是佛教的未来佛，在印度、中亚与中国等地的佛教神坛上占有突出的地位。本文对汉译佛典中弥勒与梅呾利耶这两个译名所本的文字及其出现的先后顺序进行了缜密的考证。作者指出，对弥勒的研究，实际涉及印度佛教是通过什么渠道、经过什么媒介传入中国的。本文的目的不是全面解决这个问题，而是重点探讨弥勒这一名称的起源以及如何传入中国的问题。作者认为，“弥勒”一名不是来自梵文，而是来自吐火罗文。在中国后汉、三国时最早的译经中出现的就是“弥勒”，而不是“梅呾利耶”，足征佛教传入最初不是直接的，而是通过新疆一带古代少数民族的媒介。这个结论对于研究印度和中国的佛教史以及中印文化交流史都是非常有意义的。

在印度和中国的佛教史上，弥勒的研究应该说是一个比较重要的问题。它牵涉到的方面很广，除了一些小问题以外，主要是：印度佛教是通过什么渠道、经过什么媒介传入中国的？这在中印文化交流史上是关键性的问题，应该弄清楚。

这个问题表面上看起来很简单。过去研究这个问题的学者也都把它当作一个简单问题来对待。比如，von Gabain 说，中亚文化影响了新生的弥勒概念的发展，因为汉译名“弥勒”不是来自梵文，而是来自于阗塞语 mittra 和吐火罗语 metrak，因此日本语就有了 miroku 这个词儿[1]。看来 von Gabain 是把这个问题过分简单化了。实际上，这是一个相当复杂的问题。它至少包括下列三个问题：(1) Metrak 是从 Maitreya 直接变过来的吗？(2) Metrak 是独立发展成的吗？(3) 为什么中国汉译佛典中最早出现的是“弥勒”，而不是“梅呾利耶”呢？对此，我在下面分别谈一谈自己的看法。

一　Metrak 是从 Maitreya 直接变过来的吗？

一方面是梵文 Maitreya 和巴利文 Metteya，另一方面是吐火罗文 Metrak，二者都有“未来佛”的意思，其间必有联系，这是毫无疑问的。这三个字都与梵文 Maitrī 有关，这也是可以肯定的。但是，从形式上来看，吐火罗文与梵文和巴利文有所不同。应该怎样来解释这个现象呢？从印度佛教史的角度来看，巴利文和梵文出现在前，吐火罗文在后。最顺理成章的解释似乎应该是，后者出于前者。

确实有学者这样做了，其中之一就是 Franz Bernhard。他在《犍陀罗语和佛教在中亚的传播》一文中讲到，犍陀罗语在佛教向中亚和中国的传播中起过很大的作用[2]。这意见无疑是非常正确的。犍陀罗语是古代印度西北部的方言。在中国新疆发现的《法句经》就是用这种语言写成的。从地理条件来看，犍陀罗语在佛教向中亚传播中起关键性的媒介作用，这是很自然的。

在这篇文章中，Bernhard 顺便讲到 Metrak 与“弥勒”的问题。他引用了 von Gabain 的意见，用吐火罗语来解释汉译“弥勒”的来源。但是，他认为，“这种想法并不能解决这个问题，只不过把它推移而已，因为在吐火罗语中由 y 到 k 的音变是十分陌生的。”他建议在这种解释中用犍陀罗语来代替吐火罗语。犍陀罗语有成双成对的词尾，比如：

-aya-aga

-eya-ega

g 是浊摩擦音，在犍陀罗语中常常碰到。在这里可以看到这样的形式：metraya / metreya：metraga，有时候丢掉词尾辅音，变成了 metrae / metre。从这些形式中，不但可以推导出东吐火罗文 Metrak 和汉文“弥勒”的来源，而且还可以直接或间接地推导出于阗塞语、安息语、回鹘语、蒙古语、卡尔美克(Kalmyk)和满洲语有关形式的来源。

在西吐火罗文（龟兹文）中有两种不同的形式：Maitreye 和 Maitrāk。Bernhard 认为，这不但表示出成对的词尾，也表示出两种语言借用的不同的阶段。

在这里，Bernhard 又引用了我在几十年前写的一篇文章：《浮屠与佛》[3]。我这篇文章的主要论点是，“佛陀”的来源是 Buddha，而“佛”字最早的来源却不是梵文，而是吐火罗文。“佛”字不像一般人想象的那样是“佛陀”的缩短，而“佛陀”却可以说是“佛”字的引申。Bernhard 承认，“佛”字不是来自 Buddha。他构拟出一个所谓古吐火罗文 *but，说是“佛”字音译的来源。他最后说，即使“弥勒”不能证明吐火罗文的中介作用，“佛”字也能证明。

我们再回头来看 -ega 的问题。g 是浊音，而 k 却是清音。即使承认吐火罗文不用浊摩擦音收尾，但 g 变为 k 在音变规律方面也决非一帆风顺的，还需要进一步探讨与思考。

如果从 -eya 和 -eka 的关系上来做文章，我们还可以想另外的办法。在印度古代方言中，ya 和 ka 互转的例子可以举出不少来。Pischel[4] 指出 Amg. daga=udaka=udaẏa, posahiẏa=upavasathika 等等；还有 tumbavī ṇiẏa=tumbhavīṇaka 等等。Lüders[5] 列举了一些 -ika 代替 -iya 的例子，比如 ekavāciya 和 ekavācika；rathiyā 和 rathikā；ghātikā 和 ghātiyā；jāgariyā 和 jāgarikā 等等。K. R. Norman[6] 指出，在阿育王碑铭的基础俗语 (UPkt) 中，有 -k- / -g->-y- 的现象，也有 -y- 变为 -k- 的现象，比如 janī 的多数体格 janiyo 在个别碑铭中变为 janiko。

就算是犍陀罗语吧，这里面也可以找到 yk 互转的现象。John Brough[7] 指出，-y- 可以变为 -k-。他还指出 mṛga>muya, kāka>kaya 等，这是 g、k 变为 y，也有反转过来的 y 变为 k，比如 udaya>udaka 等等。在一条注[8]中，他谈到了 Maitreya[9] 变为 Metrak 的问题。他举出焉耆语（吐火罗语 A 或东吐火罗语）Metrak，龟兹语（吐火罗语 B 或西吐火罗语）Maitrāk，粟特语 m'ytr'k。他指出，与粟特语这个形式并行的还有 mytr'y，这形式含糊不清（参阅：Gershevitch, *Grammar of Manichean Sogdian* §960)。他指出，汉文“弥勒”可能来自 Metraka。“这些形式可能纯粹是机械转写的书面借用语；但是，那自然也是可能的，甚至在犍陀罗语内部，书面形式可能有随之而来的读作 k 的诱导读法，如果只是作为一种为文化水平不高的和尚们所采用的朗读经文时的朗读风格。”话说得十分晦涩难解，含义还是清楚的。Brough 详细论证了 y 与 k 的微妙复杂的关系。这里意思是说，和尚们有时会被引诱着把 y 读为 k。总之，对 Metrak 这同一个字，Brough(在前)的解释，同 Bernhard 完全不一样。

上面谈到的这一些意见，不管表面上看起来多么不同，但都主张 Metrak 是从 Maitreya 直接变过来的。关于犍陀罗语在佛教向中亚和中国传播中所起的重要作用，在 Bernhard 之前 Brough 已经注意到了。他说，很多早期汉译佛教术语的原文是犍陀罗语[10]。但这并不等于说，“弥勒”这个词儿也一定来自犍陀罗语。尽管 Brough 和 Bernhard 的看法持之有故，言之成理，仍然有另外的、可能是更合理的解决办法。

二　Metrak 是独立发展成的吗？

所谓“独立发展”，是指不通过犍陀罗语或其他任何语言的媒介，在吐火罗语内部，根据构词规律而形成的。

事实上，Sieg，Siegling 和 Schulze 在 Gr.[11] 中已有专章讨论与此有关的问题。词尾 -ik 有下列诸作用：

1. 把抽象名词变为具有这个名词所表示的特性的人，一个什么“者”。比如 kākmart，意思是“威严”，加上 -ik，成为 kākmärtik(B kamartike)，意思就成为“具有威严的人”，或“威严者”；kāruṃ，意思是“慈悲”，kārunik（参阅梵文kārunika）意思是“慈悲者”；kritāṃ（含义还没有弄清楚），加上 -ik，变为 kritānik，意思是“作 kritāṃ 者”；spaktāṃ(A 与 B 相同)，意思是“服务”，spaktānik (B spaktanīke)，意思是“服务的人”、“供养者”。

2. 把形容词名词化。比如 A āṣām，B āṣāṃ，意思是“可尊敬的”。加上 -ik，变为 āṣānik，意思是“阿罗汉”，“可尊敬的人”。

3. 在外来借词中，情况比较复杂。梵文 niraya+pāla(ka) 在吐火罗文中变为 ñarepālik“地狱守卫者”；梵文 piṇḍapāta 在吐火罗文中变为 piṃnwātik，汉译的“分卫”即从此出。-ik 在这里的作用不清楚。梵文 ṛṣi“仙人”，在吐火罗文中变为 riṣak(B rṣāke)。

“居士”，梵文 gṛhin，gṛhastha，吐火罗文 kātäk(B kattāke)，不是来自梵文，而很可能是来自伊朗语言：Awesta kad，意思是“房子”，新波斯语 kat-x-udā，意思是“居士”。这里也是词尾 (ä) 起了作用，kātäk 指“住在家里的人”。

关于 Metrak，三位作者只说，Maitreya 经常作 Metrak，没有作什么说明。在 B 是 Maitrāk，也有 Maitreye 这个形式。在注中，作者指出，Andreas 通知他们，Metrak 这个形式也见于吐鲁番中古波斯文残卷中。我不揣冒昧，想在这里给 Metrak，Maitrāk 这个形式作一个新的解释。我认为，这个形式与梵文 Maitreya 无关，而是直接来自梵文 Maitrī。Maitrī 的意思是“慈爱”，加上词尾 -k，成为 Metrak， Maitrāk，意思是

“慈爱者”。汉文最早的意译“慈氏”就是从这里来的。我看，这个解释是有根有据，合情合理的。因此，我认为 Metrak 是独立发展成的，不必绕一个弯子硬把它同 Maitreya 挂上钩[12]。

三　为什么中国汉译佛典中最早出现的是“弥勒”，而不是“梅呾利耶”？

Maitreya 和 Metrak 的关系弄清楚以后，下一步就要弄清楚这两个字的汉译在汉译佛典中出现的情况。这对研究佛教从印度向中亚和中国的传播以及中国佛教史都有相当重要的意义。

Maitreya 和 Metrak 在汉译中有三种不同的情况：

1. 音译“弥勒”，来自 Metrak

在汉译大藏经中，“弥勒”出现的次数成百上千，不可能也没有必要一一列举。对我的探讨有意义的是：最早出现于何时？何经？何人所译？我所谓“最早”是指后汉、三国时期，两晋、南北朝以后历隋、唐以迄宋明出现的一概不录，这对我要探讨的问题没有用处。我在下面按照《大正新修大藏经》（下面缩写为㊅）的排列顺序，把最早出现的“弥勒”辑录一下：

吴康僧会译《六度集经》卷一：“彼国王者弥勒是。”㊅三，3b；

失译人名在后汉录《大方便佛报恩经》卷一：“弥勒菩萨。”㊅三，124b；

吴支谦译《佛说月明菩萨经》：“尔时智力王者，今弥勒菩萨是。”㊅三，411c；

后汉康孟详译《佛说兴起行经》卷下：“尔时病比丘弥勒者，则今弥勒菩萨是。”㊅四，172b；

吴支谦译《撰集百缘经》卷十：“我及弥勒俱为菩萨。”㊅四，253c；

后汉支娄迦谶译《杂譬喻经》：“欲睹弥勒佛时三会二百八十亿人得真人时。”㊅四，499b；

吴康僧会译《旧杂譬喻经》卷上：“弥勒作佛时，当得应真度脱。”㊅四，512b；

后汉支娄迦谶译《道行般若经》卷一：“弥勒菩萨。”㊅八，425c；

同上书卷三：“弥勒菩萨。”㊅八，438a；

同上书卷五：“弥勒菩萨。”㊅八，451b；

吴支谦译《大明度经》卷四：“弥勒闿士。”㊅八，496c；

吴支谦译《佛说八吉祥神咒经》：“菩萨千人皆弥勒等。”㊅十四，72b；

同上书：“弥勒菩萨。”㊅十四，73a；

吴支谦译《佛说维摩诘经》卷上：“于是佛告弥勒菩萨。”㊅十四，523c；

后汉安世高译《佛说长者子制经》：“我持慈心皆付弥勒佛。”㊅十四，801b；

后汉支娄迦谶译《佛说纯真陀罗所问如来三昧经》卷上：“复有菩萨，名曰弥勒。”㊅十五，349a；

同上书卷下：“佛语弥勒。”(大)十五，367a。

以上是后汉、三国时期汉译佛典中“弥勒”出现的基本情况。这一段时间并不长，但是译者数目不算很少，所从来的地方也不算很少。译者计有康僧会、支谦、康孟详、支娄迦谶、安世高等人。来的地方计有月氏、康居、安息等地。但是他们使用“弥勒”一词则是一致的，这值得我们重视。来自 Metrak 的音译“弥勒”是后汉、三国时期习见的表示未来佛的词儿。

2. 音译梅呾利耶等，来自 Maitreya

梅呾利耶是梵文 Maitreya 的音译，与 Metrak 无关。在汉文佛典中出现的情况如下：

唐玄奘译《阿毗达磨大毗婆沙论》卷一百七十七：“二名梅怛俪药。”(大)二十七，890b；

唐玄奘译《阿毗达磨顺正理论》卷四十四：“一名梅怛俪(丽)药。”(大)二十九，591c；

唐窥基撰《妙法莲华经玄赞》卷第十末：“梵云梅呾利末那故。”(大)三十四，849c；

新罗憬兴撰《三弥勒经疏》：“今正梵音云梅怛利耶。”(大)三十八，305b；

唐窥基撰《说无垢称经疏》卷第三末：“梵云梅呾利耶，此云慈。”(大)三十八，1048b；

同上书卷第四末：“梵云梅呾利耶，翻为慈氏。古云弥帝丽，或云弥勒，皆讹略也。”(大)三十八，1057b；

唐义净译，慧沼撰《金光明最胜王经疏》卷第一：“慈氏，梵音梅呾丽曳，此云慈氏。或云那，即慈姓中生，或本性行慈。

或云曳尼，即女声中。”(大)三十九，188b；

宋子璿集《首楞严义疏注经》卷第五之二：“具云梅咀（呾之误）利曳那，此云慈氏。”(大)三十九，902a；

唐普光述《俱舍论记》卷第十八：“二名梅怛俪药，夹注：梅怛，此云慈；俪药，此云氏。菩萨在慈姓中生，从姓立名，故名慈氏。旧云弥勒，讹也。”(大)四十一，282b；

唐法宝撰《俱舍论疏》卷第十八：“二名梅怛俪药。”(大)四十一，682a；

唐窥基撰《成唯识论述记》卷第四本：“梵言梅呾利耶，此翻言慈氏。梅呾罗曳尼，此声转之异。婆罗门十八姓中，慈为一姓。氏谓氏族，曾当皆生此种姓家，故以为号。”(大)四十三，352b；

唐道世撰《法苑珠林》卷二十九：“又大寺中有刻木梅呾丽耶旧云弥勒菩萨像。”(大)五十三，498b；

唐慧琳撰《一切经音义》卷第二十七：“弥勒，梅怛利曳，此云慈氏，慈为本姓，或以心行为姓也。”(大)五十四，482c；

宋法云编《翻译名义集》卷第一：“弥勒，《西域记》云梅哩（呾之误）丽耶，唐云慈氏，即姓也。旧曰弥勒，讹也。什曰：‘姓也。阿逸多，字也。南天竺婆罗门子。’《净名疏》云：‘有言从姓立名。今谓非姓，恐是名也。何者？弥勒此翻慈氏。过去为王，名昙摩流支，慈育国人。自尔至今，常名慈氏。姓阿逸多，此云无能胜。有言阿逸多是名。既不亲见正文，未可定执。观《下生经》云，时修梵摩，即与子立字，名曰弥勒。’”(大)五十四，1058b。

看了上面这一些例子，我认为可以看出下列情况：

a. Maitreya 的音译梅呾利耶等出现得都相当晚，一直到唐代才出现。

b. 这些音译多出现于注疏和词书中，出现于译经中者极少。

c. 音译使用的汉字大体相同，但也间有分歧。玄奘本人也有矛盾。在上面列举的两个例子中，他使用“梅怛俪药”，但是在《大唐西域记》卷七中，他却译为“梅呾丽耶”。

d. 中国和尚的一些解释有点莫名其妙，比如“梅呾，此云慈；俪药，此云氏。”梵文 Maitreya 决不能分割为 Mait 和 reya 两个部分。又如“梅呾利曳那”，梵文中没有 Maitreyaṇa 这样的字。“或云那，即慈姓中生”，梵文应作 Maitreyaja，ja 的意思是“生”。“那”(na) 没有“生”的意思。

e. 对弥勒与阿逸多的关系，没搞清楚。

f. 这里讲“弥勒，讹略也”。《大唐西域记》也有类似的话。这说明，中国和尚，包括玄奘大师在内，早已不了解“弥勒”的来源了。

3. 意译慈氏

在汉译佛典中，“慈氏”一词出现的次数同“弥勒”差不多，可能略少一点，总之数量是极为可观的。下面略举几个例子。我把重点放在最早的后汉、三国时代，其用意与对“弥勒”的处理相同。后汉、三国以后，每个朝代的译经中都大量出现，与“弥勒”并行，例子就不举了。

吴支谦译《大明度经》卷第二：“尔时慈氏闿士语善业：有闿士大士代欢喜最尊分德法。”㊅八，486a。

在这里，我想把本段译文和同经异译本的译文对比一下：

后汉支娄迦谶译《道行般若经·摩诃般若波罗蜜沤惒拘舍罗劝助品》第四："尔时弥勒菩萨谓须菩提：若有菩萨摩诃萨劝助为福。"㊅八，438a；

苻秦昙摩蜱共竺佛念译《摩诃般若钞经》卷三《善权品》第四："尔时弥勒菩萨谓须菩提：若有菩萨摩诃萨劝助为福。"㊅八，519c。

同一个词"慈氏闿士"、"闿士大士"，后两个本子都译为"弥勒菩萨"、"菩萨摩诃萨"，前者是意译，后者是音译。"闿士"一词在支谦译本中多次出现。"闿士"，在其他经中也作"开士"，甚至有作"阐士"者[13]。

接着举例子：

吴支谦译同上书："慈氏闿士作无上正真平等觉时。"㊅八，489a；

同上书："若于兜术天上从慈氏闿士问慧。"㊅八，492c；

后汉安玄译《法镜经》："便使慈氏开士及一切行开士听。"㊅十一，22c；

曹魏康僧铠译《佛说无量寿经》卷上："慈氏菩萨。"㊅十二，265c；

同上书卷下："慈氏菩萨。"㊅十二，278a。

我在这里想指出来：在同书、卷、页 bc，"慈氏菩萨"一变而为"弥勒"。

吴支谦译《佛说出无量门微密持经》："慈氏菩萨。"㊅

十九，680b。

我在这里想指出，此经有几个异译本。同一个字，有的同支谦一样，译为“慈氏菩萨”，有的则译为“弥勒菩萨”。我只举两个例子：

东晋佛陀跋陀罗译《佛说出生无量门持经》：“弥勒菩萨。”㊅十九，682b；

刘宋求那跋陀罗译《阿难陀目佉尼呵离陀经》：“慈氏菩萨。”㊅十九，685a。

其余的例子不举了。

“慈氏”一词在后汉、三国时期汉译佛典中出现的情况大体如上。

从“弥勒”、“梅呾利耶”和“慈氏”三个词儿出现的情况中，我们可以看到：

a．“弥勒”与“慈氏”同时出现于最早时期——后汉、三国时期。“梅呾利耶”等出现较晚。

b．在最早的时期，同一译者，甚至在同一部佛经中，随意使用“弥勒”或“慈氏”。译者对于音译和意译无所轩轾。

c．从后汉、三国以后，直到明代，“弥勒”和“慈氏”并行不悖。

我在本节的标题中提出了一个问题：为什么中国汉译佛典中最早出现的是“弥勒”而不是“梅呾利耶”？现在，在举出了这样多的例子以后，我可以确切地来答复了。最早的汉译佛典的原本不是梵文或巴利文，其中可能有少数的犍陀罗文，而主要是中亚古代语言（包括新疆），吐火罗文恐怕最有可能。我在以前的一篇文章中[14]说过："这事实告诉我们，在中印文化交流的初期，我们两国不完全是直接来往，使用吐火罗语的这个部族曾在中间起过桥梁作用。"我当时分析了两个词儿：恒(河)和须弥(山)。现在又多了一个"弥勒"。我设想，在最早的时期，译者眼前的字是 Metrak，而不是 Maitreya。他们也能清醒地理解这个字的含义，它与 Maitrī 有关，意思是"慈爱"，加上词尾 -ak，就成为"慈爱者"，他们译之为"慈氏"。事情是如此地明显。[15]

最后，我还想谈一个问题：为什么 Metrak 音译为"弥勒"？过去学者们大概认为这不成问题，所以几乎没有人讨论过这个问题。但是，倘若加以推敲，不能说全无问题。rek 音译为"勒"，完全正确，"勒"是以 -k 收尾的入声字。但是，"弥"却并非以 t 收尾的入声字，以"弥"对 Met 就显得不妥。

H. W. Bailey[16]提出了一个解释。他用 tr>dr>l 这个公式来解释 Metrak 中的 -tr- 变成 -l- 的现象。他举出了几个例子，比如梵文 trayastriṃśa，音译为"忉利"：梵文 kṣudra>ksulla>culla；梵文 kṣatriya，音译为"刹利"，等等。我认为，Bailey 的说法能自圆其说，至少也可以聊备一格。

1989 年 9 月

注释：

1 *Maitrisimit*, II.Akademie Verlag 1961 p.20.

2 *Gāndhārī and the Buddhist Mission in Central Asia*。见 *Añjali, Papers on Indology and Buddhism, O. H. de.*

A. Wijesekara Felicitation Volume, ed. by J. Tilakasiri, Peradeniya 1970, PP.55—62.

3 见《中印文化关系史论文集》，三联书店1982年版，第323—336页。

4 *Grammatik der Prakrit-Sprachen*, *Grundriss der Indo-arischen Philologie und Altertumskunde*, Ⅰ.Bd. 3. Heft, Strassburg 1900.§141, 598.

5 *Beobachtungen über die Sprache des buddhistischen Urkanons*, *Abhandlungen der deutschen Akademie der Wissenschaften zu Berlin*, *Klasse für Sprachen*, *Literatur und Kunst*.Jahrgang 1952, Nr.10, §133—138.

6 *Some Aspects of the Phonology of the Prakrit underlying the Asokan-Inscriptions*, BSOAS, 33(1970), P136.

7 *The Gāndhārī Dharmapada*, *London Oriental Series*, vol.7. Oxford University Press, 1962, §28, §38.

8 同上，§38，汴 4。

9 在这里，Brough 引用了 H. W. Bailey 的 *Gāndhārī*，见 *Opera Minora*。vol. 2, Shiraz, Iran 1981, pp. 308—309，原载 BSOAS xi—4 1946。在这里，Bailey 列举了中亚及东亚许多语言中 Maitreya 出现的形式。

10 同上引书，第 50 页。

11 *Tocharische Grammatik*, §22. 在 §44c，97，99b，117，192，205a，344 等节讲到 Metrak 的变格问题。

12 吐火罗文 B 出现 Maitreye 这个形式，与我的新解并不矛盾。Metrāk 与 Maitrāk 代表吐火罗文内部的发展。Maitreye 代表在某一种情况下直接从梵文来的借用关系。时间可能有先后之别。

13 梵文“开士”这个词同吐火罗文 A 中的 käṣṣi(老师)有联系吗?一般认为“开”等于梵文 bodhi，“士”等于梵文 sattva。“开士”也见于中国诗文中，例如李白诗：“衡阳有开士，五峰秀骨真。”

14 《吐火罗语的发现与考释及其在中印文化交流中的作用》，见《中印文化关系史论文集》，三联书店 1982 年版，第 110—111 页。

15 后汉、三国以后，中国译经僧和外国来的和尚所使用佛典绝大多数都是梵文原本，他们眼里看到的不会再是 Metrak，而是 Maitreya，为什么他们仍然译为“弥勒”呢？这只能用约定俗成来解释。

16 见 9。我忽然想到。波你尼的书中讲到 Vāsudeva 和 Vāsudevaka，Vāsudeva 是神名，加上语尾 ka，就成了“Vāsudeva 大神的崇拜者”。这个 -ka 同吐火罗文的 -ak 有没有联系呢？